空をつかむまで

関口　尚

集英社文庫

空をつかむまで

1

チャイムの鳴り出す気配がした。そっと教科書とノートを閉じる。

一秒後、予想通りにチャイムが鳴った。ぼくは反射的に教科書とノートをかばんに放《ほう》り込む。少しでも早く学校から帰りたい。逃げ出したい。

帰りのホームルームのために、担任の星村《ほしむら》先生がやってきた。おととし女子大を卒業して、この美里《みさと》中学にやってきた国語の先生だ。厚ぼったくてちょっとだらしない唇がエッチっぽくていいと、男子のあいだで評判がいい。ぼくもついつい見とれてしまうときがある。でも、いまは見とれている余裕なんてない。そんな場合じゃない。

いらいらしながら窓の外を見た。この三年A組の教室は校舎の四階にある。四階建てといえば、この美里村でいちばん高い建物だ。村の風景を一望できる。

学校の敷地を取り囲むように、青い田んぼが広がっている。田んぼの奥には三角おむすびを立てたかのような美里山がある。美里山を東に越えていけば太平洋に面する海王《かいおう》市に出る。桜浜《さくらはま》というきれいな海水浴場があって、夏になると東京や千葉からの海水浴客でいっぱいだ。

海風に乗った白い雲が、美里山を越えてこちらへとやってくる。やがて、ぼくの頭上を越えて、そのまま飛んでいく。

雲はうらやましい。なにものにも縛られずに自由で。

「先生、さようなら」

クラスメイトがてんでばらばらの挨拶《あいさつ》をする。ぼくは挨拶もそこそこに教室後ろの出口へとダッシュした。

「優太《ゆうた》くん」

廊下に出たところで、星村先生の甘い声に呼び止められた。それでも聞こえないふりで階段に走る。

「ねえ、優太くん。宇賀神《うがじん》先生が探してたわよ」

わかってる。だからこそ、早く帰らなくちゃならないんじゃないか。今日一日ウガジンに会わないように、ぼくは細心の注意を払って過ごしてきたのだ。

上履きの音を高らかに鳴らしながら、階段を駆け下りた。昇降口に行って上履きを脱ぎ、スニーカーを手に取る。しかし、昇降口から帰るのはまずい。昇降口を出てすぐのところは職員室から丸見えだ。ウガジンに見つかる確率が高い。

校舎の中へUターンだ。パソコン室を横目に見ながら、体育館へと続く長い渡り廊下というルートを選ぶ。体育館の裏をぐるりと回って自転車置場へ行く作戦だ。

絶対に逃げきってみせる。黒い御影石《みかげいし》が敷かれたつるつるの渡り廊下を、靴下でヒタヒタと走った。

しかし、体育館の入口を過ぎたときだ。野太い声がした。

「ちょっと待て」

ぎくりと足を止める。急ブレーキをかけたけれど靴下はツツっと滑った。

「どうした優太。なにをそんなに急いでるんだ？」

思わず目を丸くした。体育館からウガジンが出てきたのだ。

「ウガジン」

と言いそうになって慌《あわ》てて言い直す。

「宇賀神先生、どうしてここに……」

ウガジンの担当は社会科だ。それなのにどうして体育館にいるんだろう。

「あ？　ちょっと昨日運動したときにタオルを忘れちまってな。それより優太。今日から水泳部の練習が始まるのを忘れてないよな」

「忘れてませんよ」

「ほんとか」

じろりと見られる。

「ほんとですよ」

ついついおどおどしてしまう。ウガジンはプロレスラーみたいにどっしりとした体格をしている。それも、かっこいいレスラーじゃなくて、おなかの出た中年悪役レスラーだ。本当はまだ三十歳だというのに。

「そっか。それならいいけどな。山田《やまだ》が先にプールに行ってるから注水が終わるまでいっしょに校庭を走っておけよ」

「はい……」

「あ？　声が小さいぞ」

「はい！」

「大回り五周だからな」

「はい……」

「ほら、声が小さい」

「はい！」

最後にはやけになって大きな声で返事をした。

がっくりと肩を落としてプールへ向かった。更衣室に行き、ロッカー奥の壁にかばんをたたきつける。運動用のジャージに着替えて、プールサイドへ出た。プールサイド用のプラスチックのサンダルをパカパカいわせながら歩く。注水は始まったばかりらしく、水色に塗られたプールの底に水が当たり、真っ白な飛沫《しぶき》を上げていた。

最悪のシーズンがやってきた。明日は五月二十五日のプール開きの日だ。こんなにも早くプール開きをするなんていったい誰《だれ》が決めたんだろう。校長先生だろうか。それとも、もっと偉い人たちだろうか。教育委員会とか、文部科学省とか。

「優太くん。こっちこっち」

モー次郎がプールサイドに置かれたベンチに座って手招きしていた。三年B組の山田幸次郎《こうじろう》だ。ブー次郎と呼ばれてもおかしくないほど太っているのだけれど、家が牛乳販売店なのでモー次郎と呼ばれている。

ベンチには将棋盤が置かれている。それをよけて、ぼくも腰かけた。

「さっき体育館の前でウガジンに捕まっちまったよ」

「ぼくなんてウガジンが担任だから、絶対に逃げらんないよ」

モー次郎は丸い顔をさらに膨《ふく》らませた。

「今年も泳がなきゃなんないのか……。最悪だな」

「優太くんはまだましだって。ぼくなんかぜんぜん泳げないんだよ。なんでカナヅチなのに水泳部に入らなくちゃならないんだよ」

「巻き込まれてるよなあ」

「前は将棋だけやってればよかったのにねえ」

モー次郎はうなだれるように将棋盤に目を移した。

去年の夏のことだ。それまで将棋部の顧問だった先生が体調を崩して学校をやめた。そのあと、将棋が得意だというウガジンが顧問になった。けれど、ウガジンにはちょっとした計算があったのだ。

この美里中の水泳部には正式な部員がひとりしかいない。この三年間ずっとだ。だから、ウガジンは将棋部の顧問も引き受けて、将棋部員だったぼくとモー次郎を水泳部の臨時部員として連れ出したのだ。つまり、ぼくらは好きこのんで水泳部に来てるわけじゃない。無理やりなのだ。

「防人《さきもり》の気持ちがわかるような気がするよ」

ため息まじりに言うと、モー次郎がきょとんとした目をして訊《き》いてくる。

「サキモリってなに」

「日本史で習ったろ。九州の北のほうに兵士として駆り出された人たちだよ」

「そんなの習ったっけ」

「飛鳥時代だか奈良時代の話だよ。本気で言ってるのか」

「聞いたことないなあ」

「おまえさ、ここ大丈夫か」

ぼくは自分の頭を指差してみせた。

「あ、ひどいこと言うね」

「じゃあ、鎌倉幕府ができたのは何年だ？」

「そのくらい知ってるよ。いくらなんでもばかにしすぎだよ」

モー次郎は口をとがらせた。でも、答えようとしない。きっと本当はわかってないのだ。怒ってはぐらかそうとしているにちがいない。

はっきり言って、モー次郎は勉強ができない。こいつは人の三割程度しか物事がわかっていないのかもしれない。たしか聞いた話では、モー次郎の兄貴の信一郎《しんいちろう》さんはすごく頭がいいらしい。東京の大学に通ってて、いまは国から出たお金でフランスに留学しているのだそうだ。どうして兄と弟でデキがこうもちがうんだろう。

「モー次郎。受験勉強ちゃんとしてんのか。高校受験まで一年ないんだぞ。鎌倉幕府がいつできたかも知らないんじゃやばいって」

「いいんだよ。受験勉強なんて夏休み入ってからやれば間に合うよ。優太くんこそ家に帰ってから勉強なんかしてるの？」

「ちょっとはな」

「もしかして、宿題以外にも勉強してる？」

「まあな」

「わっ、やらしい」

「なんでやらしいんだよ」

「コツコツと勉強してるなんて、やらしいに決まってるじゃん」

「そんなことねえだろ」

「第一さ、受験勉強なんて直前にまとめてバーってやったほうがいいよ。コツコツやるよりきっと頭に入るってば」

「短期間でいろいろと覚えられるほど、おまえの頭がいいとは思えないけどな」

「わわわわっ。ほんと失礼なこと言うね。そもそもさ、優太くんはぼくとの対戦成績を忘れてない？」

モー次郎は将棋の駒《こま》を手に取って、得意げに盤にさした。パチリと乾いた音がする。

「なんのことかなあ。さっぱりわかんねえよ」

「とぼけるの？　いままで優太くんはぼくに何勝できたかなあ」

「そんなのいちいち覚えてられっかよ」

本当はよく覚えている。モー次郎には二回しか勝ったことがない。

「優太くんが忘れたっていうんなら、ここではっきりさせておくよ。百二十三局やって、ぼくの百二十一勝だよ」

「うるさいな。細かいこと言うなよ」

モー次郎は学校の勉強が苦手なくせに、将棋だけはめちゃくちゃ強いのだ。

「細かくなんかないよ」

「ああ、うるさい。それなら、今日はばっちり勝ってやろうじゃねえか。ほら、用意しろよ」

ぼくは駒箱を逆さまにして、駒を盤にばらまいた。モー次郎はニヤリと笑い、まるで土俵入りの相撲取りみたいに、丸いおなかをパーンとたたいた。

「ま、ぼくが胸を貸してあげるから」

「腹たたきながら胸貸してやるなんて言うんじゃねえよ」

「とにかくドーンとぶつかってきなさいよ。稽古《けいこ》つけたるよ」

「くっそー。ふざけるなよ。今日こそは絶対に負けねえからな！」

将棋盤をはさんで、モー次郎と睨《にら》み合った。

「はい、そこまでだ」

突然、ウガジンが麻薬の取引き現場を押さえた刑事みたいな口調で現れた。ぼくもモー次郎も氷の彫刻みたいに固まった。

「おい、優太。おれがおまえに言ったこと覚えてるか。注水してるあいだになにをしておけって言った？」

「校庭を走ってこいって……」

「そうだろう。なのになんで将棋なんかやってるんだよ。誰がやろうなんて言いだしたんだ」

すかさずモー次郎がぼくを指差した。かばい合うつもりなんてさらさらないらしい。

「おい」

ぼくは小声でモー次郎を小突《こづ》いた。

「なに」

「ずるいだろ」

「だって将棋をやろうって言い出したのは優太くんでしょ」

「挑発したのはおまえだろ」

「乗ったほうが悪いんじゃん」

「なんだと」

ごにょごにょと責任をなすりつけ合っていると、ウガジンの雷が落ちた。

「おまえらいいかげんにしろ！」

「すいません」

慌てて謝ったらモー次郎と声がハモった。こんなやつと同じタイミングで謝っちまった。

「もういい。それより、早く走ってこい」

「わかりました。行ってきます」

頭を下げて校庭に向かう。モー次郎もあたふたとついてくる。しかし、ウガジンに呼び止められた。

「ちょっと待て優太。岡本《おかもと》はどうした」

「知らないです」

岡本暁人《あきと》。同じクラスのやつで、美里中ただひとりの正式な水泳部員だ。

「教室を出てくるときに、声をかけてこなかったのか」

「すぐに教室を出てきちゃいましたから」

「そうか……」

ウガジンが顔をしかめる。

「姫になにか用があるんですか」

姫とは岡本暁人のあだ名だ。男なのに姫と呼ばれている。それには理由がある。

ウガジンは社会の歴史の授業に、演劇を取り入れている。日本史ならば、源義経の鵯越《ひよどりごえ》のときの場面を、世界史ならば、コロンブスがアメリカ大陸に上陸したときの場面を、生徒たちを役者にして再現させるのだ。

でも、演技をいやがる人は多い。ぼくも人前でしゃべるのが苦手なので、ウガジンが役を指名しようとクラスを見渡しているときは、顔を伏せてしまう。

クラスの女子たちは美人の役をやらされるのを本気でいやがっている。クレオパトラとか楊貴妃《ようきひ》とかの美人の役。そういった役を演じると同じクラスの女子たちから、なにをいい気になってるのよ、と冷たい目で見られるのだ。

そこで、女子の代わりに美人の役を演じてきたのが暁人だった。

たしか最初は冗談半分だった。ウガジンが卑弥呼《ひみこ》の役を探しているときに、女子たちがあんまりいやがるので、おふざけで暁人にやらせたのだ。

すると、暁人に卑弥呼の役はびっくりするほど似合った。すっと通った鼻筋や、認めるのはいやだけど冷たい感じの目はきれいだ。髪が耳まで隠れるほど長いところも、どことなく女の子っぽいし、ぎゃあぎゃあ騒ぐばっかりのクラスの女子たちよりも、暁人のほうが高貴な女性のイメージに近い気がした。

「暁人くんきれい」

クラスの女子たちからも、そんな黄色い声が飛んでいた。

それからというもの、暁人はジャンヌ・ダルクとかエリザベス一世とかマリー・アントワネットなどの、歴史上の主役級の女性をみんな演じてきた。そして、姫の役が多かったために、いつのまにか姫というあだ名がついたのだ。

「うん？　ああ、岡本にちょっと用があるんだよ。ちょっとな」

ウガジンは変な言葉の濁し方をした。

「いいから優太と山田は走ってこい」

野良犬を追い払うように、ぼくらは追い払われた。

校庭は野球部とサッカー部と陸上部が三分の一ずつ使っている。このうち、サッカー部のやつらとは顔を合わせたくない。サッカーコートから顔を背けながら走ることになる。本当に、なんでこんなことになってしまったんだろう。

ぼくは小学校のとき、サッカー部に入っていた。自分で言うのもなんだけれど、足が速かったし、ドリブルやフェイントが得意だったので、フォワードとしてけっこう活躍していたのだ。四年生のときには異例の早さで地域選抜の選手に選ばれた。美里北小の長谷川《はせがわ》優太の名前は、同じ村の美里南小のやつらにはもちろん、よく練習試合をしていた海王市の小学校のサッカー部にまで知れ渡っていた。

中学校に進んでからは、迷わずサッカー部に入った。ちょうどそのころ、自分でもびっくりするほど身長が伸びたので、これからはきっと当たり負けしなくなるだろうし、足だってもっと速くなるだろうと楽しみにしていた。

ところがだ。なぜかわからないが、急にサッカーがへたくそになった。ボールを蹴《け》るという簡単なことさえ、きちんとできなくなった。足の甲でボールをとらえようとしているのに、トゥ・キックになったり、ボール手前の地面を蹴ったりしてしまうのだ。リフティングも回数が減ってしまった。ドリブルをすればボールが足についてこない。フェイントをかければ軸足がふらふらとした。

まるで、両足が自分のものではないかのようだった。誰かの足でボールを蹴っているみたい。それはボールタッチの瞬間に特に感じた。ボールに足が触れるその一瞬、奇妙なタイミングのズレがあったのだ。

でも、この感覚をわかってくれる人は、周りに誰もいなかった。

「とにかく努力が足りないんだよ」

サッカー部の顧問の先生に、いらいらした口調で言われた。努力だとか根性だとか全力だとかの言葉をすぐに持ち出すこわいオッサンで、ぼくの小学校時代の活躍を知っているだけに、期待はずれとがっかりしているようだった。

ぼくだって悔しくて努力はした。以前よりたくさん練習した。けれども、ぜんぜんうまくならなかった。それどころか、いつもいつも蹴っていたサッカーボールが、まるで別のボールに変わってしまったかのような気がしてきた。ボールコントロールがうまくいかない。ぼくはフォワードの練習メンバーからはずされた。ディフェンダーへのポジションチェンジを言い渡された。屈辱だった。

「体力が落ちてきて、足腰がついてこないんだろ」

顧問の先生にそう叱《しか》られて、ドリブルの練習を大幅に増やした。フェイントも元のようにできるように、細かいステップワークの練習を何種類もやってみた。とにかく、ボールに触っている時間が長ければ、以前の感覚を取り戻せると思った。練習量は前にくらべて三倍くらいになった。

しかし、夏休みのある日のことだ。左膝《ひだりひざ》が痛くなって動けなくなってしまった。感電したみたいにビビっと鋭い痛みが膝から全身に走って、呼吸さえできない状態だった。無理に体を痛めつけすぎて膝を壊してしまったのだ。訪ねていった整形外科の先生からは、運動は当分しないようにと止められてしまった。最低でも三ヶ月の休部が必要だと言われた。

ぼくはサッカー部をやめた。膝はいつか治るかもしれない。復帰できないことはない。しかし、サッカーに挑戦する気持ちをなくしてしまったのだ。

たとえ膝が完璧《かんぺき》に治っても、ボールを蹴る瞬間のあの変なズレが直るとは限らない。ということは、ふたたびハードな練習をしなくちゃならない。それに、そのズレがなくなって、小学校のときのようなキレのあるドリブルやフェイントを取り戻せたとしても、そのころにはきっとチームメイトたちはもっと上達している。ぼくがレギュラーになれる可能性は低い。どうせ駄目なのに努力をするのはもういやだと思った。

なにより、部の先輩や同級生たちから、長谷川優太って小学校のときはもっとうまかったよな、という目で見られるのはもうたくさんだったのだ。

「ほら優太くん。もうちょっと速く走ろうよ」

隣を走るモー次郎に言われた。

「膝が悪いから速く走れないんだよ。だから将棋部に入ったんだろうが」

「その話は何度も聞いたよ。でも、いくらなんでも遅すぎだよ。それに、膝が悪かったのは一年のときのことなんでしょ。いまはもう治ってるかもよ」

むっとしてモー次郎の尻《しり》を蹴り上げた。

「い、痛いな。なにするんだよ」

「おまえがよけいなこと言うからだよ」

「どこがよけいなの。ぼくは優太くんの膝が治ってるなら、それはそのほうがいいと思って」

「無理なもんは無理なんだよ。速く走りたいんだったら先に行けよ」

ぼくはもう一度蹴るふりをした。

「わかったよ。変なの」

モー次郎は膨れっ面をして、どすどすと先へ走っていった。

実はいま自分の左膝の状態がどんなふうだかわからない。もしかしたら治っているのかもしれない。けれど、治っているかどうか確認するために全力で走ったことがない。どうせなら、膝なんて治らなくたっていい。正直に言えば、またサッカーができる状態に戻りたくないのだ。

大好きで、あんなにも得意だったサッカーで、わざわざ負けを認めるためにサッカー部に戻るのはいやだ。だから、ぼくはまだまだ膝が悪いふりをして、誰とも勝負をしないで中学生活を終えることにした。いまでも左足にはサポーターを巻いたままだ。体育の授業もほとんど見学している。お昼休みのサッカーやバスケにも参加しない。水泳部の練習もゆるゆると泳いでいるだけ。走ったとしても、歩くのと変わらないスピードしか出さないと決めている。ときどき、かわいそう、とクラスの連中に見られることもある。

でも、それでもいい。

ぼくは膝が悪い。だから、もうサッカーはできない。そう思うことでぼくは傷つかなくてすむ。本気でやって負けたわけじゃない。だから、本気で悲しまなくてもいいのだ。

「いったいおまえは、どういうつもりでそんなことをしてるんだ！」

プールの入口まで戻ると、ウガジンの怒鳴り声が聞こえた。びっくりしてモー次郎と顔を見合わせる。おそるおそるプールサイドに行ってみると、ウガジンと姫が間近で向かい合っていた。

ウガジンは怒りの形相《ぎょうそう》だ。両手を腰のあたりでぎゅっと握り、いまにも殴りかかりそうだ。なにをあんなにも怒ってるんだろう。対照的に、姫はへらへらと笑っている。なんだかやばい雰囲気だ。

「もう一度訊くぞ。おまえは、どういうつもりでそういうことをしてるんだ」

「そんなに深い意味があってやったわけじゃないっすよ。ちょっとかっこいいかなあって思って」

姫が笑いながら髪を掻《か》き上げた。耳があらわになって、耳たぶに赤いピアスが見えた。小さくてきらきらとした石だ。ガーネットだろうか。

「ありゃー」

モー次郎が緊張感のない声をあげる。ウガジンと姫がぼくらに気がついた。姫はうんざりとした目つきでこちらを見る。助けてくれよ、と訴えてきていた。

「岡本。ちゃんとこっちを向け」

ウガジンがまた怒鳴る。姫は渋々前を向いてから言った。

「わかりましたよ。取ればいいんでしょ、取れば」

姫がピアスをはずそうとする。

「そういうことを言ってるんじゃないんだよ。自分がたったひとりの正規の水泳部員だって自覚はなかったのかって訊いてるんだ」

「正直に答えたほうがいいですか」

「なにぃ？」

「いや、正直言えば、ぜんぜんなかったんで」

「お、ま、え」

ウガジンの顔が鬼の面のように変わった。だが、必死に怒りをのみ込んだらしい。一度がっくりと肩を落としたあと、穏やかな表情でこわいくらい静かに言った。

「岡本。あのとき、おれがどんなに大変な思いをして水泳部を残したと思う？」

ぼくらが一年生のときのことだ。美里中水泳部の三年生が、海王市にある海王中の水泳部にけんかを吹っかける事件があった。しかも、水泳大会が開かれている最中にだ。自由形リレーで負けた腹いせに因縁をつけたらしい。

けんかはその場ですぐに治められた。けれども、後日、美里中の三年生部員が二年生を引き連れて、海王中に乗り込んだのだ。木刀や鉄パイプを持っていったので、警察沙《ざ》汰《た》となった。三年生と二年生は全員退部となり、水泳部は廃部が決定的になった。もともと水泳部はガラが悪いことで有名で、新入部員もろくに入らない部であったため、学校としてもいい厄介払《やっかいばら》いになるとよろこんでいたらしい。

しかし、そこでウガジンがひとり廃部に大反対した。理由は一年生だからということでけんかに置いてけぼりになった姫が、小さいころから海王市のスイミングクラブに通い、たくさんの記録を打ち立ててきた将来有望な選手だったからだ。その姫のために、水泳部を存続させようとがんばったのだ。

そして、そのウガジンの思いは見事に実った。姫はいまや二百メートル自由形の県中学記録を保持している。本当にすごい記録なのだ。

「なあ、岡本。おまえのために水泳部を残したんだぞ。学校の反対を押しきってな。それなのにおまえは……」

姫は困ったような笑みを浮かべた。

「おれだって先生には感謝してますよ。水泳しか取り柄《とえ》がないおれなんかのために、水泳部を残してくれて。でも、それと、これとは関係ないじゃないですか」

ふたたび髪を掻き上げてピアスを見せた。ウガジンは目をつぶって首を振った。

「見せなくてもいい。わかった。岡本の気持ちがよーくわかったよ。おれの気持ちがわかっていないってこともよくわかった」

「先生……」

「学校にはピアスのことは黙っておいてやる。学校に来るときは必ずはずしてばれないようにしてこい」

「はあ……」

「いいな」

「はい」

「だけどな、岡本。おまえ、水泳部はクビだ」

　重苦しい沈黙に包まれた。

「またまた冗談を」

　笑おうとした姫をウガジンが制する。

「本気だ。もうおまえは練習に来なくてもいい。それから、優太も山田も将棋部に戻っていいぞ。おまえらを巻き込んで悪かったな」

　ウガジンは無表情のままぼくらに言った。うれしいはずなのに、悲しい気持ちが胸の奥で揺れた。なんだかウガジンがかわいそうだった。飼い犬に手を咬《か》まれるという言葉は、こういうときにふさわしくないかもしれないけど、選手として大切に育ててきた姫に、あっさりと裏切られるなんて同情せずにはいられない。見ていられなくて、ぼくは思わず目を伏せた。

　ところが、モー次郎が場ちがいなよろこびの声をあげた。

「ほんとですか！　もう水泳部に来なくていいんですね。やったあー」

　はしゃぎ声にめまいのようなものを覚えて、モー次郎の尻に強烈な蹴りを見舞ってやった。すぐに耳打ちする。

「よろこぶところじゃないだろ」

「なんでさ」

モー次郎が睨んでくる。ほんとに空気の読めないやつだ。

ウガジンが呆《あき》れきった視線でぼくらを見てから、姫に向きなおった。

「岡本。おまえは泳ぐことにかけて本当に才能があるよ。でもな、いくら才能があっても心がついてこない人間をおれは認めない」

とどめの一撃だと思った。もしくは、ウガジンにとっては勝負のひと言だ。もしこれで姫が心を改めなければ、もうあきらめる。そんなふうに聞こえた。

「先生。すいません。おれクビなんていやです」

反省したのか姫がぼそぼそと言った。ぼくはほっとした。ウガジンの表情もやわらいだ。その口元がほころんでいるように見える。ウガジンだって本心では姫をクビになんかしたくないはずなのだ。ふたりはいままで二年あまり、二人三脚で水泳を続けてきたのだから。

これにて一件落着だ。あとは姫が頭を下げるだけだ。しかし、空気の読めなかったモー次郎を、どうやって叱ってやろうか考え始めたそのときだ。姫がふやけた笑みを浮かべて、思いもしなかったことを言った。

「クビはやめてくださいよ。こんなしょぼい水泳部をクビになったなんてみんなに知られたら、かっこ悪いじゃないですか。おれからやめたってことにしてください」

「お、お、岡本！」

声は雄叫《おたけ》びに近かった。もしすぐそばに巡回に出ている警察官がいたら、すぐさま飛んできただろう。

「岡本。おまえって人間が、よーくわかったよ」

「最後の最後ですが、先生にちゃんと理解してもらえて光栄です」

「ふざけるな！」

ウガジンはそばにあったパイプ椅子《いす》を蹴り飛ばした。パイプ椅子はアルミ製のコースロープの巻取器に当たって、けたたましい音を立てた。モー次郎が亀《かめ》のように首をすくませる。

「解散！　水泳部は解散だ。おまえら勝手にしろ！」

怒鳴り散らすウガジンと目を合わすこともできない。ぼくは必死にプールサイドのコンクリートを見つめ続けた。すると、ウガジンはぼくらのわきを通って校舎へと戻っていった。

「姫。いまのはまずいって」

「そうか？」

姫は平然としている。

「あんなに怒ってたじゃんか」

「たいしたことねえだろ」

「ほんとにやめるつもりなのか」

「そうだよ」

「姫は県の記録保持者じゃないか。勝手にやめていいのかよ」

「記録なんて」

ふふんと姫は鼻で笑うと、おもむろにシャツを脱ぎ始めた。モー次郎が首をかしげて尋《たず》ねる。

「なにするの」

「泳ぎ納めさ。なんか文句あるのかよ」

姫は顎《あご》をぐいと上げ、モー次郎を睨みつける。

「いや、あの、ないけども」

しどろもどろのモー次郎を軽蔑《けいべつ》するようにじいっと見てから、姫は水泳パンツいっちょうになった。振り返りもせずにプールに向かっていった。手足が長くてほっそりとしたその体は、女性のファッション雑誌に出ているモデルみたいだ。

「優太もいっしょに泳ぐか」

「いや、いいよ」

「モー次郎は？」

ぶるぶると顔の肉を震わせながら首を振る。

「なんだよ。つき合い悪いな。おれの最後の泳ぎだってのに」

姫は入念に準備運動をしてから、プールの縁に腰を下ろす。黒のラテックス素材のスイミングキャップをぎゅっとかぶり、黒いゴーグルをした。注水が終わったばかりのプールは澄んでいてとても冷たそうだった。

「なあ、姫。もうちょっとよく考えたほうがいいよ。いまからウガジンのとこに行けばまだ間に合うよ。いままでウガジンにどれだけ大切にされてたか、姫もわかってるだろ」

「もういいんだって」

「なんでだよ。どういう意味だよ」

問い詰めると、姫は少しもったいぶってから言った。

「実はおれ、海王のスイミングクラブもやめたんだ。でもさ、泳ぐことが嫌いになったわけじゃないぜ。ただささ、泳いでるときだけ人に認めてもらう感じがもういやなんだよ。泳いでないと価値がない人間なのかなって疑問に思っちまってさ」

「姫……」

気持ちがわからないでもなかった。

サッカーがへたになったとき、それまでぼくをちやほやと褒《ほ》め称《たた》えていた周りのやつらがいきなり離れていった。親友だと思っていたやつまで、ぼくに勝てるとわかった途端、急に態度が冷たくなった。そして、膝を痛めてからは最悪だった。いらいらして、気持ちが塞《ふさ》ぎ込んで、周りがみんな敵に見えるようになって、気づいたらひとりぼっちになっていた。完全に孤立していたのだ。

孤立したのはそれまでぼくが天狗《てんぐ》になっていて、周りのサッカー部員を少しばかり見下していたせいもあっただろう。それは認める。悪かったと思う。だけども、いくらなんでもみんな簡単に手のひらを返しすぎだ。離れていきすぎだ。そんなにもぼくはサッカーをすることでしか評価されない人間だったのだろうか。

暗い気持ちになって黙ると、モー次郎が口を開いた。

「でもさ、岡本くんが泳ぐことで認めてもらってるのは本当のことじゃん。水泳をやめちゃったら、誰からも認められなくなっちゃうんだよ」

ばかなやつだ。なんで逆なですることを口にするんだろう。

「うるせえよ」

姫が凄《すご》んだ。

「けどさ、認めてもらえるものがあるっていいことだとぼくは思うよ。それなのにやめちゃうなんてもったいないじゃん」

「黙れブタ。人の気も知らないで」

「なんだよ。岡本くんのことを思って言ってやってるのに。もう！」

「モーじゃなくてブーと言え。余計なお世話だよ。このブー太郎」

「ブー太郎じゃないよ」

「あれ？　ブー次郎だっけ」

意地悪げに姫が笑う。

「それもちがう！」

モー次郎は両　拳《りょうこぶし》を握って地団駄を踏んだ。いけない。いじめられっ子の怒りが、次第に充塡《じゅうてん》されていく。姫はそれをわかっていながらさらにおちょくった。

「ああ、残念だなあ。おれはブタ語がわからないから、いま目の前のブタがなにを騒いでるのかさっぱりわからないよ。ほんと残念だ」

「ブタブタ言わないでよ」

「でもさ、目の前のブタが頭悪いってことだけはわかるなあ」

「こ、この！」

悔しげな声をあげてモー次郎がつかみかかる。しかし、それよりも先に姫はプールに飛び込んだ。ほとんど飛沫を上げずに、するりと水中に潜る。プールの底を潜水していき、息継ぎをまったくしないで反対側のプールサイドへ顔を出した。

「逃げないでよ」

モー次郎がドタバタとプールサイドを走って追いかけていった。ところが、モー次郎がたどり着く前に、姫はふたたび水に潜った。プールの底を悠々と移動する。もともと水中に棲息《せいそく》する生きものみたいだ。

「待てえ」

ドタバタとモー次郎が追いかける。姫はまた反対側にたどり着き、余裕があるのかゴーグルの内側に入った水を出しながら微笑《ほほえ》んだ。

「ブー。こっちだよ」

ふたたびゴーグルをつけた姫は、妖《あや》しく笑うと音もなく水の中に消えた。クロールでゆるやかに泳ぎ出す。飛沫は上がらない。水を掻く手にもバタ足をする足にも、力が入っているようには見えない。それなのに、するりするりと前へ進んでいく。やはり県下ナンバーワンの記録を持っているだけはある。でも、泳いでいる姫の背中を見るたびに、ぼくはいつもはっとさせられる。細い体に似合わない筋肉質の背中をしているからだ。コースロープがまだ張られていない二十五メートルプールを、姫は自由に泳いでいく。青い空を自由に飛ぶ鳥みたいだ。追いかけるモー次郎が無様《ぶざま》に見える。

しかしながら、ぼくの思い過ごしかもしれないけれど、モー次郎はどこか楽しげだった。姫にひどいことを言われて怒ってはいるが、キレてるって感じじゃない。なんだろう。あまりにもいじめられすぎておかしくなってしまったんだろうか。サドとかマゾとかってやつになってしまったとか。

「いいかげんに逃げるなよ！」

プールのど真ん中で顔を出した姫に向かって、モー次郎は叫んだ。姫はゴーグルをはずしながら笑った。

「悔しかったら、ブーも泳いでこいって」

「ぼくが泳げないの知ってるでしょ」

「あれ、そうだっけ？　ブタって泳げるんじゃなかったっけ」

「も、もう怒ったぞ」

モー次郎はプールの隅に走っていくと、抱えられるだけのビート板を持ってきた。それを忍者の手裏剣みたいに投げつける。フリスビーの要領だ。しかし、ビート板は空気の抵抗を受けて、あちらこちらに飛び散らかるだけだ。

「残念だったな」

プールの中の姫は一歩も動いていない。

「ぐわわわわ」

モー次郎は悔しそうにわめきながらふたたび部室に走っていき、大きなビニール袋をサンタクロースのように背負ってきた。中は腰に巻くヘルパーでいっぱいだ。姫に投げつけるつもりらしい。

「おい、姫。モー次郎をからかうのはもうやめろよ」

きりがないし、片づけるのも面倒で言った。

「なんだよ。ブー次郎をかばうのか」

「そうじゃないけど」

「優太ってさ、変なところでまともなんだよな。おっと」

モー次郎の投げたヘルパーが、姫の頭上すれすれを飛んでいく。

「なかなかいいじゃん、ブーちゃんよ」

「ぐむむむむ」

意味不明の言葉を吐きながら続けざまに三つ投げる。そのどれも姫は寸前のところでよけた。

「これも遊びだよ、遊び」

姫が余裕の表情でぼくに笑いかけてきた。そのときだ。白くて大きな球体が、ものすごいスピードで姫の頭の横に当たってバウンドした。水球用のボールだ。モー次郎はビニール袋の中に、部室にあった水球のボールを隠してきていたのだ。

「うきゃあ!」

モー次郎が歓喜の声で万歳をする。

水中に横倒しになった姫が、ゆっくりと立ち上がった。スイミングキャップが脱げて、長い髪が顔を覆っている。どんな表情をしているかまったくわからない。ホラー映画に出てくる幽霊みたいだった。

「大丈夫か」

心配になって声をかけた。けれど返事はない。姫はモー次郎の立つプールサイドへゆらゆらと進んでいく。そして、モー次郎の足元にまでたどり着いたとき、気を失ったのかぐらりと前に倒れた。水死体のように水面に浮かんでしまった。

「あれ？　大丈夫？　ねえ、岡本くん！」

事態の深刻さをやっと理解したのか、モー次郎が泣き顔でプールの縁にしゃがみ込んだ。ぼくも慌てて駆けつける。しかし、モー次郎が姫に必死に手を伸ばしたそのとき、姫ががばりと起き上がった。水中からジャンプしてモー次郎の首に飛びつく。きっと姫はこのチャンスを狙《ねら》っていたのだ。

「落ちろ！」

姫が楽しげに叫んでモー次郎をプールに引きずり込んだ。モー次郎はまっ逆さまだ。

「うひゃあ」

空からクジラが降ってきたかのようなでっかい水柱が立った。

「た、助けて！　溺《おぼ》れるよ！」

モー次郎が水中でもがく。姫はそれを横目に水から上がった。薄ら笑いでプールの縁に腰をかけた。溺れるモー次郎をじっくり観察するつもりらしい。ぼくはモー次郎に向かって叫んだ。

「モー次郎、落ち着け！　おまえの身長なら絶対にプールの底に足がつくんだから」

何度も何度も呼びかけて、やっとモー次郎はぼくの声に気づいたらしい。もがくのをやめて立ち上がった。水位はモー次郎の胸のあたりまでしかない。

「ブー」

飲み込んだ水をモー次郎が一気に吐き出した。姫は両手をたたいて大よろこびだ。

「やっとブーと鳴きやがったな。ブー次郎」

「おい、やめろって」

さすがに見かねて止めると、姫はしらけきった顔でぼくを見た。

「あ、そう。それじゃ、これで本当に泳ぎ納めってことで」

姫は水滴をたらしながら更衣室へ向かって歩いていった。その背中からは、水泳への未練なんてまったく感じられなかった。

2

水泳部をやめて二週間が経《た》った。六月に入った。

今年は空梅雨《からつゆ》なんだそうだ。テレビのお天気お姉さんが言っていた。たしかに、雨が降らない。蒸し蒸しとした日が続くばかりだ。

将棋部の部室は社会科準備室を使っている。狭いうえに窓がひとつしかない。だから、どうしてもじっとりとした空気がたまってしまう。しかも、そこに人間加湿器のモー次郎がいるのだ。部室の湿度はおそろしく高い。なんだか心までカビてしまいそうになる。

「ほら、優太くんの番だよ」

「わかってるよ」

パイプ椅子の上であぐらを組んで頭を抱えた。将棋盤の上では、いままさにぼくの王将が討ち取られようとしている。

「ちょっと待った。時間をくれよ」

「また？　まあいいけどさ」

モー次郎は椅子から立つと、開け放たれた窓から校庭を眺める。ぼくは腕組みをして盤上に集中する。だが、どう考えても王将の逃げ道はない。もはやこれまで。しょうがない。悔しいけどギブアップすることにした。

「参りました」

モー次郎の背中に言う。しかし、反応がない。負けを認めたくなくて声が小さくなってしまった。そのせいで聞こえなかったのだろう。もう一度呼びかける。

「参りました！」

しかし、モー次郎は外を眺めたまま動かなかった。なんだよ、またかよ。ぼくは面倒くさくなって舌打ちをした。

モー次郎と将棋部で知り合ってすぐのころから、ずっと気になっていることがある。モー次郎は呼びかけても気づかないことが多いのだ。ぼうっとしているうちに、自分の世界に浸《ひた》ってしまうのかもしれない。その姿は牧場でのんびりと空を眺める牛に似ている。

「おい、モー次郎」

ぼくはモー次郎のすぐ後ろまで歩いていき、その背中をたたいた。我に返ったのか、モー次郎がやっと返事をする。

「あ、ああ。なに？」

「ギブアップだよ。参りました」

モー次郎は得意げに笑った。

「へへへ。これで、優太くんは自分が何敗したかわかる？」

「わからねえよ」

「だから、今日が百三十二局目で、そのうちぼくが勝ったのは」

まだ話している途中だったけど、これ以上つき合っていられない。話を遮《さえぎ》って話題をすり換えた。

「それよりさ、今度うちの村がなくなるのを知ってるか」

「嘘《うそ》だあ」

「ほんとだよ。合併するんだ。海王市と南郷《なんごう》町と」

ぼくらが住む美里村は、来年の二月に海王市と南郷町と合併する。南郷町は海王市の南に位置する町だ。海王市の桜浜をずっと南へ下っていけば、そのまま南郷町にたどり着ける。

「合併？」

「いま全国的に市町村合併が進んでるだろ。サッカーで有名な清水《しみず》市とかも合併でなくなったの知ってるか。あれといっしょ。うちの美里村もなくなるの。今日の帰りのホームルームでも星村先生が言ってたよ」

「へえ、美里村なくなっちゃうのか。合併したらなんて名前になるの」

「桜浜海岸からとって桜浜市だって」

「いいじゃない」

「そうか？　海王市も南郷町も桜浜海岸に接しているからいいけど、うちの村は桜浜とは関係ないじゃん。ただ吸収されるだけっていうかさ」

「ぼくは大賛成だよ。海王には駅もあるし大きなデパートもあるじゃない。美里村なんて広いだけでなんにもないんだから別になくなってもかまわないよ。コンビニはひとつしかないし、ファーストフードのお店もないし、電車も通ってないんだもん。それにさ、桜浜市になっちゃえば、住んでいる市には海があるんだぜって自慢できるようになるじゃん」

「けどさ、それに合わせてうちの中学校もなくなっちゃうんだぜ」

「なくなる？」

「トーハイゴーって言ってた。美里中学校は潰《つぶ》しちゃって、生徒は新しくできる桜浜中学校に行くか、海王のどっかの中学校に行くんだってよ。いままでは美里北小と南小の卒業生は全員美里中に来てたけど、これからはばらばらに分けられちまうんだよ」

「へえ」

モー次郎はこの村がなくなるという意味が、いまひとつぴんとこないみたいだった。

「星村先生はけっこう悲しんでたよ。先生も美里村の出身だからさ。せめて、美里中の名前は残して欲しかったって言ってた」

「ふうん。でも、美里中がなくなるのってぼくらが卒業したあとの話でしょ。関係ないんじゃん。どうでもいいよ」

「つまんないやつだな」

「そうかな」

「そうだよ」

それからぼくらはしばらく黙って窓から景色を眺めた。

同級生たちが駆けずり回る校庭は雨が降らないために土埃《つちぼこり》が舞っている。校庭をぐるりと取り巻くようにして広がる田んぼは、水不足で大変なのかもしれない。田んぼの中に点々とある農家は、海に浮かぶ小島みたいに見える。遠くには神社の森があり、その向こうには三階建ての村役場がぽつんとあった。

「そういえば岡本くんどうしてるだろうね」

ふいにモー次郎が言った。

「姫か」

ぼくも気にはなっていた。姫は帰りのホームルームが終わると、さっさと教室を出ていってしまう。まっすぐ家に帰っているようだ。水泳部をやめて以来、仲のよかった星村先生とも話をしていないみたいだし、社会の時間なんてウガジンと目も合わさない。

ウガジンが歴史劇のために姫を指名することもなくなった。

「ねえ、岡本くんちに行ってみようか」

モー次郎が名案とばかりに手をたたく。

「あほか」

「なんであほなんだよ」

姫にあんなにいじめられていたじゃないか。

「姫の家がどこか知ってるのか」

「知ってるよ。同じ南小だったんだから。行ってみようよ」

「やめとくよ。なんかやだよ。ひとりで行ってこいよ」

姫の家に行くなんて気が進まない。家に遊びに行くほど仲がいいってわけでもない。

ぼくはかばんを引っつかんで部室を出ようとした。

「待ってよ」

モー次郎が慌てて帰り支度を始める。それを無視して先に校舎を出た。モー次郎が慌てふためきながら自転車置場まで追いかけてきた。

「あれ?」

自転車置場に着いてすぐ、モー次郎は学生服のズボンのポケットをまさぐり始めた。

それから、シャツのポケットを裏返す。

「あれ？　ないや」

「なにが」

「自転車の鍵《かぎ》」

「またなくしたのかよ」

モー次郎は二週間前にも鍵をなくして、新しくしたばかりなのだ。

「たしか、今度こそなくさないように注意して、朝ロッカーに入れて、将棋部に行く前はポケットに入れて、それから……」

「それから？」

「トイレに行ったときに、落としちゃいけないからって一度出して」

「じゃあ、トイレだろ」

「いや、でもそのあと部室に行ってから、ポケットにちゃんとあるかどうか確かめて、そんときはちゃんとあって」

いったいどこまで思い返せば気がすむというのだろう。だんだんいらいらしてきた。

「わかった！」

モー次郎が目を輝かせて言う。

「どこ」

「財布の中」

「なんだよ。早く思いつけよ」

「あ……」

まるで静止画像みたいに、モー次郎が止まった。

「今度はなんだよ」

「財布、部室に忘れてきちゃった」

「まったく……。待っててやるから早く取ってこい」

「優太くんもいっしょに行こうよう」

甘えるような口調にいらいらした。

「うるせえ。ちゃっちゃと行ってこいって」

モー次郎の尻を蹴り飛ばす。

「け、ケチ」

駆け出しながらモー次郎が言う。

「うるせー。そういうのはケチって言わないんだよ」

ぼくは深くため息をついてから、そばにあったモー次郎の自転車を見た。

モー次郎は黒い配達用の自転車に乗っている。古いタイプの自転車で、重いものを運搬できるようにしっかりとした造りをしていて、実用車と呼ぶのだそうだ。フレームは鉄製のダイヤモンド型で、後ろの荷台には木箱が取り付けられている。前輪のカバーには流線型の風切《かざき》りがある。風切りは、ロールスロイスやベンツなどの高級車についているエンブレムに似たようなものかもしれない。そして、チェーンカバーには白いペンキで、

〈山田牛乳販売店〉

と横書きされている。

モー次郎はこの実用車で毎朝牛乳配達をしてから、学校にやってくる。実用車で登校することをばかにするやつは多い。けれど、実は渋くてかっこいいんじゃないかとぼくはときどき思う。

「いまから帰るとこ？」

「そう」

聞きなれた声に適当に返事をしてから、ぼくはその声の主が誰だか思い出してはっとした。藤谷美月《ふじたにみづき》だ。顔を上げると、すぐそばにシルバーの自転車にまたがった美月がいた。

「美月……」

学校指定のヘルメットを浅めにかぶり、肩すれすれまで伸びた髪が夕方のぬるい風に揺れていた。美里中の女子の夏服は地味でつまらない白シャツだけど、かわいい美月にはそのただの白シャツがとても似合う。

「なんか優太に似てる人がいるなって思ったらやっぱり優太だった」

幼なじみの美月はぼくを優太と呼ぶ。そう呼んでくれる唯一の女の子だ。

「将棋部はもう終わったの？」

「いま終わったとこ」

「じゃあ、久しぶりにいっしょに帰ろうか」

「お、おお」

久々の誘いに照れて、変な返事になってしまった。

家はお互いすぐそばだ。住宅地の並びの、家一軒はさんでのご近所さんということになる。でも、そんなにそばに住んでいるのに、いっしょに帰ることはほとんどない。たとえ、下校する美月を見かけても、声をかけたことはない。なぜなら、彼女が姫とつき合っているからだ。

美月と姫は一年生の夏休みくらいからつき合い始めた。そろそろ二年が経つ。ぼくが勝手に意識しているだけかもしれないけれど、美月に話しかけにくくなってしまったのだ。

「ほら、優太。美月を幼なじみというより、姫の彼女として見てしまうからかもしれない。もたもたしていると置いてっちゃうよ」

バスケ部で鍛えられている細いふくらはぎで、美月が強くペダルをこぎ出す。

「おお」

ぼくはまた変な返事をしてから、慌てて自転車にまたがった。いっしょに帰れるうれしさがこみ上げてくる。でも、それを知られるのがいやで、校門を出てすぐの下り坂で美月の自転車を追い抜いた。

「あ、優太ずるい。待ってよ」

美月が立ちこぎで追いかけてくる。怒った顔もかわいい。ぼくはますます並んで帰れないような気がしてきた。

思えば、母親以外で初めて見た女の人の裸は、美月のものだった。ぼくは田んぼの畦《あぜ》道《みち》に落ちているエロ本のヌードよりも早く美月の裸を見た。

あれは美月が七歳になる誕生日のことだ。彼女は友だちを集めてバースデイパーティーを開いたのだ。やってきたメンバーはぼく以外みんな女の子だった。ぼくは家がすぐそばの幼なじみということで、特別に呼ばれたらしかった。

美月は自分の誕生日に友だちが集まってくれたことが、よっぽどうれしかったみたいだ。ご機嫌でしゃべりまくり、最後には興奮して二段ベッドの上に駆けのぼって裸で踊りだした。しかも、大股《おおまた》開きのむちゃくちゃな裸踊りで。

あれから何年も経ったいまでも、ぼくはあの裸を忘れることができない。そして、お互い十四歳になったいま、美月はミス美里中と評判が立つような遠い存在になっていて、さらに姫の彼女になっている。

「こら。待てって言ってるのに」

美月がぼくの自転車の隣に並んだ。

「待てと言われて、待つやつがいるかよ」

そう答えながらも、ぼくは自転車のスピードを少しずつ緩《ゆる》めた。

道は田んぼの中を真っ直ぐに続いている。空は抜けるように青い。白い雲が崩れながら流れていく。

「まったく、よけいな汗をかかせないでよね」

追いついた美月が膨れっ面でぼくの肩をたたく。こうしたじゃれ合いは、小学生のころによくしていた。ぼくは懐かしくなって、それからせつなくなった。心の底に沈めたはずの美月への思いが、ふたたびむくむくと浮かび上がってきたからだ。

「なに？　わたしの顔になんかついてる？」

「いや……」

ちらちらと美月の横顔を見すぎてしまったみたいだ。ぼくは慌ててごまかした。

「いや、ただnumber、ちょっと美月が暗そうな顔をしてるなって思ったからさ」

ぼくの思いが美月に伝わってしまっていないかどきどきする。すると、意外なことに、深刻そうな口調で返してきた。

「そっかあ。やっぱりね。優太とはつき合いが長いからわかっちゃうのかな。幼稚園のころから数えてもう十一年目だっけ？　長いよね。ごまかせないよね」

予想外の返答だった。

「なんかあったの。もしかして、姫とうまくいってないとか」

当てずっぽうで訊いてみた。いや、そうあって欲しくて訊いてみた。

「そうなの」

「え？」

美月は急に自転車のブレーキをかけた。ぼくも急ブレーキをかけたけど、美月より一メートルくらい前に進んでしまった。

振り向くと、美月はヘルメットを脱いでうつむいていた。アスファルトを見つめて黙ったままだ。話しにくいことでもあるのだろうか。心配になって自転車を降りた。

ゆっくりと近づいていくと、美月はいきなり顔を上げてぼくを見た。黒くて大きな瞳《ひとみ》。くっきりとしたふたえ。そして、いつもなにかを言いかけてためらっているかのような唇。やっぱり、美月はきれいで魅力的な女の子だ。

小学生のころの美月は真っ黒に日焼けしていた。髪の毛が短くて、体には凹凸がまったくなかった。男の子にまじって泥だらけになって遊んでいたので、男の子にまちがわれることも多かった。

当然、ぼくは美月をきれいな女の子だなんて考えることができなかった。彼女に対して抱いている思いが、もやもやというか淡いというか変なものだとはわかってはいたけれど、それが恋愛感情だなんて気づくこともできなかった。それどころか、人を好きになる気持ちなんて、大人になるまで知らなくていいとさえ思っていたのだ。

ところが、中学校に入ってから、美月は見ちがえるほど女の子っぽくなった。いや、女になったって感じなのだ。胸のふくらみがはっきりしてきて、表情だって大人びたものになった。そして、姫とつき合っていることが発覚した。そこでぼくはやっと気づいたのだ。異性として心底美月を好きだってことに。

「なんでも話してみなよ。姫となにがあったの」

ぼくは大人ぶった口調で語りかけてみた。美月は返事をしない。

「おれと美月とのあいだに、いまさら隠すようなことなんてなんにもないじゃん」

今度は親しさ全開で言ってみた。しかし、しまったと思った。美月の表情が固まったのだ。触れてはいけない彼女の過去に触れてしまったのだ。

「あ、美月。そんなに深い意味じゃなくて、幼なじみなんだから隠すことなんてないって意味で言ったんだよ」

「わかってる」

美月はあいまいに笑った。でも、過去を振り返っているのはたしかだった。

「いや、だからさ、あの……」

「大丈夫。それに、助けてくれたのは優太じゃない」

「たまたまだよ」

本当にたまたまだった。小学校六年の夏、ハットトリックを決めて練習試合に勝ち、得意になって帰った日のことだ。ぼくは自転車で家に向かっていた。太陽が沈みかかっていて、空の半分が夜の黒に染まっていた。白いワンボックスカーが、田んぼの中を通る道のわきに寄せられて停《と》まっていた。

いかにも見張りという感じの男が、ドアの前でそわそわしていた。なんだかあやしい。車の手前に自転車が横倒しになっている。

すぐにぴんときた。海王市や南郷町で、下校中の女の子をつけ狙う不審な車を見かけたら、注意するように学校から言われていたのだ。

「誰か助けて！」

女の子の叫び声が耳に飛び込んできた。心臓をぎゅっと握られたような驚きを感じた。声に聞き覚えがあった。美月だ。

ぼくは見張りの男に向かって自転車を加速させた。そして、男にぶつかる寸前、飛び降りた。必殺の透明人間自転車だ。自転車は男に突き刺さるようにしてぶつかった。

「美月！」

叫びながら車の横に回る。スライドドアが開いていて、男に仰向《あおむ》けに押さえつけられている美月の姿が目に飛び込んできた。着ていたシャツもスカートも脱がされかかっていて、白い下着があらわになっていた。

「優太！　助けて！」

頭に血がカーッとのぼった。車に飛び込んだぼくは、男の顔に靴の裏をめり込ませた。男に隙《すき》ができたところで美月の手を引く。男が喚《わめ》きながら飛びかかってくる。ぼくは男の顔にもうひと蹴り入れて、美月を車の外に連れ出した。

あとは美月の手を引いて、田んぼの畦道をがむしゃらに走った。美月を絶対に救い出す。それ以外のことはなにも考えられなかった。ラッキーなことに、男たちは追ってこなかった。

いまとなっては、犯人の顔などほとんど覚えていない。二十歳くらいで、強面《こわもて》ではなかったような気がする。どちらかというと弱々しくて、意気地のなさそうな顔をしていた。だから、なんとか立ち向かえたのかもしれない。けれども、美月を救ったあと、急にこわくなったぼくは体を震わせてしまった。膝の震えもひどくて、カクカクと鳴る音が美月に聞こえるんじゃないかと思った。そして、必死に歯を食いしばっていたけれど、目尻には涙がにじんでしまっていた。

「たまたま助けてくれたっていっても、わたしはちゃんと感謝してるよ」

「そんな感謝だなんて。こっちこそ、あの日のことを思い出させちゃってごめん」

「いいからいいから」

美月は明るく手を振る。申し訳なくて黙ると、美月が続けた。

「まあ、たしかに、わたしと優太のあいだには隠すことなんてないのかもね。なんてったって、あのとき優太にパンツ見られちゃってるんだもんね」

「ば、ばか。パンツなんてたいしたことねえよ。パンツなんて、パンツなんて、しょせん、美月のパンツじゃねえか」

突然パンツなんて言われて、しどろもどろになってしまった。美月がおかしそうに笑う。

「そうだよね。パンツなんてたいしたことないよね。イチゴ柄のパンツなんて」

「いや、イチゴじゃないだろ」

ぼくはびしっと言った。

「あのときのパンツの模様は、オレンジ色の花柄だったよ」

緊急事態の最中でも、ぼくの目はしっかりとパンツの模様を確認することができていた。それを自分が少しは冷静だったことの証拠として、実は誇らしく思っているのだ。

得意げに腕を組んでみせると、美月が意地悪そうな笑みを唇に浮かべてみせる。

「なに笑ってるんだよ」

「わたしのパンツなんてたいしたことないって言ってたくせに、柄はちゃんと覚えてたんだね」

「試したな」

つかみかかるふりをすると、美月はわざとこわがってみせる。それがにくらしいくらいかわいい。ぼくはほんとにつかみかかってしまいそうな気がして、冷静に話題を戻した。

「それより姫とどうなんだよ。うまくいってないのかよ」

本当のところどうなってるのか、とても気になる。美月と姫が実際どんなつき合い方をしているかまったくわからない。ぼく自身、女の子とつき合ったことがないので、つき合うってことの中身もわからない。

「優太は心配してくれてるの？」

「そりゃあね」

「よかった」

やわらかく美月が答える。

「ん？　よかったってどういう意味だよ」

「優太はわたしのことを心配してくれてるんでしょ？　だから、よかったって言ってるの」

なぜ彼氏でもないぼくに心配してもらってうれしいのだろう。うまくはぐらかされたような気がする。

「なあ、姫とうまくいってないのか」

単刀直入に訊いてみた。すると、美月は自転車をこいで逃げ出した。

「おい」

慌てて自転車で追いかける。

だが、美月は本気で逃げるつもりではないらしい。手加減してペダルをこいでいるのがわかった。その背中はぼくに追いついてもらいたそうに見えた。やがて、美月はペダルをこぐのをやめた。自転車は惰性でゆるゆると進み、田んぼを区切るT字路で止まった。ここを左に曲がっていけば、ぼくや美月の家に着く。

美月に並ぶようにして、ぼくも止まる。なるべくやさしく、やわらかに語りかけてみた。

「なあ、姫となにかあったの――」

言い終わらないうちに邪魔が入った。後方からモー次郎の声がしたのだ。

「おうい。優太くん。置いてっちゃうなんてひどいじゃないか！」

モー次郎のことをすっかり忘れていた。振り返ると、猛烈な勢いで実用車を走らせてくるモー次郎の姿があった。

「もーう！」

雄叫びをあげながら突進してくる。実用車は重い自転車だ。三十キロ近くあるそうだ。だから、一度加速したらかなりのスピードとなる。

「ねえ。止まれるのかな」

モー次郎があと五メートルという距離に差しかかったとき、美月が心配そうにつぶやいた。

「無理かも……」

モー次郎は急ブレーキをかけた。しかし、スピードはほとんど落ちていない。たしかあの実用車のブレーキは、パッドがリムを両サイドから押さえるタイプじゃなくて、上面を押さえる古いタイプだった。利《き》きがよくないはずだ。

「ひいいい。と、止まらない」

悲鳴をあげながらモー次郎は、一直線に向かってきた。

「ばか、やばい」

ぼくは美月を突き飛ばした。そうしてできたぼくと美月との空間を、実用車は突風のようにすり抜けていった。

「危ない！」

振り返って叫んだ。でも、遅かった。実用車の前輪が、農業用水を流している側溝にはまった。その瞬間、実用車が前輪を軸にして縦回転した。モー次郎は実用車に背負い投げを食らった形で田んぼへと飛んでいった。

モー次郎を田んぼから引きずり上げた。下半身が水田にまるっきり浸《つ》かってしまっていた。びしょびしょだ。

「よかったよ。体育用のジャージを持っていてさ」

学生服のズボンをモー次郎は脱いだ。パンツは白いブリーフだ。サイズが小さいのか、尻が大きいのか、尻の肉がかなりはみ出している。

「見ないでね」

ぼくと美月に背を向けて、モー次郎はもじもじと言った。

「あほ。誰が見るか。それより早く着替えろよ。田んぼの真ん中でそんなでかい尻を出してたら警察に通報されるぞ」

「なにそれ。尻が大きいっていうだけで捕まるっていうの？」

頬《ほお》を膨らませたモー次郎がいきなりこちらを向く。パンツ姿であることを一瞬忘れたらしい。美月が悲鳴をあげる。

「キャー」

「み、見られて恥ずかしいのはこっちなのに、そんな声出さないでよ。ぼくのほうこそ悲鳴をあげたいくらいだよ」

「いいから、こっちに股間《こかん》を向けるなよ」

ぼくはモー次郎と美月のあいだに立ち、壁となった。

「よし、着替え完了」

意気揚々とモー次郎は言って、引き上げた実用車にまたがった。しかし、その恰好《かっこう》がひどくおかしい。上は白のカッターシャツを着て、下は体育用の緑色のジャージをはいているのだ。

「モー次郎。おまえ、先に行けよ」

「なんでさ」

かっこ悪くて、いっしょになんか帰れない。美月を見ると、笑ったら失礼だと思っているのか変に気難しい顔を作っている。

「そもそも、モー次郎はなんでこっち来たんだよ」

ぼくと美月の家は美里村の北に位置している。ぼくらは美里北小の出身なのだ。でも、モー次郎は南小の出身であって、家も南の村役場近くにある。

「今日このあと暇だから、優太くんちに遊びに行こうと思ってさ。駄目？」

「駄目ってことはないけどさ」

ちらりと美月を見る。姫とのあいだになにがあったのか訊き出したかった。ふたりきりでそうしたことについて話すチャンスはもう来ないかもしれない。でも、モー次郎を追い返すうまい理由が見つからない。

「わかったよ。遊びに来てもいいよ」

「ほんと？　よかったあ。今日暇だったんだよねえ」

モー次郎はよほどうれしかったのか、ペダルをぐいぐいと踏んで先を急いだ。見る見るうちに十メートルほど差をつけられた。

「置いてっちゃうよ」

首だけで振り返ってモー次郎が言う。

「いいよ」

できるなら、そうして欲しい。

「なあに？」

「なんでもないよ。それより、ちゃんと前を見ろよ」

「あー？」

「まっすぐ前を向いて進めってえの！」

「なんだって？」

「今度田んぼに落ちても助けてやらねえからな！」

「なーにー！」

「もう知らねえよ！」

最後には怒鳴り合いになった。ぼくらのやり取りを聞いていた美月が、くすくす笑う。

「おかしいね。優太とモー次郎くんて。なんだか漫才の掛け合いみたい」

「モー次郎が相手だとドタバタになっちゃうんだよ。あいつ人の話を聞いてなくてさ。ほんと困るよ」

「そばで見てると楽しそうだよ」

「それは見てるだけだからだよ。いつもいっしょにいると疲れるよ」

「だけど、優太くんて偉いな、と思うよ」

「どうして」

「モー次郎くんてけっこう鈍いところがあって、避けてる人もいるじゃない」

美月はそれだけ言うとすまなさそうに口をつぐんだ。

言いたいことは、なんとなくわかった。

モー次郎は同じ学年のやつらからのけ者扱いされているやつだ。周りの空気は読めないし、白シャツにジャージという恰好でもかっこ悪いなんて気づかない。人の話は聞いていないし、聞いていないから突拍子もないことを言っていやがられる。美月はモー次郎と同じ三年B組だから、モー次郎がいつもどういう扱いを受けているか、ぼくよりももっと詳しいだろう。

そんなモー次郎とぼくが親しくしていることを、美月は偉いと褒めてくれたにちがいない。

「でも、それはちがうよ」

口の中だけでつぶやいて、自転車のペダルを踏み込んだ。

きっとぼくはモー次郎と同じ側の人間だ。のけ者にされる側の人間なのだ。そのことを、サッカー部でいやというほど味わった。そして、膝が悪いふりをしてなんでもサボっているうちに、いつのまにかクラスの輪からもはずれるようになっていた。

だから、モー次郎のことをばかにしたりするけれど、遠ざけることはできないのだ。サッカー部時代の孤独を思い出して、なんだかくさくさした。美月を黙ったまま追い抜く。

「ちょっと待って。先に行かないで」

顔を見られたくないから、立ちこぎのまま空を見た。そのとき、歌声が耳に入ってきた。美月を振り返り、モー次郎の背中を指差して教えてやる。

「モー次郎が歌ってるよ」

先を行くモー次郎が実用車をこぎながら、鼻歌を口ずさんでいた。曲は先週のヒットチャートでナンバーワンだったもので、夏の訪れを歌うバラードだ。

美月がぼくの自転車に追いついた。その横顔をそっとうかがう。予想通り、目を真ん丸にして驚いていた。ぼくの視線に気づいた美月が感心しきった声で言う。

「モー次郎くんて歌うまいんだね」

そうなのだ。モー次郎はびっくりするほど歌がうまいのだ。ほんのふとした瞬間に、モー次郎は歌を口ずさむ。将棋盤に駒を並べながら、プールの底をデッキブラシでこすりながら、自転車をこぎながら、さりげなく歌い出す。その歌声にぼくはついつい聞き惚《ほ》れてしまう。天からの授かりものとしか思えないような、きれいな歌声をしているからだ。

ぼくの勝手な感想だけど、このバラードだって本家のバンドのボーカルよりも上手に歌えている。変な裏声や巻き舌を使わないで、のびやかに歌うからだ。聞いていて心地がいい。それでいて、なんだか泣きたくなるようなせつなさを感じる。

「モー次郎ってダメダメでいらいらさせられるやつだけど、歌ってるときはちょっとちがうでしょ」

「そうだね」

美月はうっとりとした表情を浮かべていた。正直、急に嫉妬《しっと》してしまった。

「あいつもあれで痩《や》せてればなあ。歌がうまくてもデブじゃさ。あ、でも、デブだから声がいいのかな。声楽家の人たちってデブじゃん」

「そんなこと言っちゃ駄目でしょ」

肩口を小突かれて叱られた。

モー次郎の歌が変わった。ぼくと美月は顔を見合わせた。なぜなら、モー次郎が歌い始めたのは、ぼくや美月が美里北小の卒業式で歌った『旅立ちの日に』だったからだ。ピアノのきれいな旋律が耳によみがえってくる。シンプルだけれど勇気づけられる温かい歌詞が好きだった。

モー次郎がくり返し部分を高らかに歌う。

今　別れの時
飛び立とう　未来信じて
はずむ　若い　力信じて
この広い
この広い　大空に

卒業式の日に、歌いながら泣いたことを思い出した。しかし、それと同時に、あの日涙を流していたぼくと、いまのぼくとのあいだに、埋められない溝ができてしまったことに気づいた。

小学校を卒業するときのぼくは、希望に満ちあふれていた。中学に進んだら、サッカーで大活躍できると信じていた。小学校のサッカークラブの先生に、がんばります、と誓ってまでいた。それなのに、いまのぼくはサッカーをやめ、左膝が痛いふりをしながら体育までサボるダメダメなやつだ。

「懐かしいね」

美月が語りかけてくる。

「そうだね」

落ち込んだまま答える。

「モー次郎くんが歌えるってことは、モー次郎くんの南小でも『旅立ちの日に』を歌ったってことだよね」

「そうなるね」

いま現在、美里中学校の卒業式には式歌がない。歌うのは校歌だけだ。むかしは『仰げば尊し』を歌っていたらしい。けど、生徒が誰も歌わなくて、それに怒った先生たちが式歌を卒業式の進行からはずしてしまったのだそうだ。だから、当然、『旅立ちの日に』も歌っていないのだ。

「わたし、モー次郎くんがあんなに歌がうまいなんて知らなかったな。同じクラスなんだから、音楽の時間とかでモー次郎くんの歌を聞いててもいいはずなんだけど」

「ほかのやつの歌声なんていちいち覚えてられないよ。それに、ひとりずつ歌う歌のテストなんかうちじゃやってないし」

「そっか。リコーダーならひとりずつのテストがあったけどね」

ぼくと美月はモー次郎の『旅立ちの日に』を、邪魔しないようにゆっくりと追いかけた。美月が小声で話しかけてくる。

「ねえ。秋の文化祭でモー次郎くんに歌ってもらうってのはどう？　みんなびっくりするんじゃない？」

「そうかな」

「絶対にびっくりするって。もしかしたら、みんなモー次郎くんを見なおすかもしれないよ」

「うーん……」

いまひとつ賛成できない。学校のみんなは、しょせんモー次郎の歌なんて、と相手にしない気がする。

「ああやって、さりげなく歌ってるからいいんじゃないの」

顎をしゃくって美月にモー次郎を見るように促《うなが》した。

「そう？　わたしは、もったいないと思うけどな」

美月は納得いかなさそうな様子で言うと、立ちこぎで自転車を飛ばしていく。ぼくも慌ててあとを追いかける。美月はモー次郎の左側に並ぶと、にこやかに話しかけた。

「モー次郎くんて、歌うまいんだね。わたしびっくりしちゃった」

「そ、そう？」

褒められて照れたのか、モー次郎は頭を掻いた。しかし、ヘルメットの上からだ。あほだ。こいつは本当にあほだ。

「これから、優太の家に遊びに行くんでしょ？」

「そうだけど」

「わたしの家ね、優太んちのすぐそばなんだ。せっかくだから、わたしんちでココアでもどう？ 最近、ママがココアにはまってるの。健康にいいんだかなんだか知らないけど大量にあるのよね。黒豆ココア。冷たくておいしいよ。おいでよ」

美月が微笑む。しかし、モー次郎は困った顔で返してきた。

「冷たくてもおいしいの？」

「お、おいしいよ。あったかいほうがいいなら、あったかいのを作るけど」

「そう。それはよかった。あと、栗《くり》は入ってるかな」

「栗？」

ぼくと美月の声が重なった。

「え、駄目なの？ ぼくは栗が入ってるやつがいちばんおいしいと思うよ。駄目なら山菜でもいいや。鶏五目《とりごもく》もいいなあ。うちのお母さんはいつも鶏五目を作ってくれるんだ。あれもおいしいよねえ。だけど、せっかく藤谷さんが作ってくれるっていうんだから、黒豆でもいいかな」

美月が困惑してぼくを見る。話している内容がちんぷんかんぷんで、助けを求めてきている。こわがっているようにさえ見えた。

でも、ぼくはいったいなにが起きているのかわかった。

「はあ」

と大きくため息をついてからつぶやく。

「またかよ……」

「またってどういう意味なの」

首をかしげる美月に説明してやる。

「こいつ、聞きまちがえの天才なんだ。な、モー次郎」

「モー次郎は人差し指でぽりぽりとのど元を掻いた。本人もまだわかっていないらしい。

「おまえ、飲むココアと、もち米を炊いて作ったおこわを、聞きまちがえただろ。ココアとおこわを」

あ、と言ったきり、モー次郎の表情が固まる。美月は唖然《あぜん》としつつもぼくに訊いてくる。

「おこわって、あのもち米を蒸して作るおこわ？」

「そう」

「だから、モー次郎くんは、栗を入れるとか、山菜を入れるとか、鶏五目がどうとか言ってたんだ……」

合点がいったらしい美月は脱力しながら頷《うなず》いた。

「モー次郎って聞きまちがえがほんと多いんだよ。この前はフリスビーの話をしてるのに、投げちゃいけないなんて言い出すからなにかと思ったらクリスピーと聞きまちがえてるし、サッカーのワールドカップの勝ち負けについて話してるのに、それはどんなみそ汁なんだなんて言い出すからよく訊いてみたら、勝敗は『神のみぞ知る』と言ったのを、『神のみそ汁』とまちがったらしくて」

「あはは」

美月が声をあげて笑う。モー次郎も大口を開けて笑った。

「わはははは」

「おまえは笑える立場じゃないだろ」

「モー次郎くんて面白いねえ。黒豆ココアが黒豆おこわに聞こえちゃったんだ」

美月の言葉に、モー次郎はすまなさそうに頭を掻いた。またもやヘルメットの上からだ。ほんとにこいつはあほだ。先が思いやられるよ。

モー次郎のドジ話で盛り上がりながら、ぼくらは美月の家まで行った。

「ちょっとだけ待ってて。家の中が散らかってないか見てくるから」

そう言って美月は家に駆け込もうとした。ところが、突然立ち止まった。

「どうしたの」

近づいたぼくの足もぴたりと止まってしまった。玄関のドアの前に、姫が膝を抱えて座っていたからだ。

「オッス」

姫が言う。長い前髪が目に入るのか、小さく首を振った。それから、無造作に髪を掻き上げる。赤いピアスが目に入った。おしゃれなものにちがいないけれど、なんだか痛々しい。

「来てたんだ」

姫に語りかける美月の声はなぜか暗かった。

「遅かったな。バスケ部の練習って五時までじゃなかったっけ」

「そうだけど……」

美月が姫に責められているように思えて割って入った。

「ちょっと事故があったんだよ。あいつが田んぼに落ちたんだ」

見ろというふうに、親指でモー次郎を指し示す。

「げっ。だっせえ恰好してんなあ。上が白シャツで下がジャージかよ。おまえらよくこんなだっせえブタと帰ってこられたな」

「ちょっと、暁人くん」

美月の声は怒っていた。姫はにやにや笑いながら受け流すと、ぼくとモー次郎に向かって言った。

「おまえら美月の家に遊びに来たのか」

うっとうしそうな言い方だった。むっとしたけれど落ち着いた口調で言い返した。

「ちがうよ。ちょっと話が盛り上がって、ここまで来ちゃっただけさ。なあ、モー次郎。戻ろうぜ」

「あ、でも、アイスココアは?」

「うるせえよ。いったいなんの話してるんだよ」

小さな声ですごむ。こういうときに空気の読めないやつはほんと困る。

「あれ、やっぱりココアじゃなくて、おこわだったの」

「あほ。いいから来い」

無理やりモー次郎の袖《そで》を引っ張って家に向かった。ぼくの家の門に入る寸前、ちらりと振り返ると、道に出て見送ってくれている美月と目が合った。いつのまにか真っ赤に染まった夕暮れの太陽が、美月を赤く染めていた。それがとてもさびしげだった。これから姫とふたりきりになりたくない。そんなふうに見えてしかたなかった。

ぼくの部屋に入るとすぐにモー次郎はゲームのスイッチを入れた。コントローラーを握ると、部屋の真ん中にどっしりと腰を下ろす。他人の家に来てずうずうしいやつだ。でも、このずうずうしさをうらやましく思う。

もしもぼくがモー次郎みたいなずうずうしさをもう少し持っていたら、ためらうことなく美月に姫のことを質問できただろう。そして、美月が助けを必要としているのならば、なにかしら力になってやれるだろう。

ひとりベランダに出た。西の山々に、日の丸から抜け出てきたような太陽が沈んでいくところだった。東の空は暗い群青色《ぐんじょういろ》に染まってきていた。もうすぐ夜がやってくる。

美月はいまどうしているだろう。美月の家の両親は共働きで、ふたりとも帰宅時間が遅い。夕飯の時間は九時ごろだと聞いている。つまり、そんな遅い時間まで、美月はひとつ屋根の下で姫とふたりきりということだ。

やっぱり抱き合ったりするんだろうか。もうつき合って二年が経つ。キスくらいならとっくにしているかもしれない。クラスメイトの誰と誰とがキスしたなんて噂話《うわさばなし》はよく耳にする。

「くっそー」

空に叫んでから、部屋に駆け込んで床に仰向けに転がった。モー次郎が驚いた顔をしている。

「どうしたの優太くん。もしかして腹が減って頭がおかしくなりそうなの」

「おまえといっしょにするなよ」

仰向けのまま目をつぶった。自然と姫と美月のキスシーンが思い浮かんでくる。

「チッ」

ついつい舌打ちしてしまった。

「やっぱり、お腹《なか》すいてるんでしょ」

「ちがうよ」

手元のマンガ本をモー次郎に投げつけた。

「やめてよ。どうしたの。機嫌悪いよ」

「悪くねえよ」

美月が姫とつき合っていることを知ったのは、クラスに流れていた噂からだ。その噂を聞いたとき、本当にショックでぼうっとしてしまった。そして、ぼうっとした意識の中で、初めて自分が美月を異性として好きなのだと自覚したのだ。失ってから大切だと初めて気づく。そんなテレビから流れてくる歌の歌詞みたいなことが、ほんとに自分に起きるんだって思い知らされた。

「美月とは小さいころからずっといっしょだったから、身近すぎて大切だって気づかなかったんだ」

そういう言い訳を、ひとりで何度もくり返しながら、悲しくて、悔しくて、ばかみたいに長いあいだ泣いていた。そして、ふたりがつき合い始めたのが、ぼくがちょうどサッカー部を退部したのとほぼ同時期だったので、ぼくはひとりぼっちの暗闇《くらやみ》に放り込まれたような孤独を味わった。よくも美月を奪ったな、なんてめちゃくちゃな逆恨みを覚えて、姫を遠くから睨んだりもしていた。

二年生のとき、ウガジンのせいで姫と同じ水泳部に入ることになってしまったが、いまだにぼくは姫とにこやかに笑い合ったことがない。

モー次郎がゲームのコントローラーを投げ出して立ち上がった。壁際に置かれている黒のアップライトピアノの蓋《ふた》を上げた。モー次郎はいつも断りもせずに人のピアノに触り始める。

臙脂色《えんじいろ》の鍵盤《けんばん》カバーをはずすと、人差し指でたどたどしく弾いていく。ド、レ、ミ、ファ、ソ。

「ねえ。優太くんはもうピアノを弾かないんだっけ」

「ぜんぜん」

ピアノを習い始めたのは、三歳のときのことだ。保育園のお昼寝タイムがいやで自分から習おうと決意した。ピアノのレッスンは、お昼寝タイムのあいだにグループレッスンで行われていた。ピアノを習っている子たちは、お昼寝が免除となるのだ。それが目当てだった。

でも、結局、ピアノは小学校だけでやめてしまった。サッカーが面白くてしかたなかったし、自分にはサッカーさえあればいいと思ったからだ。

「もったいないねえ」

「別に」

モー次郎の言葉に素直に頷くのがいやで、すぐに否定する。

けれど、もったいないと思うことはときどきある。このアップライトピアノだって安くはなかった。それでも、母は買ってくれた。申し訳ないとも思う。

「優太くんはサッカーもピアノも途中でやめちゃったんだね」

モー次郎がぽつりと言う。

「悪いかよ」

「悪いってわけじゃないけど」

「じゃあ、どういうつもりで言ってるんだよ」

「岡本くんはあんなに得意だった水泳をやめたし、優太くんもサッカーやピアノをやめてるんでしょ。結局さ、みんなだんだんと大人になっていくうちに、いろんなものをやめてくのかなあ、なんて思ってさ」

「そりゃそうだろ。水泳やってるやつがみんなオリンピック行けるわけでもないし、サッカーやっているやつがみんな日本代表になれるわけでもないだろ。ピアノをやってるからってプロのピアニストになれるわけでもないしな」

「そう思うと、なんかさびしいね」

「知るかよ」

いらいらして話を打ち切った。でも、モー次郎の言うことも、わからないでもない。大人に近づけば近づくほど、得意なものがなくなっていくさびしさはある。

小さいころのぼくはもっと勉強ができて、絵だってうまくて、人を笑わせるのが上手で、ピアノを習っていたから音楽に関することはなにをやっても褒められ、サッカーでは大人からだってちやほやされていた。

けれども、いまのぼくにはなんの取り柄もない。なにか新しく始めたいこともないし、すごく興味を惹《ひ》かれることもない。

こんなになにもかも楽しくない気持ちのまま、中学を卒業し、高校に通い、そのあとも生きていくことになるのだろうか。

「そういえばさ、岡本くんと藤谷さんいまごろなにやってるだろうね」

暗い気持ちになっているというのに、モー次郎がにやにやしながら切り出してきた。

「さあね」

「あのふたりを見てると、つき合うのっていいなあってぼく思うんだよねえ」

「なんでだよ」

モー次郎のくせに恋愛について語ろうっていうのか。

「だってさ、岡本くんは変わったよ」

いきなり妙なことを言う。ぼくは体を起こしてあぐらをかいた。

「どんなふうに変わったんだよ」

「明るくなったし、素直になった」

「あれでか。別に明るくもないし、素直でもないぞ」

「あれでもなったんだよ。小学校のころは暗くてこわかったんだ。特に、転校してきてすぐのころはすんごいこわかったんだから」

モー次郎の顔は真剣だった。

「姫って転校生だったのか」

「五年生のときに東京から引っ越してきたんだ。それで、いつのまにか岡本くんをリーダーとするグループができていて、ぼくはそのグループにすげえいじめられたんだ」

小学校でモー次郎がいじめられていたことは噂には聞いていた。でも、姫を中心としたグループがいじめていたなんて知らなかった。

「ほら、いまC組に権藤《ごんどう》くんっているでしょ」

「ああ」

野球部で、やけにガタイがよくて、青く光る坊主頭をしているやつだ。

「権藤くんも岡本くんグループのメンバーだったんだよ」

「へえ」

「ぼくは権藤くんがいちばん嫌いだったんだ。コンパスの針で背中を刺してきたり、アルコールランプの火を顔に近づけてきたりしてたんだよ」

「権藤ってそんなやつだったのか」

「それでね、権藤くんに廊下でグーで殴られたことがあったんだ。いちばんそばで見てたのが岡本くんだった。岡本くん、すごくこわかったなあ」

「権藤に殴られたのに、なんで姫がこわかったんだよ」

モー次郎は少しばかりためらってから言った。

「いつもならさ、ぼくはどんなに殴られても黙ってるんだけど、あの日は権藤くんに鼻を殴られて鼻血がドバーって出ちゃってさ、止まらなくなっちゃったんだよ。実はぼく血がほんとに苦手でさ、廊下に落ちた自分の赤い血を見たらキレちゃって。それで、権藤くんに怒鳴っちゃったんだ。どうしてぼくばっかり狙うんだよって。なんでぼくばっかりこんな苦しい目に遭《あ》うんだよって。そしたら権藤くんがこう言うんだ。おまえがブタだからだよって」

「ひでえな」

「でもさ、岡本くんがすぐに権藤くんが言ったことを否定したんだ」

「助けてくれたのか」

「ちがうよ。岡本くんはすごく冷たい目をしたまま笑って言ったんだ」

「笑って言った？　なんて？」

「人間だからだって」

「え？」

「ブタはこんなひどい目に遭わないよって。人間だからひどい目に遭うんだって。意味はよくわからなかったけど、そう言ったときの岡本くんは本当にこわかった。ぞっとしたよ。岡本くんは、権藤くんたちにぼくを殴れなんて命令を一回もしたことなかったけど、本当はもっとひどいことを命令できる人なんじゃないかなって思った。真っ黒い心を持ってて、キレたらとんでもないことをするにちがいないって。悪魔みたいに見えたんだよ」

あの姫が悪魔だなんて。冷たく見えることはあるけれど、こわがるほどじゃない。心に闇があるように感じたこともない。姫は自分勝手でへらへらしたやつという印象がある。

「ぼくにしてみれば、いまの岡本くんのほうが信じられないんだよね。プールでヘルパーを投げつけたり、水球のボールをぶつけたりしても怒んないでしょ」

「いや、怒ってるだろ」

「もっと本気でだよ。そうじゃないでしょ」

「まあ、な」

「岡本くんは小学校のときみたいなこわさを、もう持っていないんだよ。それでさ、どうして岡本くんが変わったのかなって考えると、やっぱり藤谷さんとつき合ってから変わったんじゃないかなって思って」

「姫が美月のおかげでやさしい人間になったっていうのか」

「そういうこと」

胸を張ってモー次郎が答える。でも、そんなことがあるのだろうか。ひとりの女の子とつき合ったくらいで、人間が丸くなったりするのだろうか。ぼくにはわからない。まだ、誰ともつき合ったことがないぼくには。

「岡本くんは藤谷さんとつき合ってから絶対にやさしくなったよ。だから、ぼくはふたりがつき合ってよかったと思ってるし、つき合うのっていいよなって思うんだよね」

「ふうん」

いまいち納得がいかない。首をひねっていると、モー次郎が続けた。

「まあ、岡本くんが丸くなったことがわかるまで、ぼくも命を削るような思いをしたんだよねえ」

「どういうことさ」

「いつまたこわい岡本くんに戻るかわからないじゃん。だから、ほんと少しずつ少しずつ岡本くんに近づいてみたんだ。いまは話しかけても大丈夫かな、とか、ぼくは機嫌を損ねるようなことを言ってないかな、とか心配しながら」

「そうは見えなかったけど」

「そこがぼくのうまいところなんじゃん」

「適当なこと言いやがって。そもそも姫がそんなやばいやつだなんて話も、なんか胡散《うさん》臭《くさ》いよ。わざと大袈裟《おおげさ》に言ってるだろ」

「言ってないよ。ほんとに小学校のころの岡本くんはこわかったんだから。あのころの岡本くんだったら、水球をぶつけたぼくを生かしておかなかったと思うよ」

「おまえ、話を作りすぎだよ」

手元にあったクッションをモー次郎に投げつける。けれども、プールで姫を追いかけていたモー次郎の姿を思い出して、ふと考えた。あのときのモー次郎はどこか楽しそうに見えた。あれは、かつて悪魔のように見えていた姫と、ふざけ合える関係になってよろこんでいたためなんじゃないだろうか。

「優太くんは知らないだけなんだ」

気づくと、モー次郎の両方の拳がぐっと握られていた。

「なにを知らないって」

「優太くんはさ、一年生のとき薄井《うすい》くんと同じクラスだったでしょ」

「一応な」

　薄井勇《いさむ》は姫やモー次郎と同じ南小の出身のやつだったらしい。らしい、というのは、薄井は中学に進んでから一度も登校しなかった幻のクラスメイトだからだ。しかも薄井は一年生が終わると、海王中へ転校していってしまった。名前が薄井なだけに印象が薄い、なんて悪口が出ていたものだ。

「薄井くんも岡本くんグループのメンバーだったんだよ」

　モー次郎はとたんにひそひそ話になり、さらに続けた。

「噂で聞いたんだけど、小学校の卒業式のあと岡本くんと薄井くんがけんかになって、岡本くんがナイフで刺しちゃったらしいんだ。そのせいで薄井くんは学校に来るのがこわくなって、不登校になっちゃったんだよ。転校したのも、二年生になるときのクラス替えで岡本くんといっしょになったからだって誰かが言ってた」

「誰かって誰だよ」

「忘れた。とにかく、みんな言ってるよ」

「だから、みんなって誰だよ。しょせん噂だろ。それに、そんなやばいことがあったら、姫がまともに学校に来られるはずないじゃん」

「薄井くんが岡本くんをこわがって、なにもしゃべらなかったら？」

「噂には尾ひれがつくって言うだろ。たとえ姫と薄井のあいだになんかあったとしても、どうせつまんないけんかだよ」

「優太くんは考えが甘いよ。学校であったことの全部が、みんなに知れ渡るってわけじゃないんだよ。闇に葬《ほうむ》られることなんて、たっくさんあるんだ」

モー次郎は珍しく真剣なまなざしをして訴えてきた。もしかしたら、モー次郎自身が闇に葬ったものがあるのかもしれない。たとえば、聞くのもつらいようないじめの体験だとか。

「とにかくさ、ぼくは岡本くんが藤谷さんとつき合ってよかったなあって思ってるの。岡本くんがいい人っぽくなったのは藤谷さんの影響だし、藤谷さんとつき合ってるかぎり、岡本くんはいい人でいるだろうし」

姫のこわい本性を、美月がやさしく包み込んでいるとでも言うのか。いまひとつぴんとこない。ぼくの想像では、美月がかっこいい姫に惚れ込んでいるだけな気がする。

「まあ、いまごろ、岡本くんと藤谷さんのふたりは、楽しく乳くり合ってたりしてね。それはそれですばらしいよね。ウシシシシ」

モー次郎がふざけた笑い声をもらした。

「あほ。なにが乳くり合うだ。このスケベ野郎」

平手でモー次郎の頭をたたいた。

「優太くんが怒ることないでしょう」

「うるせえ。美月はおれの幼なじみなんだよ。そんな言い方するな」

「ごめん、ごめん。悪かったよ。でもさ、幼なじみなら、ふたりがつき合うのを祝福してやればいいじゃない。なんか優太くんてさ、ふたりがつき合ってるのを面白く思ってないっていうか」

「うるせえって」

モー次郎の髪の毛をくしゃくしゃにしてやった。さらに頭頂部へ空手チョップをお見舞いする。

「痛いよ。やめてよ。なにを興奮してるのさ」

「興奮なんかしてねえよ」

「じゃあ、うらやましいんでしょ」

本心を見抜かれて、はっと動きを止めてしまった。モー次郎はぼくの美月への思いに気づいているのだろうか。冷や汗が額に浮かぶ。

しかし、モー次郎は続けて言った。

「優太くんも女の子といちゃいちゃしたいんでしょ。彼女欲しいんでしょ。エッチ」

「あほ！　ばか！」

モー次郎の頭をたたく。しかし、ぼくはたたきながらほっとした。美月を好きなことは見抜かれていないみたいだ。

けれども、ほっとできたのはほんの短いあいだだけだった。こうしてぼくがモー次郎とじゃれ合っているあいだにも、きっと姫と美月は寄り添って、抱き合って、裸になっているかもしれない。

「たたかないでよ」

モー次郎が部屋の隅まで逃げていく。

「うるせえ」

姫と美月は、ぼくがなにを思い、なにを願おうとも、手の届かないところにいる。ふたりはぼくの知らない未知の世界へと進んでいく。

セックス。

恥ずかしくて、声に出してしゃべることなんて一生できそうにない言葉だ。これから先、するかどうかもわからないことだ。でも、姫と美月は手に手を取り合って、セックスを経験した人になる。大人になる。ぼくは置いていかれる。子供のままなのだ。

「姫と美月のことなんて関係のない話だよ」

ぼくは自分に言い聞かせるように言ってみた。それから、窓の外に目を移す。いつのまにか太陽は山並みの向こうに姿を消してしまっていた。

別にぼくは子供のままでもいい。けれども、同い年の、つまり同世代のみんなが、セックスをして大人になっていくことに、なんともいえないさびしさを感じた。きっとぼくらは欲望を満たすことを覚えるかわりに、いろんなものを見失っていくんじゃないだろうか。

赤黒く染まった空に、星がまばらに姿を現し始めた。一番星を見損なってしまった。こういう残念さをぼくはいつまで抱えて生きていられるだろう。

3

帰りのホームルームが終わった。

「先生、さようなら」

クラスの全員がばらばらに声をあげる。すぐにでも教室から出たかったけれど、予想通り姫に捕まってしまった。クラスのみんなが「さようなら」の「ら」も言い終わらないうちに、姫はぼくのところへ飛んできた。その勢いがあまりにもすごいので、星村先生もクラスメイトもみんなこちらに注目している。

「なあ、優太。頼むよ」

姫に両肩をつかまれてぐいぐいと揺さぶられる。

「だから、いやだって言ってるだろ」

「そこをなんとか頼むよ」

「誰かほかのやつに頼めばいいじゃん」

「それじゃウガジンが許してくれないんだよ。なあ、マジ頼むよ」

ぼくの肩から手を放した姫は、手のひらを合わせて頭を深々と下げた。周りを見回してみると、クラスの女子たちの視線が冷たい。みんな姫の味方なのだ。

桃《もも》井《い》がわざわざぼくのそばまでやってくる。姫のファンだと言ってはばからない女の子で、女子の中でいちばん口うるさい子だ。桃井はぼくをじいっと睨むだけ睨むと、無言でくるりと背中を見せて帰っていく。姫の言うことを聞いてやれ、という無言の圧力だ。

まったくなんでこんなことになってしまったんだろう。いったいこいつはどういうつもりなのだろう。姫を遠ざけるように見た。

どんな心の変化があったのか知らないが、七月に入ったいまごろになって、姫が水泳をやりたいと言い出した。理由はぜんぜん教えてくれない。

「おれ、水泳部に復帰したいんだよ」

その一点張りなのだ。ウガジンをあれほどコケにしてやめたくせに、ほんとわからないやつだ。

姫は復帰を認めてもらうために、ウガジンに何度も頭を下げたのだそうだ。でも、ウガジンは復帰を認めてくれないどころか、水泳部自体知ったことじゃないとすごい剣幕で怒ったらしい。

ウガジンが怒るのも当たり前だ。六月の末には夏のＪＯ、つまり、全国ＪＯＣジュニアオリンピックカップの県予選会があった。国体への予選にもなっている大会だ。その大会に姫が出なかったために、ウガジンは県の水泳関係者や、校長や教頭や学年主任にまで説教を食らったらしい。この話を星村先生から聞かされたとき、姫の水泳部復帰は絶望的だと思った。姫にも教えてあきらめろと言った。

ところが、姫はあきらめなかった。毎日のように職員室に行って、ウガジンに謝り続けた。そのあいだに、海王市にあるスイミングクラブにも復帰した。姫は言っていた。

「いまからでも、全中の地区予選になんとか間に合うからな」

全中、つまり、中学生最大の大会である全国中学校水泳競技大会に出ようというのだ。

そして、とうとう三日前のことだ。姫に根負けしたウガジンが、条件をひとつ出してきた。それは、ぼくとモー次郎もいっしょだったら、姫の水泳部復帰を認めるというものだった。

よけいな条件を出しやがって。おかげで姫が毎日ぼくのところへやってきては、水泳部へ戻ろうとくり返す。

「モー次郎はなんて言ってるんだよ」

「あいつにはなにも言ってねえよ。優太がいいって言えばくっついてくるだろ」

「もうちょっと考えさせてくれよ」

ぼくは逃げるようにして教室を出た。ケチ、という女子たちの声がした。桃井なんて、廊下に飛び出してきてまで、

「優太のケチ」

と叫んだ。

なんでぼくがケチだなんて言われなければならないんだ。水泳部を勝手にやめた姫が悪いというのに。それから、ウガジンもウガジンだ。もともと姫ひとりの水泳部であって、姫が戻ればそれでウガジンも大満足のはずなのだ。ぼくやモー次郎なんていらないはずなのだ。けれど、姫にコケにされたのが許せないんだろう。だから、復帰を簡単に認めたくなくて、条件なんて出してきたにちがいない。

将棋部の部室に入ると、すぐに姫がやってきた。

「なあ、頼むってば」

入口のドアの前であまりにもでかい声を出したので、廊下を歩いているやつらがぞろぞろと集まってくる。

「ちょっと考えさせてくれよ」

「頼むよー」

姫は天井を見上げて叫んだ。まるで駄々っ子だ。

「わかったよ」

根負けして、ついついつぶやいた。なんのことだかわからずに首をひねっているモー次郎に、事情を説明してやった。姫はそれさえ待っていられないらしく、ぼくとモー次郎の腕をつかんで、職員室まで引っ張っていく。

職員室に入ったぼくらは、ウガジンの机の前に並んだ。授業が終わって、のんびりとお茶やコーヒーを飲んでいたほかの先生たちが、なにごとかとこちらをうかがっている。ウガジンの斜め向かいの机に座っている星村先生も、きょとんとした顔でぼくらを見ていた。

「優太とモー次郎を連れてきました。これでいいんですよね」

姫が上機嫌で報告をする。ウガジンは回転椅子にふん反りかえって、ぼくたちを眺めた。

「やっと三人そろったか。だがな、ひとつ課題を与えようと思ってな」

「え？　聞いてないですよ」

不満そうに姫がつぶやく。

「そりゃそうだよ。いま初めて話すんだから。それにな、なにもかも自分の思い通りにいくことなんて、世の中にはないんだからな」

ウガジンは姫を睨みつけたあと、机の中から一枚の紙を取り出した。水泳大会の参加申込書に見えた。姫がフライング気味に質問をする。

「さっそく大会の申し込みですか。泳ぐって課題なら、いくらだって受けますよ」

「待て。水泳じゃない。トライアスロンの申込書だ」

「トライアスロン？　なんですか、それ」

姫は顔をしかめた。

「知っているやついるか」

ぼくら三人はほぼ同時に首を振った。

「トライアスロンというのはな、水泳と自転車とランニングの三種目を順番にひとりでこなす競技なんだよ。オリンピックの正式種目にもなってるんだぞ。スイムと呼ばれる水泳が一・五キロ、バイクと呼ばれる自転車が四十キロ、ランと呼ばれるランニングが十キロ。合計五十一・五キロの距離を争うんだ」

モー次郎が呆れたように言う。

「五十一・五キロ！　マラソンよりも長いですよね。ぼくだったら絶対に死んじゃうなあ」

「もっと長い距離はいくらでもあるんだ。アイアンマンレースと呼ばれるものは、スイムが約四キロ、バイクが約百八十キロ、ランがフルマラソンの四十二・一九五キロの距離をひとりでこなす。合わせてだいたい二百二十六キロになるな。東京駅から富士山まででだいたい百キロくらいの距離だから、その距離を往復するようなもんだな。世界一過酷なレースと言われているそうだ。完走者にはアイアンマンの称号が与えられるらしいぞ。アイアンマン。つまり、鉄人だよ」

「マジですか」

「無理だよ」

「鉄人というより、そりゃあもう人間じゃないよ」

ぼくら三人が口々に言うと、ウガジンが朗らかに笑った。

「まあ、でも今回は大丈夫だ。ジュニア用で距離は短いから」

「いったいなにが大丈夫だっていうんですか。ジュニア用ってなんですか」

姫が眉《まゆ》をひそめる。

「今度市町村合併があるだろ。桜浜市の誕生を記念して、第一回桜浜ジュニアトライアスロン大会が開かれるんだよ。その大会に、おまえらに出てもらうから」

「ええ！　絶対無理！」

モー次郎が泣き叫ぶ。姫はあり得ないというふうに首を振った。

「じゃあ、水泳部の復活の話は、なしということで」

「そりゃ横暴ってやつですよ、先生」

姫が甘えた声を出す。

「なに言ってるんだ。当然、岡本の水泳部復帰も、なしだからな」

「なんでぼくたちがそのトライアスロンに出なくちゃならないんですか」

モー次郎がほとんど涙声で言う。すると、ウガジンはわざとらしい咳払《せきばら》いをしてから語り出した。

「おまえら、うちの中学が来年にはなくなるのは知ってるよな」

「はい」

ぼくらが返事をすると、ウガジンは大きく息を吸ってから、急に大きな声で、演説っぽい口調で語り出した。

「この美里村はなくなるんだよ。美里中学校だってなくなるんだ。こんなさびしいことはないだろ。だから、せめて美里中の名前は残したいと思わないか。思うだろ？　そこで先生は考えた。栄《は》えある第一回目の桜浜ジュニアトライアスロン大会に出場し、優勝して美里中学校の名前を歴史に残したらいいんじゃないかってな」

美里中の名前を残したい。どこかで聞いたことのある言葉だった。ぼくはふと顔を上げた。興味深そうにこちらをうかがっている星村先生と目が合って、なるほどと思った。

以前、星村先生は帰りのホームルームで残念そうに話していた。美里中の名前を残して欲しかった、と。きっと、同じことをウガジンにも話したのだろう。そして、ウガジンは星村先生にいいところを見せたくて、トライアスロン大会への出場なんてことを言い出した。そうにちがいない。美里中の名前を残すために努力するひとりの教師と生徒たち。

そんな姿を星村先生に見せつけようと計画したのだろう。

「これが申込書で、これが誓約書。それから、これにはレースの概要が書いてあるからおまえら三人ともよく読んでおけよな」

「先生。ちょっと待ってください」

モー次郎がすまなさそうに手を挙げた。

「なんだ？」

「……ぼく泳げないじゃないですか」

いきなり頭痛におそわれた人みたいにウガジンが額をおさえた。水泳部の顧問だったくせに、モー次郎が泳げないことを忘れていたらしい。しかし、ウガジンは気を取りなおしたのか、すぐに言った。

「まあ、参加することに意義があるから。まずは岡本や優太といっしょに練習に参加してくれ」

やさしい言葉だったがきっと本音はちがう。モー次郎がトライアスロン大会で結果を出すことなんて、最初から期待していない。泳ぎが抜群に得意で、そこそこ足が速い姫ならば、優勝できると考えての計画なのだろう。

「ちょっと待ってくれよ、先生」

次に、姫が手を挙げた。

「なんだ」

「先生、おれさ……」

「どうした岡本。なにか不満があるのか」

「いや、ちがうけど……。出たいことは出たいんだけどさ」

「もしかして岡本は水泳の練習日程が心配なのか。でも、トライアスロン大会は夏休みの最後だぞ。全中の決勝のあとだ。先生は大丈夫だと思うがな」

「いやちがうんですよね」

「ん？」

姫がめずらしくもじもじと言った。

「おれ、自転車に乗れないんですよね」

「は？」

ウガジンの顔が、社会科の教科書に載っている口の丸く開いた埴輪《はにわ》そっくりになった。

ぼくも初耳だった。

姫がへらへら笑いながら説明する。

「小さいころに田んぼの畦道で軽自動車にはねられてから、乗るのがこわくなっちゃってですね、いまでもペダルに足を置いただけで膝がカクカク鳴っちゃうんですよ。自転車なんて人間の乗るもんじゃないですって。あんな細い骨組みとタイヤふたつでばかみたいにスピードが出るんだから、危なくてしかたないですよ」

よく思い返してみれば、姫が自転車に乗っている姿を見たことがない。

「ということで、先生」

姫はウガジンに向きなおり、申し訳なさそうに続けた。

「先生には、せっかく水泳部に復帰するための課題を用意していただいたんですけど、おれこの課題はちょっと……」

ウガジンはがっくりと肩を落とした。聞き耳を立てていた星村先生が、残念そうに机に向きなおった。その様子を横目で見たウガジンが、作戦失敗のため息をつく。

「じゃあ、今日のところは帰りますね。失礼しました」

姫が職員室の出口へ向かった。ぼくとモー次郎も続く。ところが、ウガジンがトライアスロン大会の申込書をひらひらさせながら追いかけてきた。

「ちょっと待て、おまえら。これをよく見てみろ。この第一回桜浜ジュニアトライアスロン大会はな、たくさんの参加者を募《つの》るためにいろんなローカル・ルールがもうけられているんだよ」

「ローカル・ルール？」

なんのことだかわからずに、ぼくは訊き返した。

「簡単に言えば、この桜浜の大会だけの特別ルールだ。今大会にはそのローカル・ルールのひとつとしてリレー部門があるんだよ。スイム、バイク、ランにひとりずつ出て、リレーをするんだ。つまり、三人ひと組のチームとして参加できるんだよ」

「なるほど、それならばおれがスイム担当で出りゃいいってわけですね」

姫がさっそく飛びついた。

「さすが岡本。話ののみ込みが早い」

ウガジンは拍手で姫を褒め称える。姫はモー次郎の肩をたたいた。

「おまえはいつも自転車で牛乳配達してるからバイク担当でいいよな」

「もちろん。自転車なら自信があるよ。毎朝三時間は自転車に乗ってるからね」

「三時間か。すげえな。オーケー。それじゃ、ラン担当は優太ということで」

「ちょっと待てよ」

話がどこまでも勝手に転がっていきそうなので、ストップをかけた。

「なんだよ優太」

「勝手に決めるなよ。トライアスロンに出場するなんて、ひと言も言ってないだろ」

そもそもぼくはひとり三競技だろうが、一競技だろうが、最初から出るつもりはなかった。

「いいじゃんか。おれを助けると思って出てくれよ」

馴《な》れ馴《な》れしい口調で語りかけてくる姫を無視して、ウガジンに詰め寄った。

「先生はぼくの膝が悪いことを忘れたんですか。ちょっと走るくらいならいいですけど、優勝なんて絶対無理ですよ。もし優勝したいんだったら、ぼくをメンバーからはずしてください」

「おい、優太」

いきなり姫に腕をつかまれて、職員室の外まで連れていかれた。

「痛いな。なんだよ」

姫の手を振りほどく。

「落ち着けよ。冷静になれって。いいか？　おれの水泳部復帰のために優太を巻き込んだのは悪いと思ってるよ。でもな、ウガジンはおれの復帰の条件として、トライアスロン大会への参加を言ってきてるだけなんだよ」

「うん？」

「つまりな、優勝しなきゃ駄目とは言ってないだろ」

そう言われればそうだ。

「おれたちはトライアスロン大会に参加すればそれでいいんだよ。優太はだらだら走ってくれるだけでいいのさ。そもそもさ、トライアスロン大会は全中のあとなんだぜ。全中に出られさえすれば、そのあとのトライアスロン大会でビリを取ろうが、途中で棄権しようが、関係ないってことだよ。学校がなくなるんだかなんだか知らないけど、卒業しちまうおれたちには関係ないよ。おれたちはただ出ればいい。わかったか」

姫の言っていることはわかった。でも、迷った。

たとえランパートだけにしても、膝の悪いぼくがトライアスロン大会に出るわけにはいかない。クラスのやつや、サッカー部のやつらに、出場することを知られたら都合が悪い。なんだよ走れるんじゃないか、なんて後ろ指差されることになる。ぼくの膝は壊れたことになっているのだ。

「やっぱり無理だよ。膝が悪いから」

苦笑いで断った。すると、姫の顔から表情がさっと消えた。視線はぼくの目に固定されたまま一ミリも動かない。そして、その瞳がぞくっとするほど冷たいのだ。一瞬にして鳥肌が立った。姫がこわい。

たしかモー次郎が言っていた。姫は真っ黒い心を持っていて、キレたらとんでもないことをするにちがいないと。悪魔みたいに見えたとも言っていた。

いま、この瞬間、モー次郎の言葉がとてつもなく真実味を帯《お》びて感じられた。

「おまえさ、もう猿芝居はやめろよ」

冷たくて乾いた声だった。

「なにが芝居なんだよ」

「膝が悪いなんて嘘をつくのはやめろ」

一瞬、息が止まった。

「嘘じゃないよ」

「本当は痛くなんかないんだろ」

「痛いけど我慢してるんだよ。痛くないふりをしようって努力してるんだ」

ぼくは左膝をさすった。

「ちがうだろ。痛いふりをする努力をしてるんだろ」

「そんなことないよ」

「言い訳はしなくていいぜ。前から思ってたんだけどさ、嘘ついてるのミエミエだぜ」

「いいかげんなこと言うな」

「いいかげんなのは優太だろ。膝が痛い、痛いって言うわりにはよ、帰りのホームルームが終わった瞬間にダッシュで帰ってるじゃん。おかしいだろ。というかさ、きっとクラスのやつらもおかしいって気づいてるぜ。気づいてないのは優太自身だけじゃないのか」

血の気がさっと引くのが自分でもわかった。

「なあ、優太。おまえ、なんか逃げたいことがあるんだろ。そのために膝が痛いっていう言い訳を用意してあるんだろ。ちがうか」

「そんなんじゃないよ。本当に痛いんだ」

「去年からおまえには水泳部に来てもらってるわけだけどよ、おまえのタイムどんどんよくなってたぞ。どっか故障してるとは思えないくらいにさ」

「適当に話を作るなよ」

「おれタイム計ってたもん。それに、おれくらい水泳を長くやってれば、泳ぎ方を見ただけでも故障を抱えてるかどうかくらいわかるもんさ」

思わずあとずさりした。姫はいままでぼくの膝の嘘を見抜いておきながら、ずっと黙っていたというのか。

「ぼくは本当に膝が痛いんだ。マジで走るのは無理なんだ」

「なんでもかんでもすぐに無理だ、無理だって言いやがって」

姫がにじり寄ってくる。浮かべている笑みが、ますます悪魔っぽくなっていく。くそ。マジでこわい。

「どうしたおまえら。いつまでも廊下で」

がらりと職員室のドアが開いて、ウガジンが出てきた。助かった。ウガジンに泣きつく。

「先生。やっぱりランパートは無理です。トライアスロンには出られません」

「でもなあ……」

「なんなら、ぼくが必ずかわりのランパートを探します。それじゃ駄目ですか」

姫の視線を頬に感じつつ懇願した。ウガジンが渋々答える。

「優太がちゃんと責任持って探すというんだな」

「はい」

「それならいい」

「ありがとうございます」

深く頭を下げてから顔を上げると、ウガジンの後ろに星村先生の姿が見えた。どうやら、こちらのやり取りが気になって様子を見に来たらしかった。いまこの状況で星村先生は天使に見える。天使に頼み込む。

「星村先生。明日の帰りのホームルームで、トライアスロンのランパートに出てくれる人を探したいんです。いいですか」

お願いします、と深々と頭を下げる。

「いいわよ」

星村先生はやさしく答えてくれた。やっと安堵《あんど》の息をつく。横を見ると、姫が冷やかな目でぼくを見ていた。「嘘つき」とその目は語っていた。

4

帰りのホームルームの壇上にぼくはいた。クラスのみんなに頭を下げて、訴えかけた。

「ぼくはこの通り左膝がよくないので、誰かかわりにランパートに出てほしいんです」

第一回桜浜ジュニアトライアスロン大会のことも、じゅうぶんに説明した。ウガジンが優勝を狙っていることも冗談っぽく話してみた。誰もくすりとも笑わなかったし、トライアスロンそのものに興味がなさそうだった。

「ねえ。誰か出てくれる人はいないの」

星村先生が助け船を出してくれる。しかし、誰も無反応だ。教室の隅っこの席に座っている姫が、あくびをしながら窓の外を見ている。どうせ誰も助けてくれないよ、と嘲《あざ》笑《わら》っている。

陸上部の伊達《だて》が低く手を挙げた。

「星村先生」

「なに、伊達くん」

「スイムパートとバイクパートには誰が出るんですか」

「スイムパートはうちのクラスの岡本くんよ」

へえ、とどよめきのような声が湧《わ》き起こる。

「それでね、バイクパートはＢ組の山田くん」

伊達が訊き返した。

「山田ってあの牛乳屋のですか」

「そうよ」

星村先生が答えた瞬間、クラスから爆発的な笑いが起こった。みんな口々に言う。

「それじゃ駄目だよ」

「絶対に優勝なんてできないよ」

「ブタが出るのかよ」

「いつものあのダサい自転車で出るんだぜ」

「おれ、絶対に出てやらねえ。モー次郎がいたら絶対にビリ確定だからな」

「いっしょに恥をかくのはゴメンだよ」

教卓を出席簿でたたいて星村先生が怒った。

「こら。静かに」

みんなにやにやしながら黙った。

「ねえ、先生からもお願いするわ。誰か出てくれないかな。まずは興味があって練習を見てみたいなってだけでもいいのよ」

反応はない。クラスの連中は自分には関係ないというように顔を伏せたり、隣の席のやつとしゃべり始めたりした。ぼくは困り果てて星村先生を見た。先生は小さくため息をついた。

教卓のすぐ目の前の席に座っている桃井が、だるそうに言った。

「長谷川くんが責任持って出ればいいんじゃないですかあ。姫くんが出るんだから、長谷川くんもがんばりなさいよ」

そうよ、そうよ。

女子たちからいっせいに声があがった。みんな姫の味方なのだ。星村先生が両手を挙げて、女子の声を制する。

「今回のトライアスロン大会は、男女混合チームでもいいのよ。だから、女の子が参加してももちろんいいのよ。岡本くんのために」

途端に女子たちは黙った。姫が小さく笑ったように見えた。女子たちを小ばかにしたのか、自分の人望のなさを自ら笑ったのかはわからない。

「優太くんは席に戻って」

星村先生に肩をたたかれた。席に着くと、教壇に立った星村先生がぼくらを見回して言った。

「ねえ。誰か出てくれる人はいないのかな。優太くんと岡本くんのために」

しんとする。帰りのホームルームの時間はとっくにオーバーしていて、廊下ではB組やC組のやつらがうろうろしている。

「前にもみんなに言ったと思うけれど、美里村はなくなっちゃうのよ。この美里中学校もなくなっちゃうの。美里中の名前も校舎もぜんぶ。先生はこの美里村で生まれて、美里南小に通って、この美里中を出て、高校は海王だったけどこの村から通って、ずっとこの村で大きくなったの。わたしを育ててくれた村だって思ってるの。それがなくなっちゃうんだから残念でしかたないのよ」

クラス全員が黙り込む。しかし、星村先生の話にしんみりしているというわけではない。帰りたくてそわそわしているのが伝わってくる。きっと、みんなこう思っているのだ。

別に美里中がなくなるっていっても卒業したあとの話だし、美里村にそんなに思い入れだってない。

「先生はね、美里中の名前がどこかに残ってくれればいいな、と思ってたから岡本くんたちがトライアスロン大会に出てくれるって話を聞いて本当にうれしかったの。ただ残念なことに優太くんが出られないから、みんなに協力してほしいのよ。先生のためにも」

星村先生は期待を込めた視線で、生徒ひとりひとりの顔を見ていく。ぼくとも視線が合った。すまない気持ちになってうつむいた。左膝をさすって、星村先生の視線をやり過ごした。

夕飯を食べたあと自分の部屋に戻り、電気もつけずにベッドに横たわった。

帰りのホームルームでの残念そうな星村先生の顔が、暗い天井に思い浮かんできた。先生はあのあとも、いかにこの美里村がすばらしいか力説した。

美里村にはたくさんの自然が残っていて、先生が小さいころと同じように駄菓子屋に子供が集まっていて、野原では自由にサッカーや野球が行われている。そして、こうした光景をやさしい気持ちで眺めている自分も好きなのだそうだ。

「先生はね、美里村を離れて東京の大学に行ってたんだけれど、この村に帰ってきたときにとってもほっとした気持ちになれたのよ。ずばり本当のことを言っちゃえば、東京に行っているあいだは楽しくて、美里村のことを忘れちゃってた。でもね、大学を卒業して美里中に戻ってきたときにわかったの。この村はわたしのことを忘れてなかった。お家《うち》で待っててくれているお父さんやお母さんみたいなやさしさで、わたしのことを待っててくれたのよ」

ぼくはこの村で生まれて、ずっと暮らしてきたので、星村先生の話すことにいまひとつ実感が湧かなかった。でも、先生の話のおかげで、この村へのいとおしさをほんのりとだけど感じられるようになった。

しかしながら、結局、トライアスロンのランパートに名乗り出てくれる人はいなかった。星村先生はがっかりした様子で職員室に帰っていった。なんだか胸が痛い。ぼくのせいのような気がする。

寝返りを打つと、階段を登ってくる音がした。足音は母のものだ。あまり遠慮のないノックが三つ続いた。

「美月ちゃんから電話よ」

「いま行くよ」

時計は夜の十時を回っている。いまごろなんの用だろう。ベッドから起き上がってドアを開けると、母がにやにや顔で立っていた。

「美月ちゃんから電話が来るのって久しぶりね」

「うるさいな」

母のわきをすり抜けて、階段を駆け下りた。たしかに美月から電話が来るのは久しぶりだ。小学校のとき以来だ。ちょっと緊張する。母に話を聞かれたくなくて、ぼくは受話器に向かって小さな声を出した。

「もしもし」

——ごめんね、優太。夜遅くに迷惑だった？

「そんなことはないけど。でも、話があるんなら携帯にかけてくれればよかったのに」

——だってわたし優太の携帯番号知らないもん。

「そっか。じゃあ番号教えるからさ、かけなおしてよ」

ぼくは携帯の番号を美月に教え、すぐに部屋に戻った。

「あれ？　もう用がすんだの」

母は階段の踊り場で待ちかまえていた。興味津々《しんしん》といった顔つきだ。

「終わったよ」

「なんだって」

「なんでもないよ」

「こんな夜に電話してきて、なんでもないってことはないでしょ」

「本当になんでもないんだってば」

無視して部屋に入ろうとすると、母がいっしょになって入ってくる。馴れ馴れしい笑みを浮かべている。

父が家を出ていったのは、ぼくが四歳のときのことだ。ちょうど十年前になる。そのときのことはうっすらとしか覚えていない。原因は父親の浮気だった。それも一度や二度ではなくて常習犯だったらしい。いつもいつも相手が変わっていたのよ、と母はいまでも愚痴《ぐち》る。

いまやこの家はぼくと母のふたりきりで住んでいる。母はぼくを息子としてというよりも、たったひとりの家族として一所懸命接しようとしてくれている。さびしがらせないように、という心遣いを感じる。それがとてもありがたく思えるときもあるし、うっとうしいときもある。

「そういえば昨日ね、家の前で美月ちゃんと会ったのよ。びっくりしちゃったなあ。あの子ってちょっと見ないあいだにほんときれいになったわよね。でも、小学校のころと変わらずにちゃんと丁寧《ていねい》な挨拶をしてくれて感心しちゃった」

「へえ」

「美月ちゃんて学校の成績もけっこういいらしいじゃない」

「そうみたいだね」

「美月ちゃんに彼氏はいないの」

「さあ」

「なにか聞いてない?」

「知らないよ」

母の背中を押して、部屋から追い出す。また部屋に入ってきそうな顔をしていたので、強くドアを閉めた。

優太ごめんね、フツーの家族じゃなくてごめんね、と酔ったときの母はよく謝る。会社の忘年会でお酒を飲んで帰ってきたときや、学校で三者面談があった日の夜などは、フツーの家族じゃないという話が必ず出てくる。

でも、いつも疑問に思う。フツーの家族っていったいなんだろう。離婚なんて珍しいことじゃない。離婚率ってやつが年々増えていることは、中学生のぼくだってテレビのニュースなどで耳にしている。姫の家も片親だと聞いた。去年の夏、ぼくが母とふたり暮しだと打ち明けると、姫はへらへらと笑いながら教えてくれたのだ。

「うちも親父《おやじ》がいないんだよねえ」

携帯の着信メロディーが鳴った。美月からだ。

――いま暇？

「うん」

――わたし、懐かしの例のルートで来てみたんだけどさ。

「ほんとに？」

例のルートとは、小学生のときにぼくが考え出した美月の家への行き方だ。部屋からベランダに出て、ステンレス製の柵《さく》を乗り越えると、ブロック塀の上に足を下ろすことができる。ブロック塀はぼくの家をぐるりと回っていて、お隣さんの家のブロックにつながっている。そのお隣さんのブロックの上を歩いていくと、美月の家のべランダ下までたどり着けるのだ。

ベランダをよじ登れば、そこはもう美月の部屋だ。小学生のころ、美月が学校を休んだ日などは、そのルートを通ってプリントを届けたり、見舞いに行ったりしたものだった。

携帯を持ったままカーテンを開ける。本当にベランダに美月が立っていた。緑色のタンクトップを着ていて、下は自分でキュロットふうに切ったらしい洗いざらしの青いジーンズだ。いつもの地味な学校の制服よりかわいらしかった。

「ほんとに来たんだ」

――こんばんは。

美月の唇がそう動く。声は携帯の中から聞こえてくる。耳元で囁《ささや》かれたみたいだ。

「夜にこのルートを来るなんて危ないだろ」

「優太だって前は夜に来てたじゃない」

電話を切った美月がガラス越しに言う。

「それは小学生のころの話だろ。あのころは、身軽だったし」

ガラスサッシを開けると、美月が訊いてくる。

「部屋に入ってもいい？」

ぼくはうろたえた。夜に美月と部屋でふたりきり。そんな状況はちょっと無理だ。緊張しすぎて頭がどうにかなってしまう。

「せっかく晴れた夜なんだから星を見ようぜ」

ベランダに出て、柵にもたれて空を見た。

「なるほど。星空の下ってのもいいかもね」

美月が並ぶ。

「夏の大三角がちょうど昇ってきたところだよ」

「夏の大三角？」

「琴座のベガ、鷲《わし》座《ざ》のアルタイル、白鳥座のデネブ。この三つの一等星を結んでできるのが、夏の大三角さ」

空を指差して教えてやる。

「どれ？　わかんないよ」

美月はぼくと同じ視線で星を探そうというのか、夜空を見上げたまま体を寄せてくる。シャンプーのいい香りが漂ってきた。風呂《ふろ》上がりのようだ。彼女のほかほかとした体温が、夜の空気を伝わってくる。どきどきした。

「あの白く輝いてる星がベガだよ。わかんないかな」

ぼくはわざとぶっきらぼうに言って、美月から少し距離を取った。

「もしかして、あれ？」

美月の人差し指が、一直線にベガを指す。

「そう。その右斜め下に行くと、ちょっと黄色っぽいアルタイルがあるんだけど」

「あ、わかった。見つけたよ」

「そこから左へ行くとデネブ。デネブから右上に行くとふたたびベガ」

「おお。なるほどー。わかった。あれが夏の大三角」

ぼくらは黙ったまま夜空を眺めた。

それにしても、なぜ美月は今夜いきなりやってきたのだろう。ぼくに会いたくなった、なんてことはないとわかっている。やはり、あのことだろうか。思い当たることがひとつあった。

「ねえ、お願いがあるんだけど」

空を見上げたまま美月が言う。

「なに」

「トライアスロンのことなんだけれど……」

やっぱり。

「ランパートに出るように説得してきてくれって姫に頼まれたのか」

「そうじゃないの」

美月は慌てて首を振る。

「トライアスロンに参加しないと、暁人くんは水泳部に戻れないわけでしょ。それなのに、ランパートの人が見つからないんでしょ？　わたしは暁人くんにもう一度水泳をやってもらいたいから、自分から優太に頼みに来たんだよ」

「そっか……。でも、無理だよ」

ぼくは左膝をさすった。美月は悲しげに頷いた。労《いたわ》るような目つきでぼくの膝を見る。その視線にほっとした。膝が悪いふりをしてるだけだろ、と姫に指摘されたが、そのことを美月には話していないようだ。

「さびしいな」

美月がつぶやく。

「なんで」

「わたしいまでもよく覚えてるよ。三年前、あいつらから逃げるために、優太がわたしの手をぎゅっと握って引っ張ってくれたときのこと。あのときの優太はほんとに速かった。もしかしたら、優太の足についていけなくて、転んじゃうかもってはらはらしながら走ったんだから。けど、とっても頼もしかった。優太の手を握ってさえいれば、絶対に安全なところまで逃げられるって安心してた」

「なにが言いたいの」

ぼくの言葉に、美月は心の底から悲しそうな顔をした。

「走る優太の背中はすごくかっこよかったたってこと。でも、ああいう姿はもう見られないんだと思ったら、さびしくなっちゃって」

心がひりひりする。三年前はすごくかっこよかった。裏を返せば、いまはかっこ悪いということだ。でも、自分でもよくわかっている。いまのぼくはかっこ悪い。イケてない。

探り合いのような沈黙が流れたあと、急に美月は明るく言った。

「じゃあ、今日はもう帰るね」

「あ、ああ」

美月はベランダの柵に手をかけた。

「いきなり来て、変なこと頼んじゃってごめんね」

「いや……」

「よいしょ」

と美月が柵を越える。星空を背にしょった美月と、柵越しに向かい合う。急に、美月をこのまま帰してはいけないような気がした。

「ランパートは誰か頼むあてがあるの」

「ないけど」

「どうするの」

「わたし」

美月は強く短く答えた。

「美月？」

「そう。わたしが出るの。だって男子が出ても女子が出てもどっちでもいいんでしょ」

「本気？　五キロも走るんだよ」

「大変だけど大丈夫だよ。わたしだってバスケ部でけっこう走ってるんだから。それに暁人くんは言ってたよ。別に優勝しなくてもいいんだって。それなら、わたしだっていいでしょ」

「姫に頼まれたのか」

美月は大きく首を振った。

「わたしが参加すれば暁人くんが水泳部に戻れるんだよ。それでいいじゃない」

すごくショックだった。笑顔で語る美月を見ながら、どんどん自己嫌悪に陥っていった。姫が好きで、姫のために走ろうと決める美月にくらべて、ぼくはなんてちっぽけなんだろう。好きな人のためにがんばろうとしている彼女が、健気《けなげ》で、美しく見えた。同い年の女の子なのにかっこよく生きているように思えた。

姫がうらやましい。美月のような女の子に好きになってもらえるのだから。嫉妬だって覚える。しかし、いまのぼくは嫉妬できる立場でさえない。膝が痛いふりをして、わざと本気を出さない言い訳を用意して、傷つくことから逃げている。なんて自分はかっこ悪いんだろう。みっともないんだろう。ぼくが、ぼくであるということに、こんなに強い嫌悪を覚えたのは初めてだ。心の中が真っ黒に塗り込められて、なにも考えることができなかった。うつむいて黙り込んでしまった。

「どうしたの」

美月が心配してくれる。でも、ぼくはしばらくのあいだ沈んだ気持ちから立ちなおれなかった。

十分ほどの沈黙のあと、そばで寄り添ってくれていた美月に、ぼくはなんとか語りかけた。

「美月はほんとに姫が好きなんだな」

「なによ、いきなり」

「姫のために走る覚悟をするなんて、好きじゃなくちゃできないだろ」

「そうかな」

照れを隠そうというのか、美月はぐっと顎をそらして空の真ん中を見上げた。

その横顔を眺めながら、ぼくは思った。このままかっこ悪い自分でいるのはいやだ。小学校六年生の長谷川優太のほうが、ぼくよりずっと先を走っている気がする。まだ小さい小学生のぼくの背中を、いまのぼくが追いかけている。それほど、いまのぼくはすべてにおいて情けない。かつての自分にも勝つことができない。

ぼくは変わりたい。三年前のほうがかっこよかったなんて言われる男から変わりたい。さびしいなんて言われる男はもういやだ。実際にいま膝がどんな状態なのかわからないけれど、美月といっしょに中学にいるあいだに、一度でいいから全力で走っておきたい。そうでないと、彼女を好きでいる資格さえないように思えた。

「走るよ」

「え？」

美月の視線がぼくにそそがれる。

「ランパートに出るよ」

「本当？」

抱きついてきそうな勢いで、美月が微笑む。

「でも結果は期待するなよ。とにかくがんばってみるけどさ」

「ありがとう」

美月が太陽のような笑みで言う。

「別にいいよ」

「でも、どうしていきなり」

ぼくはゆっくりと首を振ってから答えた。

「ないしょ」

「なんなの、ないしょって」

笑顔でぼくの顔を覗《のぞ》き込んでくる美月に背を向けて、心の中でつぶやいた。せめて、好きな女の子の前では、言い訳をしない男になりたいんだ。

5

校庭を大回りで走った。フェンス沿いに並ぶ桜の樹の下を行く。空には容赦《ようしゃ》なく光と熱を撒《ま》き散らしている七月の太陽がいる。校庭の地面は乾ききっていて、走ったあとには白い土ぼこりが巻き上がる。

真剣に走るのは二年ぶりだ。すぐに息が上がって、横っ腹が痛くなった。筋肉が落ちているせいで足がなかなか前に進まない。けれども、体はよろこんでいる。もっともっと動こうぜ、とぼくに呼びかけてくる。

なぜぼくはもっと早くから走ろうとしなかったんだろう。膝はぜんぜん痛くない。とっくに完治していた。痛ければいいな、と願い続けて無駄な時間を過ごしてしまった。痛いふりで手に入れた平穏な毎日は、たしかにぼくを傷つけなかったけれど、きっとそのあいだにたくさんの可能性を捨ててしまっていたにちがいない。

最初は軽く走ってそのまま終わりにするつもりだった。でも、走り込むうちに自然とスピードが上がってきた。うまく言葉にできないけれど、体自身がもっと自分を試したがっている。もう少し速く走れるんじゃないか、あとちょっと体のバネを使ってみてもいいんじゃないか。そして、大回りの五周目が終わるころには、自分でもびっくりするほどの全力疾走となっていた。

それでも、体はまだまだぼくに要求してくる。もっと速く、もっと速く。ぼくは両手を思いっきり振って、めいっぱい地面を蹴って走った。

陸上部のトラックにコースを変更する。トラックの直線の終わりをゴールと決めた。ラストスパートだ。息を止めて、体の中のすべての力をしぼり出すようにして、ゴールを駆け抜けた。空がとても広く感じられる。入道雲がきらきらと光って見える。どこへでも飛んでいける羽なんていらないかもしれない。こんなにも軽やかに走れる足が、ぼくにはあると知ってしまったいまは。

朝礼台に寝転がって息を整えた。疲れたけれど気持ちがいい。ランパートに出るように説得しに来てくれた美月に、ありがとうと抱きつきたい気分だ。

「おい、優太」

呼びかけられてどきりとした。ゆっくりと体を起こす。C組の猫田《ねこた》だった。サッカー部でいっしょだったやつだ。

「やあ」

弱々しい返事になる。逃げるようにサッカー部をやめたときから、サッカー部員に負い目を感じてしまう。嘘つきと見られているように思えてしまうのだ。

「元気じゃないの。思いっきり走っちゃってさ」

猫田がにやにやと笑いかけてくる。思わずぼくは自分の左膝に手を当てた。

いや、まだまだ膝が悪いけど、いやなことがあったから、やけになって走ってみようかな、なんて。

そんな言い訳が頭に思い浮かんだ。しかし、膝から手を放して、はっきりと答えた。

「膝はもう治ったんだ。思いっきり走れるんだよ」

猫田が意外そうな顔をする。

「そうなのか」

「もうばっちり」

左膝をばんばんとはたいて見せると、猫田は残念そうに腕組みをした。猫田はぼくがフォワードからディフェンダーに回されたとき、逆にフォワードに抜擢《ばってき》されたやつだ。ぼくがサッカー部を退部するときに、ライバルが減るからとやけにはしゃいでいたのも知っている。

「じゃあ、サッカー部に戻ってくるのかよ」

ふてくされた口調で猫田が訊いてくる。

「戻らないよ。いま戻ってもおまえらレギュラーにはかなわないし、足を引っ張るだけだからさ」

「そ、そうだよな」

猫田がほっとしたように笑い、べらべらと続けた。

「いま優太が戻ってきても、そう簡単にまた元のレベルにまでうまくなるのは難しいもんな。それに、おれたち三年だってこの夏が終われば部活は引退だし」

「そうだな」

なぜか心に余裕があった。しっかりと負けを認める強さが、自分にはあるのだとうれしくなったくらいだ。

サッカーのゴールからそれたボールが、こちらに転がってきた。それに気づいた猫田が、インサイドでトラップする。

「じゃあ、おれ、もう行くよ」

猫田はボールをグラウンドに蹴り返す。走っていこうとする猫田を脅してやる。

「勝負は高校に入ってからだよ。もし敵だったら目にもの見せてやるぜ」

「わ、わかったよ」

走り去る猫田を見送りながら、何度も自分で言った言葉を嚙《か》みしめた。

勝負は高校に入ってから。

いまのぼくにはその言葉が、強がりでも、遠い希望でもなく、やがて来るほんとの未来として感じられた。ぼくは高校に行ってサッカーをふたたび始める。そのために、冬のあいだに練習を始めよう。すべて一からやりなおしてみよう。

校庭からプールへと向かった。体育館と柔道場のあいだの日陰を歩く。休憩中の美月とばったり出くわした。

「優太。調子はどう？」

美月の後ろにはたくさんのバスケ部の女の子たちがいた。みんな暑い体育館から出てきて、この風通しのいい日陰で涼んでいるらしい。

「まあまあだよ」

「モー次郎くんもさっき自転車に乗って練習してたわよ」

トライアスロンはひとりでスイムとバイクとランをこなす競技だ。だから、本来ならばひとりで三種目練習しなくてはならない。でも、今回ぼくたちはリレー部門に出場するので、それぞれ自分の種目だけを練習することになった。ぼくは校庭で走り、姫はプールで泳ぎ、モー次郎は実用車で学校の周りの安全な道をグルグル走っている。

「そろそろモー次郎もプールに戻ってくるんじゃないかな。あいつ泳げないけど、汗かいた体を冷やしたくてプールには入るからさ」

「優太もこれからプール？」

「うん。やっぱり暑いからプールに入ろうと思ってさ」

「いいなあ、プール」

美月は満面に笑みを浮かべ、手の甲で額の汗を拭《ぬぐ》った。かわいい女の子は、汗まできれいに見える。ぼくやモー次郎の汗とはちがう成分でできているみたいだ。

「じゃあ、もう行くよ」

見つめてしまいそうになるので、美月に手を振ってプールに向かった。後ろから美月が言う。

「ありがとうね」

美月の声が、体育館と柔道場のコンクリート壁のあいだで響き渡る。姫が水泳部に復帰したことを言っているのだろう。でも、お礼なんて恥ずかしい。

「なんのこと」

ぼくはとぼけてみせてからプールへと走った。

プールでは姫がウガジンの特訓を受けていた。ふたりの今後の予定は慌《あわ》ただしい。今週末には全中の地区予選がある。それをクリアすれば県大会だ。そこで標準記録というものを突破すれば、全中への出場資格を得ることができる。

「おい、岡本。おまえさ、もうちょっと肉つけろ。痩せすぎなんだよ。水に浮かないだろ」

「これでもけっこう食べてるんですよ。肉つきづらいんです」

「よし。じゃあ、今度いっしょに焼肉を食べに行こう」

「いやですよ。先生とふたりきりなんて」

「なんだとう」

ウガジンと姫はぼくがすぐそばを通っても、気づくことなくこんなやり取りをしている。どうやら、ふたりはうまくやっているらしい。

水泳パンツに着替えて、準備運動をした。プールはやや高台に造られているから見晴らしがいい。美里村の水田を遠くまで見回しながら屈伸をして、そのあとに大きく上体を反らした。空が青い。太陽がぼくの肌をぴりぴりと焼いている。

少しずつだけれど、ものごとがうまく行き始めている気がする。なにがどうとは詳しく言葉にできない。でも、いい夏を過ごせそうなわくわく感が、体の中に満ち始めているのだ。

6

夏休みに入った。

ぼくと姫とモー次郎の美里中トライアスロン・チームは、ウガジンのファミリーワゴンに乗り込み、一路桜浜へと向かった。ウガジンの親戚《しんせき》が経営しているウミガメ荘という民宿に宿を取り、二泊三日の合宿に出かけることになったのだ。

「実際に一度は本番のコースを回っておくべきだと思うんだよ」

とウガジンが提案したために、この合宿が開催された。

ウミガメ荘にたどり着き、ファミリーワゴンのスライドドアを開けた。その途端、潮の香りが車に吹きこんでくる。ここから桜浜まで歩いて三分。海はすぐそこだ。

車から降り立って伸びをする。高台に建つウミガメ荘の庭先から、きらきらと輝く青い海が見える。

「おまえら三人とも、ウミガメさんに失礼のないようにな」

ウガジンは、親戚のおばちゃんをウミガメさんと呼んだ。本当は亀井《かめい》さんという名前なのだが、ウミガメ荘を営んでいるために、ウミガメさんと呼ばれているのだという。

ぼくらはみんなそろってウミガメさんに挨拶をした。ウミガメさんは肌が白くて、髪の毛も真っ白な、ちっちゃいおばあさんだった。目尻に笑いじわがくっきりと刻まれていて、こんなことを言ったら失礼かもしれないけれど、かわいらしいのだ。

ウガジンがファミリーワゴンの後部ハッチを開ける。モー次郎の実用車を下ろすことになった。中に乗り込んだウガジンが、実用車を運ぼうとして不機嫌な声をあげる。

「重いなあ、これ」

「でしょう」

自慢げにモー次郎が答える。

「でしょうじゃなくて、おまえも手伝えよ」

ウガジンがモー次郎を睨みつける。姫がぼくのそばまで寄ってきて囁いた。

「ウガジン、機嫌が悪いな」

「そうだな」

「星村先生が来られなくなっちまったからだろうな」

「なるほど。そういうことか」

当初の予定では、星村先生も合宿に参加するはずだった。というよりも、星村先生が来るように、ウガジンがこの合宿を計画したとしか思えなかった。ところが、星村先生は実家の事情で、急遽《きゅうきょ》来られなくなってしまったのだ。ウガジンも予定を変更して、ぼくらをウミガメ荘に送り届けたら帰ることになった。

「優太に岡本！　おまえらもボーっとしてないで、荷物下ろすの手伝え」

「はーい」

すべての荷物を下ろし終わると、ウガジンがぼくらを整列させて言った。

「じゃあ、これ渡しておくから、ちゃんと練習しておけよ」

一本のビデオテープと薄っぺらい雑誌一冊を手渡された。ビデオの背表紙のシール部分には「日本トライアスロン選手権」と書かれている。雑誌は表紙に『トライアスロンマガジン』とでかでかと書いてあり、外人の男性がガッツポーズをしていた。七月号らしい。

「もしかして、これだけで練習しろってことですか」

モー次郎が不安そうに尋ねる。

「悪いな。あんまり資料がなくてさ。でも、その『トライアスロンマガジン』は練習方法やレース前のコンディション作りが詳しく載ってるからきっと参考になるよ。あとはおまえらの創意工夫でやってみな。自主性がきちんと実を結ぶってことを、おまえらにはこの夏に知ってほしいんだ」

「なんか偉そうなこと言ってるよな」

姫が地面に向かってつぶやく。

「なにか言ったか、岡本」

「いいえ」

「あと、このビデオテープはウミガメさんに見せてもらえ。いいですか、ウミガメさん」

ウミガメさんはにこやかに微笑む。

「じゃ、がんばれよ」

ウガジンはそう言い残すと、さっそうとファミリーワゴンに乗り込んだ。

「あ、そうそう岡本」

窓を開けたウガジンが姫を呼ぶ。

「なんですか」

「八月に入ったら中総体もあるし、関東大会もあるんだから、あんまり無理しなくていいからな」

「はい」

「全中がすべてなんだから」

「もちろんですよ」

姫は先週行われた全中の地区予選において、二百メートルと四百メートルの両方で一位になった。そして、昨日とおといの二日にわたって行われた県大会では、余裕で標準記録を突破し、全中への出場資格を得た。ついに全国というわけだ。姫は当然という顔をしているが、うれしいにちがいない。

「じゃあ、あさって迎えに来るからな」

ファミリーワゴンはそろそろとじゃり道を下っていき、県道に出ると右に折れていった。ウミガメさんは忙しそうに宿に戻っていく。桜浜で海の家も営んでいるらしく、このあと手伝いに行かなければならないそうだ。

「よし。着替えたらさっそく練習しよう」

モー次郎が勇んで言う。しかし、姫がばかにしたようなため息をついた。

「おい、ブー。もしかして、おまえ本当に真面目《まじめ》にトライアスロンの練習をするつもりなのか」

「そうだよ。岡本くんは桜浜までなにしに来たと思ってるの」

「せっかく海に来て、ウガジンがいないんだぜ。練習なんかあと回しに決まってるだろ。なあ、優太」

姫はぼくがランパートを引き受けてから、やけに馴れ馴れしくなった。

「いや、でも」

と答えを渋ると、姫が海を指差す。

「見ろ。あのきらめく青い海に白い砂浜。遊ぶしかねえだろ」

ぼくらは並んで海を眺めた。砂浜ははしゃぐ海水浴客でいっぱいだ。色とりどりのパラソルが立ち並んでいる。あんなななかをランニングするのは恥ずかしい。

しかし、それ以上に気にかかることがあった。こんな炎天下を走ったら、日射病とか熱中症になってしまう。

「なあ、モー次郎。姫の意見に賛成するわけじゃないけどさ、いまの時間帯には練習しないほうがいいよ。日射病とか熱中症になっちまうよ」

「優太くんまでなに言ってるんだよ。せめて本番のコースの下見くらいはしておこうよ」

「だから、行くなら夕方からにしないか」

せっかく忠告しているのに、モー次郎はまるで耳を貸さずに、ウガジンから渡されたコースマップを広げた。

「ほら、けっこうな距離があるよ。優太くんも岡本くんもちゃんとこのコースマップ見てよ」

「おい、デブ。しつこいな」

姫がコースマップを取り上げる。

「なにするんだよ」

「おまえひとりで回ってこいって。太陽の下で自転車乗りながら、焼きブタにでも蒸しブタにでも好きなもんになってこい」

姫はコースマップをぽいと投げ捨てた。コースマップは風にあおられながら、実用車の下まで飛んでいく。慌てて拾ったモー次郎が、頬を膨らませて言った。

「わかったよ。ひとりで行くよ」

「おい、いま行くのはまずいって」

モー次郎の肩をたたいて落ち着かせようとした。しかし、すっかり機嫌を損ねてしまったらしく、無言でぼくの手を振り払う。黙ったまま実用車にまたがると、そのまま坂道を下っていってしまった。

「ばかだな、あいつ。ほんと融通が利かないよな」

姫がせせら笑う。

「真面目っていえば真面目なんだけどな」

モー次郎をかばうように言うと、姫はしらけた顔をして言う。

「そういえばさ、今日はゲストを呼んであるんだよ」

「ゲスト?」

「ウガジンが帰っちゃうんだから、もう誰を呼んだっていいだろ」

「誰?」

「美月」

姫は照れもせずにさらりと言ってのけた。

「夕方にこっちへ着くらしいぞ」

今日このあと美月が来るのか。海に遊びに来るのだから、水着を用意してくるんだろう。もちろん、スクール水着ではなくて、プライベート用の水着だ。かわいい水着だろうか。それとも、大人っぽいセクシーなやつだろうか。ぼくはちょっと興奮した。

でも、ふと我に返った。そして、虚《むな》しさを感じた。美月がどんな水着を選んできても、それを見せたい相手はぼくじゃない。姫のための水着なのだ。まったく姫がうらやましい。嫉妬心をなんとか腹の底にのみ込んだ。


かんかん照りの太陽の下で、午後いっぱい泳ぎ続けた。姫は体を焼きたいらしく、ウミガメさんの海の家で買ってきたビニールシートに横になり、ぐうぐうと寝て過ごした。

夕方五時すぎまでのんびりと過ごしたあと、ぼくらは海をあとにしてウミガメ荘を目指した。砂浜を水色のビーチサンダルで歩く。海の家の並びを過ぎて、アスファルトの駐車場を抜けると、海岸線に沿って走る県道に出る。県道は駐車場よりも二メートルほど高いところを通っているので、コンクリートの坂道を登って県道に出た。

そのとき、ちょうど実用車に乗ったモー次郎を見つけた。後ろ姿だ。ついさっき通り過ぎたばかりらしい。モー次郎はかなり疲れているらしく、ハンドルに上半身を預けるようにして実用車をこいでいた。

「おーい。モー次郎!」

ぼくは大声で呼びかけた。でも、聞こえていないようだった。姫がばかにしたように言う。

「なんだよあいつ。ぜんぜん聞こえてないじゃん。おいデブ!」

「モー次郎!」

ぼくらはモー次郎の名前を呼び続けた。すると、さすがに聞こえたのか、モー次郎はハンドルから体を起こした。

でも、どこか様子がおかしい。キョロキョロと周りを見回すばかりで、ぼくらがいる場所に気づかない。姫が首をひねった。

「なんだよ、あいつ。おれたちここから呼んでるのに気づいてないんじゃねえの。おーい。ばかモー次郎。こっちだよ」

モー次郎が体をひねって周りをうかがうために、実用車がふらつき始めた。体をひねるたびに、実用車が右へ左へと大きく蛇行する。

「おい、デブ!」

姫がひと際大きく叫んだとき、モー次郎の実用車はセンターラインのあたりまではみ出した。そのすぐ後ろには、かなりのスピードで走ってきた銀色のオープンカーが迫っていた。

「危ない！」

オープンカーはクラクションをけたたましく鳴らした。しかし、モー次郎はよけようとせずに、急ブレーキをかけて道の真ん中で実用車を止めた。オープンカーも急ブレーキだった。モー次郎とあやうく接触するところだった。

「ばか野郎！　殺されてえのか！」

ドライバーが身を乗り出して叫んだ。

「す、すみませんでした」

モー次郎が慌てて謝る。オープンカーはいやがらせのようにクラクションを鳴らし続けながら去っていった。ぼくらは駆け寄った。

「おい、モー次郎。危ないだろ」

心配半分、責める気持ちが半分だ。モー次郎は苦笑いで頭を掻いた。姫は容赦なくモー次郎の頭をたたく。

「おまえ、ばかじゃねえの。鈍すぎるよ。おれと優太があんなに呼んだのに気づかないし、クラクション鳴らされてるのによけないし」

「うん。やばかった……」

「いったいどういう神経してるんだよ。もしなんかやばいことがあったとき、いちばん最初に死ぬのは、絶対に鈍感なモー次郎だな。決定だな」

「そんなに責めるなよ。無事だったんだからよしとしようよ」

姫は不承不承頷いた。

三人で道のわきへとよけた。そこへ、ふらふらと七十歳くらいの老人が歩いてきた。白いTシャツに青いジャージのズボン、頭には白のメッシュキャップといった恰好のスポーティーなじいさんだ。

「大丈夫かい。モー次郎くん」

「あ、おじいさん。大丈夫だったよ。転ばなかったしね」

モー次郎が親しげに答える。

「モー次郎のおじいちゃん？」

横から尋ねる。

「ちがうよ。今日初めて会ったんだ」

「へえ」

「トライアスロンのコースがよくわからなくて困ってたら、このおじいさんが助けてくれたんだ」

どうも、とぼくと姫はじいさんに挨拶をした。

「君たち、トライアスロンに参加するために、ウミガメ荘に泊まってるんだってね」

「ええ」

「三人でリレー部門に出るんだって？」

「はい」

「すごいねえ」

じいさんはにこにこ顔だ。ぼくは正直言って、困ったなと思った。ぼくは祖父も祖母も、物心ついたときにはこの世にいなかった。父方母方両方ともだ。だから、いわゆるじいさんばあさんの年齢の人と話をしたことがない。笑顔を見せようと思っても、なんだかぎこちなくなってしまう。

次の言葉に困っていると、じいさんがやや真剣な顔をして忠告してくる。

「そうそう君たち。トライアスロンの練習は気をつけなさいよ。スイムの子は無理に沖合いまで行かないように。バイクのモー次郎くんは車に気をつけて。それから、ランの子は炎天下だから日射病にならないように帽子をかぶりなさい」

「はい」

「本番が楽しみだね」

「はあ」

ぼくと姫は顔を見合わせてから、じいさんに頭を下げた。そして、もう一度お礼を述べてから、じいさんと別れた。名残惜《なごりお》しそうにしているモー次郎の腕を引っ張って、ウミガメ荘に向かう。なぜかモー次郎がうれしそうに微笑みかけてきた。笑っている理由がわからなくて、ぼくはモー次郎を小突いた。

「なんだよ」

「いやあ。ぼくあのおじいさん好きなんだ。だから、優太くんも岡本くんもなかよくなってくれてうれしくてさ」

「あほくせえ」

と姫がこぼす。

「でも、なんか変なじいさんじゃなかったか」

ぼくはふたりに訊いてみる。モー次郎に強く言い返された。

「そんなことないよ！」

姫は首をひねっている。実は、ぼく自身もなぜ変と感じたのかよくわからない。ただ、違和感がある。

ああだこうだと考えながら、ウミガメ荘の門までとぼとぼと歩いた。そのとき、ふと思い当たった。あんな老人の口から、すらすらとトライアスロンの話が出てくるのがおかしいのだ。スイムだのバイクだのランだのと詳しすぎるじゃないか。

もしかしたら、さきほどモー次郎がじいさんにトライアスロンについて、詳しく教えたのだろうか。確かめてみようと思って、モー次郎に話しかけようとした。

しかし、そうしたじいさんに関する疑いは、一瞬で吹っ飛んでしまった。どうでもよくなった。ウミガメ荘の縁台に座る美月を見つけてしまったからだ。

美月は赤い花をあしらった白いワンピースを着ていた。大きな麦藁《むぎわら》帽子を浅くかぶっている。白いサンダルを爪先《つまさき》にひっかけてぶらぶらさせていた。見られていることに気づかないその横顔は、くそーっと叫びたいほどかわいかった。

「よう」

姫が美月に軽く挨拶をしながら近づいていく。その馴れ馴れしさがうらやましい。

「けっこう焼けたね」

美月が姫の顔をまぶしそうに見上げる。

「あんまりよく焼けてるからさ、ライフセーバーの人にまちがわれちまったんだぜ。な、優太」

「ああ」

「優太も焼けたね」

美月は立ち上がり、ぼくのほうへと歩いてくる。目が合うのは照れくさい。

「まあね」

とぼくは顔を伏せて答えた。

「モー次郎くんはどう？」

モー次郎ははいていたハイソックスをずり下ろし、美月に見せた。真っ白な脛《すね》が現れる。日焼けした太腿《ふともも》と明らかに色がちがっている。

「うわ。色を塗り分けたみたくなっちゃってるね。なんでこんなふうに」

「今日一日ずっと自転車に乗ってたからね」

「モー次郎くんは海に行ってないの？」

「だってさ、今回はトライアスロンの合宿だよ。それぞれのパートを練習するのは当たり前じゃん。それなのにさ、優太くんと岡本くんときたら」

そこまでモー次郎が言ったとき、急に姫が割り込んだ。

「モー次郎は練習熱心なんだよ。おれたちも一応練習したけど、やっぱりモー次郎にはかなわないよ。なあ、優太」

しきりにウィンクしてくる姫に、しかたなく同意してやった。

「そうだな」

「距離は大変？」

美月が首をかしげて尋ねる。姫はきょとんとした顔で訊き返す。

「距離？」

「うん。トライアスロンのコースの距離」

「まああだな」

「これから連れてってもらってもいい？　どんなところをみんなががんばるのか見たいから」

「今日？　もう今日はやめとこうぜ。日が暮れちゃうと危ないからさ。明日にしようぜ」

姫はウミガメ荘の玄関へと向かっていき、そのまま中に入ってしまった。美月が残念そうに海を見やる。日が落ちるまでにはあと一時間以上ある。

「ふたりで行こうか」

そんなふうに美月を誘えたら、どんなに楽しいだろう。でも、ぼくは誘い文句をのみ込んで尋ねた。

「もしかして、今日は泊まっていくつもり？」

「うん。うちのママに優太といっしょだって言ったら、じゃあいいよって。優太ってうちのママに信頼されてるからね」

なんて返したらいいのかわからない。信頼されているのはうれしいが、それは美月のママに信頼されているという話であって、結局ぼくは美月が姫と泊まるための口実に利用されたってことじゃないか。

「夜にみんなで花火ができればいいね」

美月はそう言うと、姫のあとを追うようにしてウミガメ荘へと入っていった。そのあとに続こうとするモー次郎を呼び止める。

「なあ、モー次郎。コースマップを見せてくれよ」

「なんで」

「いまから走ってくるんだよ」

「いまから？　せっかく藤谷さんが来たのに」

だから走りに行くんじゃないか。あのふたりがいちゃいちゃするところなんて見たくもない。胸は苦しくなるだろうし、いらいらもするだろう。

「いいからコースマップを出せよ」

「ごはんまでには帰ってくる？」

「そのつもりだけど。どうして」

「どうせ本番のコースに行くんなら、美月ちゃんを連れてってあげればいいじゃない」

「いいよ」

ひとりっきりになって、ひとりで走って、心の中にある嫉妬心を振りきりたい。もしできることなら、美月への思いもどこか遠くに捨ててきてしまいたい。

「じゃあ」

モー次郎がコースマップを渡してよこす。不思議そうな顔をしているモー次郎に手を振って、ぼくは桜浜へ向かった。

スタート地点へ行ってみた。トライアスロンはスイム、バイク、ランの順番で競われる。ぼくらが参加するリレー部門も同じ順番だ。だから、スタート地点に立つのは姫ということになる。

スタート地点は砂浜になっている。その砂浜を走って、海に飛び込み、スイムが始まる。コースマップによれば距離は〇・五キロ。つまり、五百メートルだ。コースは海を沖に向かって泳いでいき、海面からぽっかりと顔を出している犬岩《いぬいわ》という名の岩をぐるりと左回りで戻ってくる。

犬岩を見る。柴犬《しばいぬ》の頭にそっくりの岩だ。岩幅は両手を広げたくらいか。往復五百メートルの距離だけど、いつも二千メートルは泳ぎ込んでいる姫にとって楽勝だろう。

スイムパートの次はバイクパートだ。砂浜を上がっていったところの、アスファルトの駐車場にトランジションエリアが作られる。

トランジションエリアとは種目と種目のあいだに設置された区域だ。スイムパートとバイクパートのあいだと、バイクパートとランパートのあいだの二ヶ所に設置されている。トライアスロンは本来ひとりで三つの種目をこなすので、次の種目の準備をする区域が用意されている。スイムを終えた選手はトランジションエリアに用意されたバイクに乗ってバイクパートに移っていき、バイクが終わればトランジションエリアでランニングシューズをはいてランパートへと移っていく。

ぼくら美里中トライアスロン・チームはリレー部門に出るので、このトランジションエリアで選手交代をすることになる。

トランジションエリアとなるアスファルトの駐車場から、モー次郎が走ることになるバイクコースを眺めた。

バイクは海沿いの県道を北に目指す。県道はやがて美里村方面に曲がっていき、山の中の折り返し地点まで行ったら、ここまで戻ってくる。往復八キロのコースだ。

最後は、ぼくが走るランのコースだ。モー次郎からタッチを受けたら、今度は県道を南へと下っていく。海沿いのコースだ。そして、海王市と南郷町の境に設置された折り返し地点まで行って戻ってくる。ゴールは県道に設置される。距離は往復で五キロとなる。

「どれ。いっちょ走ってみるかな」

ぼくはひとりつぶやいて、ゆっくりと走り出した。県道わきに続く歩道を南へ向かう。

視界の左側はぜんぶ海だ。右側は土産物屋が立ち並んでいる。県道はこれから家に帰ろうとする車でいっぱいだ。海水浴場でランニングしている人間が珍しいのか、みんな車の中からじろじろ見てくる。少しばかり恥ずかしくなって、スピードを上げた。

体調はものすごくいい。いままでサボっていた分、筋肉痛になることはあるけれど、走れば走るほど、体がぼくの言うことを聞くようになってきた。使っていなかった筋肉が、ぼくの命令にしたがって動くようになるのだ。いままでぼんやりしていた神経も、どんどん敏感になっていく。まだまだ速くなれる予感がある。

ぼくの前を、小学生のときのぼくが走っていく。小さな背中を見せて駆けていく。なんだかすねているような後ろ姿だ。たぶん、あいつはこう言いたいのだろう。

「よくもいままでサボっていやがったな。本当はもっともっとがんばれたはずなのに」

海風がびゅうびゅうとぼくの耳をくすぐっていく。潮の香りに全身が包まれる。スニーカーがアスファルトを蹴って乾いた心地よい音をたてる。

西の空は赤かった。東の空は青い闇に包まれている。沖合いは暗くて水平線があいまいだ。もうあと少しで夜になる。待ちきれないというふうに、いくつかの星たちが輝き始めていた。

走り終えてウミガメ荘に戻り、短い睡眠をとった。さすがに疲れた。夕飯だとたたき起こされて、寝ぼけたままごはんを食べた。それでも目が覚めないので、お風呂に入った。

風呂から上がると、姫と美月とモー次郎の三人が、だらだらとテレビを見ていた。

「そういえば、ウガジンに渡されたビデオは見た？」

尋ねてみると、モー次郎が、まだあ、と言う。

「じゃあ見てみようか」

「やだよ」

姫が真っ先に答えて立ち上がった。

「美月」

と呼びかけて出ていく。玄関でサンダルを突っかける音と、木製の玄関戸をがらがらと開け閉めする音が聞こえる。外へ行ったらしい。きっと浜辺でも散歩するつもりで美月を誘ったのだろう。

美月はうつむいたまま畳の目をじっと睨んでいた。行きたくないのだろうか。

「行かないのか」

ゆっくりと顔を上げた美月が、ぼくを見た。引き止めてほしい。美月の瞳がそう訴えてきていた。でも、なぜ？

引き止めるべきかためらっていると、美月が立ち上がった。ふたたびぼくを見る。彼女の表情はがらりと変わって笑顔だった。

「ちょっと外に行ってくるね」

「あ、ああ」

どういう心境の変化かわからなくて、あいまいな返事をしてしまった。首をひねって、どうしたの、と目で問いかけてみたけれど、美月はぼくの視線から逃げるように玄関へ走っていった。

「海まで散歩かなあ」

モー次郎が暢気《のんき》な声をあげる。

「だろうな」

「夕涼みかあ。いいねえ」

「そうだな」

なんだかおかしかった。なにがおかしいか、さっぱりわからないけれども。

7

明《あ》くる日、午前中の早いうちから海へ出た。本日も快晴だ。太陽が三倍の大きさになったかと思うほど暑い。

残念なことに、美月に泳ぐ気はないらしい。彼女はホットパンツにビーチサンダルという恰好だ。白い日傘《ひがさ》をくるくる回しながら海辺を歩く。

「どこがスタート地点なの」

陽気な笑みで美月が訊いてくる。

「あそこだよ」

ぼくは沈んだ声で答えた。気持ちが盛り上がらないのは、昨日の夜、姫と美月がいくら待っても帰ってこなかったためだ。ふとんに横たわってふたりを待っているあいだに、振り子時計が深夜零時を告げる鐘を鳴らした。月のよく出た明るい夜で、ぼくはぜんぜん寝つけなかった。モー次郎のいびきもうるさくてしかたなかった。

中学生活最後の夏、夜の海で姫と美月はふたりきり。抱き合うふたりを想像した。やっぱり、美月を引き止めればよかった。ぼくの頭の中で、後悔ばかりがぐるぐると回った。そして、美月への思いが減るどころか、前よりも増していることに、ぼくは気づいてしまった。

「スタートは砂浜を走って、そのまま海に飛び込むのね」

美月の声が明るい。昨日の夜、散歩に出かける前はとても暗かったのに。

なぜ、今日の美月の声が明るいのか。それは、つまり、こういうことなんだろう。

もともと姫と美月はけんかしていた。すねた美月は姫とふたりきりになるのがいやだった。しかし、浜辺で姫に慰めてもらって、今日の美月はとっても明るい。

「犬岩まで往復五百メートルか。余裕だな」

姫がコースマップを見ながら言う。

「それにしても、このトランジションエリアでのバトンタッチは、どういうふうにやるんだろうね」

ぼくがそう言うと、みんな首をひねった。

「じゃあ」

とモー次郎が『トライアスロンマガジン』を開いて調べる。ぼくらもいっしょに雑誌を覗き込んだ。すると、いきなり後ろから嘲《あざけ》りの声が聞こえた。

「なんだいおまえら、そんなことも知らねえのかよ」

振り向くと、同い年くらいの男の子三人が立っていた。三人とも同じ恰好をしている。

体にピッタリ張りつくような青のノースリーブシャツに、膝丈の黒いランニングショーツ、そして、とても軽そうな白いランニングシューズをはいている。琥珀色《こはくいろ》に光るスポーツサングラスまでおそろいだ。

「誰だよおまえら」

姫が胡散臭そうにつぶやく。

「あれ？『トライアスロンマガジン』を持ってるのに、おれたちが誰だかわからない？」

三人がサングラスを取る。そのうちふたりが同じ顔をしていた。双子だ。

「知らねえよ」

姫が冷やかに笑う。兄か弟かどっちかはわからないが双子のひとりが口を開いた。

「おれたちは海王中のツイン・テイルズだよ。貸してみろ」

双子のもうひとりがモー次郎から『トライアスロンマガジン』をひったくった。

「なにするんだよ」

「いいから、これ見てみろって」

『トライアスロンマガジン』を開いて、双子はモー次郎に渡した。そのページをいっしょになって覗き込む。いま目の前にいる三人の写真がでかでかと載っていた。見出しのタイトルも大きい。

〈ジュニアトライアスロン界のドリームチーム、ツイン・テイルズ〉

　さらに太字でこう書かれていた。

〈十四歳にしてウェアやメットの提供を受けているサポートアスリートたち〉

　モー次郎が三人のプロフィールをかいつまんで読み上げた。

「えーと、双子さんは森尾《もりお》兄弟さんですね。森尾晃一《こういち》くんと晃二《こうじ》くん。それで、あとひとりは加倉井健《かくらいけん》くん。わ、すごい！　加倉井くんってすごいよ！」

「なにがすごいんだよ」

　姫の機嫌が悪くなっていく。

「中学校一年のときからトライアスロンをやっててさ、いままで全国のジュニアの部で七回も優勝してるんだよ」

　加倉井健に視線が集まる。よく日に焼けている顔はちょっと猿っぽい。背恰好はぼくとほとんど変わらない。いや、向こうのほうがちょっと筋肉質かもしれない。

「おまえらも桜浜のジュニアトライアスロンに参加するんだろ」

　加倉井の声はかすれていた。声変わりの途中のようだ。

「ああ」

　ぼくが答える。

「出るのやめとけって」

「なんでだよ」

「レースの一ヶ月前になってやっとコースの下見をするなんて遅すぎるよ。トライアスロンをなめるんじゃねえ」

加倉井は鼻で笑った。初めて会ったのに高飛車な野郎だ。言い返す言葉を探しているうちに、姫が静かに言い放った。

「あほかおまえ」

「なんだ。あほなのはおまえだろ。おれたちの実績を聞いてなかったのかよ」

「だから、あほだっていうんだよ。たかがトライアスロンでよ」

「てめえ！」

森尾兄弟がそろって声をあげる。しかし、姫は平然と続けた。

「水泳やって自転車やって陸上やってなんて競技はおかしいだろ。どうせさ、どの種目でもスペシャリストになれなかった中途半端なやつが考え出したスポーツなんだろ」

「このやろ」

まったく同じタイミングで森尾兄弟が姫につかみかかろうとした。姫が両方の拳を握って迎え撃つ。まずい。慌てて止めに入ろうとすると、加勢しようとしていた加倉井ともみ合いになった。

「どけよ」

押しのけようとすると、加倉井がすっと退き、ぼくの顔を見つめながら大声を出す。

「森尾ちょっと待て」

「なんだよ」

森尾兄弟が渋々姫から離れる。いきり立つ姫を、美月とモー次郎が制した。加倉井はぼくを上から下までじろじろ観察して言った。

「長谷川優太じゃないか」

「誰なんだよ」

じれったそうな声を森尾兄弟があげる。それでも、加倉井はもったいつけた態度で、ぼくに向かって言った。

「おれのこと覚えてるか」

「いや」

「そうかそうか。覚えてないか。でも、おれは覚えてるぞ、美里北小サッカー部の長谷川優太。県の選抜にも選ばれてたよな。小学校のころ、県内じゃ超有名人だったもんな」

「まあ、な」

「おれは海王第二小のサッカー部だったんだよ。美里北小とはけっこう試合したんだぜ。センターバックやってたんだけどさ、長谷川優太を止められなくてよく負けたんだ。覚えてないか」

海王第二小と練習試合をしたことは覚えている。でも、加倉井なんてやつはいただろうか。思い出そうとしていると、加倉井が続けた。

「まあ、長谷川優太にとっちゃおれなんて雑魚《ざこ》だったんだろうな」

「そういうわけじゃないけどさ」

「小学校のときより背が伸びてたから、すぐに長谷川優太だってわからなかったぜ。そうそう。おまえ、サッカーやめたんだって？　膝が悪くなったかなんかで」

「ああ」

「あんなにうまかったのにな。足も速くて、ボールタッチも少ないのにあっという間にゴール決めちまう。天才かと思ったよ。それなのに、やめちまうなんてな。ま、体を壊したんならしょうがないか」

ぼくはなんて返したらいいかわからなくて黙った。

「おれは小学校でサッカーをすっぱりやめてトライアスロンだよ。でも、おれはこっちのほうがよかったみたいだな。けっこう有名になれたぜ。おれはさ、長谷川優太にさんざん実力の差を見せつけられて、サッカーから足を洗おうかなって思ったんだ。つまり、いまトライアスロンで活躍できてるのは、長谷川優太のおかげでもあるってことだ。感謝しなくちゃな」

加倉井は、くつくつと笑った。

「あんまり感謝してるようには見えないけどな」

姫がわきから言う。加倉井はにやりと笑ってやり過ごす。

「なあ、長谷川。もう膝はいいのかよ」

「大丈夫だよ」

「それなら、ひとつ勝負しようぜ」

「勝負？」

「トライアスロンでさ」

小学校時代のリベンジを、いまここでしようというのだろうか。ぼくは困って姫とモー次郎を見た。ぼくらはまだまだ練習段階だ。勝負だなんて言われても困る。しかし、姫が森尾兄弟を睨みつけながら前に出た。

「いいね、勝負。おまえらドリームチームの実力ってやつを見せてくれよ。誰がスイム担当なんだ？」

「ちょっと待て。うちらはリレー形式じゃやらないよ。そっちはリレーでいいけどさ」

「どういう意味だよ」

姫が詰め寄ると、加倉井がにやにやしながら言う。

「おれたちはみんなスイム、バイク、ランの三種目をこなす。それが本来のトライアスロンだからさ。けれど、そっちはひとり一種目のリレーでいいって言ってるんだよ」

「ハンデになるじゃないか」

「そうさ。ハンデさ。それくらいの力の差があるのさ」

加倉井は自信たっぷりだ。姫がすぐに言い返す。

「ふざけんなよ。おまえらもリレー形式にしろよ」

「そんなこと言うなら、おまえらこそひとり三種目やれよ。それこそ平等の勝負じゃねえか」

泳げないモー次郎が真っ先に首を横に振った。競技に自転車が入ったら困る姫が、面白くなさそうに水平線を睨みながらつぶやいた。

「わかったよ」

心配げに見守る美月の前で、スタートの準備をした。モー次郎がウミガメ荘から実用車を持ってきて、大会当日はトランジションエリアとなる県道下の駐車場に用意した。

五分遅れて、ツイン・テイルズの三人がおそろいの青い自転車に乗ってやってきた。その自転車を見たぼくたちは目を見張った。モー次郎が驚きの声をあげる。

「なにあの自転車。すっごいよ」

ツイン・テイルズが乗ってきた自転車は、いかにもレース仕様のマシンといったものだった。フレームもタイヤもものすごく細い。ギアが何段もあるらしく、リアタイヤにはギア用の歯車が何枚もついている。ツール・ド・フランスなどの自転車レースに出ているロードバイクみたいだ。

けれども、ロードバイクとは決定的にちがうところがある。それはハンドルの形だ。まるで水牛の角のように、ハンドルが前へ二本突き出しているのだ。

三人がぼくらのそばまでやってくる。おそろいの青いヘルメットは流線型だ。通気孔がたくさん空いていて、スポーツバイク用のヘルメットなのだろう。そして、三人は素足でアスファルトに降り立った。靴は自転車のペダルについたままだ。固定されているらしい。

驚いているぼくらの前で、加倉井が自慢げに説明してくれた。

「この自転車はトライアスロンバイクって言うんだよ。このハンドルはブルホーンバーって名前さ」

声を失って眺めていると、加倉井と森尾兄弟が顔を見合わせてくすくすと笑い出した。やつら三人の視線は、モー次郎の実用車に注がれていた。

「冗談だろ。あんなボロ自転車」

加倉井がひと言もらすと、森尾兄弟もこらえきれなくなったのか大声で笑い始めた。

たしかに、ツイン・テイルズのトライアスロンバイクに比べれば、モー次郎の実用車はまさに月とスッポンだ。

「ひどいよ。笑うなんて……」

モー次郎が肩を落とす。ツイン・テイルズの三人はさらに声を大きくして笑った。

「ま、とにかく始めようぜ」

加倉井は目にたまった涙を拭《ふ》きながら、バイクを駐車場沿いに立つフェンスに立てかけた。そして、美月に近づいていく。

「ねえ、君。お願いがあるんだ。バイクを見張る役をお願いできないかな。一台四十万円するからさ、盗まれるわけにはいかないんだよ」

「四十万円！」

つい驚きの声をあげてしまった。中学生で四十万の自転車なんて。モー次郎は顎がはずれるのではないかというほど口を開き、さすがの姫も眉間《みけん》に皺《しわ》を寄せてトライアスロンバイクを見つめた。

「いいわよ。駐車場で見張ってればいいんでしょ」

美月が穏やかに答える。けれども、その瞳は、四十万がなによ、と怒っていた。

「美里中の三人は、トランジションエリアで手のタッチをして選手交代ってことで。本番ではアンクルバンドが配られるから」

加倉井が説明してくれる。そこで、モー次郎がお得意の聞きまちがえをした。

「アンクルサンド？　それってどんなサンドイッチなの」

呆れ顔で加倉井が訂正する。

「アンクルバンドだよ。足につけるバンドさ。ちっちゃい機械が入っていて、タイムを計測してくれるんだ。リレー部門ではそれをバトン代わりに手渡していくんだよ」

「なるほど」

「それから、バイク担当の君」

「なに」

「トランジションエリアじゃ自転車に乗るなよ。トランジションエリアはコースじゃないから押して走るんだ。乗っていいのはコースの県道に出てからだからな」

「わかったよ」

膨れっ面で答えるモー次郎の横を、姫がスタート地点の砂浜目指して歩いていく。こわい顔をしていた。ツイン・テイルズの三人も、視線を交わし合ってから続いた。

姫とツイン・テイルズの四人が、裸足《はだし》で砂浜に並ぶ。

目の前に広がる桜浜の海は、太陽の光できらきらと輝いている。水平線には漁船が散らばっている。青い空では海猫が白いお腹を見せながら旋回していた。

まだ時間が早いこともあって、海水浴客は多くない。犬岩までの片道二百五十メートルのコースを横切る海水浴客もいない。波は少し荒いだろうか。打ち寄せる波が白い飛沫を上げている。

「始めますよ」

スタートの合図はモー次郎だ。スタートラインの四人の顔が緊張で強張《こわば》る。全員スイムキャップをかぶり、ゴーグルをかけた。ツイン・テイルズの三人は青のノースリーブシャツに黒のショーツという恰好だ。水陸両用どころか、自転車もその恰好で乗るのだという。

「スタート!」

砂を蹴り上げながら、四人がいっせいに砂浜を走り出した。波を蹴散らしながら横一線で浅瀬を走っていく。しかし、海に飛び込むのはツイン・テイルズの三人のほうが早かった。姫が遅れた。

「あ、ずるい!」

モー次郎が叫んだ。無理もない。ツイン・テイルズの三人は横一列に並んで泳ぎ、後ろの姫をブロックしているのだ。姫は懸命に割って入ろうとするが、バタ足の壁に遮られている。

どう転んでも、姫がスイムで圧倒的な差をつけて勝つと思っていた。そのリードをぼくとモー次郎で守れば、勝つことができるんじゃないかと考えていた。けれども、これは計算ちがいだ。

「岡本くん！　がんばって！」

折り返しの犬岩まであと半分というところでモー次郎が叫んだ。姫はその声が聞こえたのか、ツイン・テイルズの後ろを泳ぐことをやめて、大きく左へそれ始めた。三人まとめてゴボウ抜きする作戦らしい。

ところが、ツイン・テイルズの後ろから横に出た途端、姫は大きく左へと曲がり始めた。犬岩の位置がわかっていないのだろうか。ツイン・テイルズの三人からもはぐれていく。

「岡本くんまずいよ。あれじゃ、犬岩よりも左のほうへ行っちゃうよ」

モー次郎が迷子の子供みたいに弱々しい声を出す。ぼくも心配になって叫んだ。

「姫！　もっと右！」

なぜ、あれほど水泳の得意な姫が、目標の犬岩を見失ってしまうんだろう。体調が悪いのだろうか。

今回は本番のコースマップと同じように、犬岩を時計とは反対回りの左回りで回ってくることになっている。ツイン・テイルズの三人は、ほとんど同時に犬岩を回った。犬岩よりも左にずれすぎた姫は、水平線に沿って右へと進路を取りなおしてから、なんとか犬岩を回った。ひどく大回りだ。そして、姫が折り返したときには、ツイン・テイルズとのあいだに十メートルの差が開いていた。

泳ぎ終わったツイン・テイルズの三人が、海から上がってくる。走りながらスイムキャップをはずし、バイクの置いてある駐車場へ向かった。ぼくとモー次郎には目もくれない。休むこともしない。加倉井は一度だけ姫を振り返った。笑っているように見えた。モー次郎も実用車が置かれた場所に移動して待機する。ツイン・テイルズの三人はヘルメットをかぶり、トライアスロンバイクを押して県道への坂道を登っていった。

「くそっ」

悪態を吐きながら姫が海から上がってきた。水を滴《したた》らせながら駐車場までよれよれと走ってきて、モー次郎にタッチする。

「待てえ」

モー次郎が奇声を発しながら重い実用車を押し、坂道を登っていく。しかし、ツイン・テイルズのトライアスロンバイクは、とっくに県道を北へと走っていて、もう豆粒くらいの大きさになってしまった。絶対に追いつけそうにない。

姫がスイムキャップとゴーグルを取って、アスファルトにたたきつけた。膝に手をついて肩で息をする。スイムで惨敗。姫にとって屈辱的な結果にちがいない。水泳大会で負けた姫などいままで見たこともない。なんと声をかけたらいいかわからない。美月も心配そうに姫を見つめるだけだった。

うなだれていると、ひとつの影がぼくらの足元に近づいてきた。振り向くと、そこにはじいさんがいた。昨日、モー次郎となかよさそうに話していたじいさんだ。

「いま自転車で県道に飛び出していったのは、モー次郎くんじゃなかったか」

「はい」

美月が答える。

「もしかして、君たちトライアスロンで勝負しているのかね」

「そうです」

今度はぼくが答えた。すると、じいさんはいきなり険《けわ》しい顔になった。

「危ないじゃないか」

ぎょっとしてじいさんの顔を見守る。うなだれていた姫も顔を上げた。じいさんは咳払いをひとつしてから言った。

「いいかい君たち。トライアスロンは安全面にじゅうぶん配慮しないといけないスポーツなんだよ。しかも、いまはバイクパートなんだろ？　練習ならまだしも、公道で競走するなんて、危険極まりない」

「でも、みんなもう行っちゃいましたから」

ぼくが県道を指差すと、じいさんは苦虫を嚙み潰したような顔をして黙った。

それにしても、やけにトライアスロンに詳しいじいさんだ。いったい何者なんだろう。

じいさんの正体をあやしんでいると、姫がアスファルトに尻もちをついた。

「くそ。やられたよ。泳ぎであいつらに負けるとは思わなかった」

「しょうがないよ。三人が壁になって泳いでるんだから。姫が前に行くのを妨害するなんて、あいつら汚いよ。反則さ」

慰めるように言うと、じいさんが割り込んできた。

「そりゃあ反則でもなんでもないよ」

姫がじいさんを睨む。じいさんは諭《さと》すような口調で語りかける。

「あのね、君。トライアスロンのスイムパートでは、バトルはつきもんなんだよ」

「バトルってなんですか」

「スタート直後、できるだけいいポジションで泳ぐために、しのぎを削ることだよ。バタ足で顔を蹴られることもあるし、隣の人の肘《ひじ》が頭に当たることもある」

「野蛮だよ」

姫が吐き捨てる。

「できるだけバトルを回避させようとアナウンスする大会もある。でも、そうしたバトルも勝負の駆け引きのひとつなんだよ。つまり、君がバトルで負けたんだから、負けは負けだ」

手厳しいじいさんだ。姫がむっとして言い返す。

「そもそも海で競技するなんておかしいんだよ。さっきは潮の流れがあって流されちまった。波もあって犬岩もよく見えなかった。ふつうにプールで泳いでりゃ、あいつらなんかに負けなかったんだ」

「いやいや待ちなさい。いろいろな自然条件と折り合いをつけながら競い合うのがトライアスロンなんだよ。潮流がどれくらいあるか前もって調べておくべきだし、視線を上げて目標を確認するヘッドアップという技術も必要となる。プールをただ泳いでいるときとは、ちがう技術が必要だってことなんだよ。つまり、君は技術で負けたのさ」

言いすぎだよ、じいさん。そう声をかけようとして、ぼくはやめた。姫が真面目な顔で、じいさんの言葉に耳を傾けていたからだ。姫はかすかに頷いてから、

「くそ」

とつぶやいた。


きっと、モー次郎は大差をつけられて帰ってくるだろう。ぼくと姫はそう話しながら駐車場で待った。じいさんにツイン・テイルズの三人がトライアスロンバイクに乗っていることを説明すると、モー次郎はとてもじゃないが追いつけないと言う。

「トライアスロン用のバイクと普通の自転車では、Ｆ１のマシンと軽自動車くらいの性能の差があるからね」

姫と美月はひと言も言葉を交わさない。姫は慰めの言葉をかけられることをいやがっ

ているのか、美月と目を合わすこともしなかった。美月はときどき日傘をくるくる回しながら、心配そうに姫の様子をうかがっていた。

「帰ってきた」

手を庇《ひさし》にして県道の先を見つめていた姫がつぶやく。

ツイン・テイルズの三人がぶっちぎり。だから、そのあとのランパートのぼくはおいてけぼりのひとり旅。そう予想していた。ところが、トップで帰ってきたのは、なんとモー次郎だった。

「どうしてだ？　なんでモー次郎がトップなんだ？」

ぼくは慌てて準備運動をした。心構えもまだできていない。

モー次郎が県道から駐車場に下りてくる。ルール通り、実用車を降り、押して走ってきた。

「モー次郎。おまえすごいじゃないか」

「ちがうんだ」

姫が珍しく称えた。

「ちがう？　なんだよ。ツイン・テイルズのやつら、道でもまちがったか。それとも、事故にでも遭ったか」

「ちがうよ。あいつら、わざと手を抜いてぼくを先に行かせたんだ。一所懸命追いかけていったら、あいつらゆっくりとペダルをこいでてさ、自転車の性能に差がありすぎるからハンデをやるなんて言いやがって。ばかにされたんだ」

肩で息をしながら、モー次郎は腕で顔の汗を拭った。

「頼むよ。優太くん。このまま勝とう」

モー次郎からタッチを受け、ぼくは走り出した。

「がんばって」

美月の声がした。彼女を見る余裕はない。県道のはるか後方に、ツイン・テイルズの青いヘルメットが見えた。

白い砂の桜浜海岸を左に見ながら、ぼくは南を目指した。いつのまにか海水浴客の姿が多くなってきている。砂浜に立つパラソルの数も増えてきたようだ。

青い海、白い砂浜、そして、鮮やかな花のように咲くパラソルたちを見ながら走る。空は青くて雲はない。絶好の海水浴日和《びより》だ。体調もとてもいい。ドリームチームだかなんだか知らないが、このまま逃げきってみせる。勝負で勝つという快感を久々に味わいたい。美月に祝福されるのもいい。ぼくを見なおしてくれるかもしれない。

ところがだ。

〈南郷町まで二キロ〉

そう書かれた道路標識を過ぎてすぐのことだ。後方から足音が聞こえてきた。おそるおそる振り返ると森尾兄弟だった。

「追いついたぜ」

アスリート用のサングラスでその目は見えないが、唇は明らかに笑っている。ぼくはさらに後方を見た。加倉井健を探すために。

「健はまだ来ないよ」

森尾兄弟の片方が言う。もう片方があとを継いだ。

「健はおれたちに比べてスイムもバイクも苦手なんだ。だから、どこの大会に出ても、いつもおれたちが先行するのさ。それで、今日はできるだけ本番に近いイメージで走るために、あいつはもっとバイクパートを遅らせてるんだ」

わざと遅らせてるだって？

ふざけやがって。

ぼくはスピードを上げた。しかし、森尾兄弟もついてくる。彼らのほうがぼくよりも体格がいい。ストライドも広い。ふたりの足音でぼくのリズムも乱れてくる。

「なあ。どうしておれたち三人がツイン・テイルズって名前かわかるか」

「さあね」

「じゃあ、教えてやる」

そう言いながら、森尾兄弟はぼくを両脇《りょうわき》からはさみ込んだ。

「ツインが双子とか、対になったものって意味はわかるだろ。それで、テイルっていうのはしっぽって意味さ。これはおれたちの名前の、森尾の尾とかけてあるんだ」

「それなら、おまえたち双子だけのチーム名ってことじゃないか。加倉井は関係ないだろ」

「そう思うだろ。けどな、おれたちはあくまでしっぽなの。おれたちの頭は、健だって決まってるんだよ」

横一列に並んで走るぼくら三人のわきを、ものすごいスピードで追い抜いていく人影があった。加倉井だ。

「あ」

驚いて情けない声をもらすと、森尾兄弟が同じ声で笑った。口々に言う。

「だから言っただろ」

「おれたちの頭は、あくまで健なのさ」

「ひとつ教えておいてやるよ。健は苦手なスイムとバイクで遅れちまう。でも、最後には必ずトップでゴールに戻ってくるんだ」

「どんなレースでもそうなんだよ。だから、雑誌でついたあだ名があるのさ」

森尾兄弟がペースを上げた。

「なんて言われてるんだよ」

呼吸を乱しながら訊くと、森尾兄弟は声をそろえて言った。

「王子の帰還さ」

森尾兄弟のペースがまた一段と上がった。ぐいぐいと離されていく。ぼくも必死で追いかけた。だが、距離はいっこうに縮まらない。それどころか、一メートル、二メートルとどんどん離されていく。ぼくの肺が悲鳴をあげ始めた。足もこれ以上速くは動かない。

森尾兄弟が振り返り、つまらなさそうに言う。

「なんだよ。もうお手上げか。じゃあな」

加倉井がはるか前を行く。そのあとを森尾兄弟が追いかけていく。ぼくはひとり残されて、敗北感に打ちのめされながらあとを追った。

ツイン・テイルズの三人はぐんぐんスピードを上げていった。そして、あっという間に折り返し地点から戻ってきた。すれちがうとき、三人ともぼくに視線を向けることはなかった。敗者には目もくれない。そんなふうだった。

ひどく遅れてゴールに着いたときには、ツイン・テイルズの三人はガードレールに腰かけて休んでいた。ペットボトルのスポーツドリンクを手にくつろいでいる。ゴールしたぼくを見ようともしない。三人で笑いながら反省会でも開いているらしい。

「悪いな。リードを守れなくて」

姫とモー次郎に謝る。ふたりは小さく首を振った。

完敗だ。うなだれるぼくらを、海風が包み込む。汗をかいたあとなので風が冷たい。悲しい冷たさだ。心の中まで冷え冷えとする。

駐車場に移動した。ツイン・テイルズの三人がトライアスロンバイクにかけておいた鍵をはずす。

「おい、美里中。おまえら、しょぼいよ。弱すぎるよ」

加倉井が憐《あわ》れみの視線でぼくらを見る。

「でも、よかったな。美里中の、ど素人三人組」

「なにがだよ」

言い返す姫の声はかすれていた。

「本番に出て恥をかかなくてよかったじゃないか」

「なんだと」

「あ？　まさかおまえら、こんなに弱いのにまだ本番のトライアスロン大会に出場するつもりなのか。出るなんて言わないよな」

ぼくらはなにも答えなかった。

「やっぱり、出るつもりはないんだろ？　もう恥をかかなくてすむじゃないか」

加倉井の嘲りの言葉に、森尾兄弟が声をそろえて笑った。姫がゆっくりと目を閉じる。怒りを静めているように見える。

森尾兄弟のひとりがモー次郎の実用車に歩み寄った。

「そもそも、デブが乗ってたこの自転車はなんだよ。端《はな》から勝負になんないぜ」

汚いものを遠ざけるみたいに、足の裏で実用車のフレームをぐっと押した。実用車はガッシャーンと大きな音をたてて真横に倒れた。

「あ」

モー次郎の口が悲しげな形のまま止まる。しかし、実用車を起こそうとはしない。悔しさのあまり、動けないのかもしれない。

森尾兄弟が順番に口を開く。

「おまえらさ、よく覚えておけよ。トライアスロンは金がかかるスポーツなんだよ。貧乏人がしゃしゃり出てきてやるスポーツじゃねえんだ」

「そのデブみたいに、ぼろ自転車でのろのろとコースをふさがれたりすると危ねえんだ。邪魔なんだよ。だからさ、トライアスロンに参加しようなんて考えるのは、これっきりにして欲しいんだよな」

「それから、いま言った文句は、おれたちだけのものと思ってもらっちゃ困るからな。トライアスロンに参加するトライアスリートを代表しての言葉だと思ってくれよ」

「まあ、うちらみたいにまともなバイクを買ったら、参加を考えてやってもいいけどさ」

ぼくは耐えられなくなってうつむいた。すると、いきなり怒鳴り声がした。

「君たち、それはちがうぞ！」

それまで静かになりゆきを見守っていたじいさんが、いきなり怒ったのだ。森尾兄弟がうっとうしげにじいさんを見てから、順々に罵《ののし》った。

「おい、じじい。なんで口はさんでくるんだよ」

「邪魔だよ、じじい。おまえ誰だよ」

じいさんがむっとした顔をする。

「無礼な子供たちだな」

「いきなり割り込んでくるあんたのほうが無礼じゃないか」

「しかもどこの誰かもわからない、あやしいじじいだしさ」

森尾兄弟が腕組みをしてじいさんを睨む。じいさんは口をへの字に曲げて睨み返した。

「君たちは第一回桜浜ジュニアトライアスロン大会の大会概要をちゃんと読んだのかね」

「いや」

代表して加倉井が返事をする。

「今回のトライアスロン大会は、ローカル・ルールでブルホーンバーやドロップバーは禁止しているはずだがな」

「マジかよ」

「ふざけるなよ」

「おかしいぜ。そんなレースあるかよ」

ツイン・テイルズの三人はいっせいに非難の声をあげた。

「おい、じいさん。嘘つくんじゃねえよ」

森尾兄弟の片方がじいさんににじり寄る。

「待って。そのおじいさんは嘘をついているわけじゃないよ」

コースマップを取り出して覗き込んでいたモー次郎が言う。コースマップの裏側をぼくらに見えるように掲げた。

「ほら。ここに書いてある」

コースマップの裏には大会概要が書かれている。たしかに、自転車のハンドルに関する規定があった。車種限定はなし。しかし、ドロップバー及びブルホーンバーは禁止とあった。

「おかしいよ。やっぱりこのレースおかしいよ。いろいろとさ」

加倉井が大袈裟に呆れてみせる。

「いろいろと？」

モー次郎が首をかしげると、加倉井がぶつぶつと答えた。

「そもそも距離がおかしいだろ。中学生にスイム五百メートル、バイク八キロ、ラン五キロ。これはきつすぎるんだよ。普通はどれも半分くらいだぜ」

加倉井はお手上げというふうに、両手を挙げてみせた。すると、森尾兄弟が漫才の掛け合いみたいに語り出した。

「そういや、おまえ知ってるか」

「なにをさ」

「第一回桜浜ジュニアトライアスロン大会は、いまの海王市の市長が開催を提案したらしいよ」

「市長って誰？」

「そんなの知らないよ。だけど、海王市が南郷町や美里村と合併して桜浜市になったら、選挙で市長に選ばれるにちがいないって言われてる人らしいぜ」

「政治の話なんかおれら子供にゃ関係ねえだろ」

「いやいや、そういうわけでもねえんだ、これが。今回の大会の距離がばかみたいに長いのは、その市長のせいらしいんだ」

「どうしてどうして」

「新しくできる桜浜市を売り出すために、わざわざ観光スポットをつなぐようにコース設定したらしいんだ。桜浜市の目玉になる桜浜海岸でスイムをやって、美里山を眺められるようにバイクコースを設定して、南郷町にも気を遣って南郷町との境がランコースの折り返し地点になっているのさ」

「なるほど」

「さらにスイムコースの折り返し地点が犬岩になっているのは、犬岩を桜浜市の名所として売り出すのが目的だって話だぜ」

「そういや、最近、犬岩饅頭《まんじゅう》って売り出されたもんな」

「ただ犬の顔の絵が焼きつけられているだけの饅頭な」

「あんなの売れるはずないのにな」

森尾兄弟はわざとらしく、ププっと噴き出してみせる。それから、ぼくらに向きなおって低い声で言った。

「というわけで、今回のトライアスロン大会はそもそもがでたらめな理由ではじまった、でたらめな大会ってわけさ」

「ま、おれたちは招待選手だから、しかたなく参加を決めたってわけさ」

めんどくせえよなあ、なんて言いながら、森尾兄弟はトライアスロンバイクへ向かった。帰るつもりらしい。加倉井もタオルで汗を拭ってからバイクへ向かっていく。

「待てよ」

姫が鋭く言った。

「なんだよ」

加倉井は冷たい目で振り返った。

「もう一度勝負しろ」

ツイン・テイルズの三人がばか笑いした。加倉井が必死に笑いをこらえながら言う。

「いま負けたばかりなのに懲《こ》りてないやつだな」

「次やれば勝てるさ」

「もしかして、いまからやるつもりか。そりゃ、無理だろ。あんなに疲れてへろへろになってるのに」

憐れみの視線がぼくとモー次郎に注がれる。強がりたいところだけれど、正直体は動かない。さっきよりも悪い結果になるのが目に見えている。

「じゃあ、明日だ。明日やるぞ」

姫は譲らない。森尾兄弟が加倉井の肩越しに言った。

「おれたちはドリームチームのツイン・テイルズなんだぜ。忙しいんだよ。コースの下見は今日で終わり。あさって千葉のジュニアトライアスロン大会に出なくちゃならないから、明日は休養日なの」

「というかさ、おまえらみたいなど素人なんか、もう二度と相手にしませんよ。今日は遊びだよ、遊び」

「てめえら」

姫が低い声を出すと、加倉井はわざとこわがってみせた。

「こわいこわい。やめてくれよ。それよりさ、おまえらもっと練習してさ、本番はリレー部門じゃなくて、ふつうにひとり三種目やればいいじゃないか。そうすりゃもう一回勝負ができるわけだろ」

「駄目だ」

ぴしゃりと姫が即答する。

「ばか言うな。なにが駄目なんだよ」

「絶対にリレーで勝負しろ」

「わがまま言うなよ。ちっちゃい子供じゃあるまいし」

加倉井は困惑顔で森尾兄弟を振り返る。森尾兄弟は苦笑いだ。

「やらないってのか」

「やらないよ」

「じゃあ、逃げたってことだな」

「それはむちゃくちゃだろ」

「それなら、逃げるんじゃねえよ」

肩を怒らして詰め寄っていく姫に、ぼくは後ろからなだめた。

「おい、姫。いいかげんに……」

姫が振り向く。はっとした。姫は目にうっすらと涙をためていた。そんなに悔しかったのだろうか。トライアスロンで、いや、水泳で負けたことが。

「優太は黙ってろ」

そう言って、姫はちらりと美月を見た。わかった。姫は美月の前で負けたことがなによりも悔しいのだ。辱《はずかし》められたとでも考えているのかもしれない。

「おい、加倉井っての。わかったよ。おれもちょっと無理を言いすぎた。悪かったな。だから、少しは譲ってやる。すぐに勝負しろって話は撤回するよ」

「そりゃよかった」

「だけどな、おまえらも大会本番はリレー部門に出ろ。それで、おれたちと勝負しろ」

「勝手なこと言うなよ。ほんと話にならねえな」

加倉井がげんなりと肩を落とした。

「じゃあ、帰すわけにはいかねえ」

「どうするおまえら」

ため息まじりで加倉井が森尾兄弟に話しかける。

「おれはもう呆れた。どうでもいいよ。健が決めてくれ。どうせろくなレースじゃないんだから、この際リレー部門でもいいんじゃないの」

森尾兄弟の片方がそう答えると、もう片方がストップをかけた。

「でも、美里中の言いなりになってリレー部門に出場を変えるっていうのは癪《しゃく》じゃねえか」

「たしかに」

ツイン・テイルズの三人が頷き合う。

三人はしばらくひそひそと相談していたが、ふいに加倉井がこちらに向きなおった。

「オッケー。おれたちもリレー部門で出場するぜ。だから、一ヶ月後の本番の大会で勝負ってことで」

「ほんとか」

姫がよろこぶ。

「しかし、こっちだって条件を出させてもらう」

「なんだよ。勝負できるんだったら、なんでもいいぜ」

「そこの子」

加倉井が美月を指差す。

「わたし？」

目を丸くする美月を加倉井はちらちらと見ながら言った。

「もし桜浜ジュニアトライアスロン大会でおれたちツイン・テイルズが勝ったら、その子とデートさせてほしい。一日ひとりずつだ」

姫の肩が震えていた。ふざけるな、と怒りが爆発しかかるその瞬間、美月が答えた。

「いいわよ」

「ちょっと待てよ美月」

ぼくは慌てて止めたが、美月は平然と言った。

「こっちが勝てばいいんでしょ。優太は自信ないの？」

「いや……」

口ごもると、姫が低くつぶやいた。

「勝つさ。勝ってみせるさ」

モー次郎が頷いて、実用車を起こした。

「じゃあ、決まりだな」

加倉井の言葉に、ぼくも頷くしかなかった。

「ひとつ言っとく」

と加倉井がぼくらを順々に見ながら口を開いた。

「本番まであと一ヶ月ちょっとだ。だけど、おまえら美里中はレベルが低すぎるよ。もっと練習してもらわないと、こっちも面白くないぜ。特に長谷川優太」

名指しで睨まれた。

「なんだよ」

「おれはランパートに出る。おまえと勝負することになる。もうちょっと走り込んでおけよな。期待してるぜ。小学校のときの長谷川優太を知ってるこっちとしては、今日はがっかりさせられたからな。いまのおれにとって、おまえなんてハナクソみたいなもんだよ」

ぐいぐいと怒りが込み上げてきて、自然と拳を握っていた。全身に力がみなぎってびりびりと体が震えた。

この屈辱は絶対に走って倍にして返してやる。あと約一ヶ月、やれるだけのことをやって、ぼくは変わってやる。おまえらに目にもの見せてやる。

8

蟬《せみ》が競い合うようにして鳴いている。フローリングの床に寝転がって見上げる窓の向こうは、抜けるように青い空だ。ベランダの物干竿《ものほしざお》に結んだ風鈴が、チリーンと涼やかな音をたてた。

携帯の着信音が鳴った。ディスプレイにはモー次郎の名前が浮かんでいる。電話に出るべきか迷った。午前中に走り込みをして、家に帰ってきて昼寝をしようとしていたところだったのだ。

ふっと着信音が消えた。しかし、ほっとしたのも束《つか》の間《ま》、携帯はまた鳴った。

「はい。なんだよ」

寝転がったまま携帯に出ると、モー次郎の陽気な声がした。

——ボンジュール。サバ？

いきなりのフランス語だ。こんにちは、お元気？　という意味らしい。モー次郎が兄貴から教わって、なんとか覚えられた数少ないフランス語であって、これ見よがしに使うからとってもうざったい。

「なんの用だよ」

――ねえ、この前のおじいさん覚えてる？

「じいさん？」

――そう。桜浜で会ったおじいさん。

「ああ」

やけにトライアスロンに詳しいじいさんだった。

「それがどうしたんだよ」

――ぼくの家に電話がかかってきたんだよ。

「あのじいさんから？　おまえ、あのじいさんに電話番号教えたの？」

――教えてないよ。だけど、ウミガメさんに教えてもらったんだって。

ぼくらは宿泊するにあたって自宅の電話番号を教えてあった。

「勝手に番号を教えるなんて、ウミガメさんもひどいな」

――あのおじいさん、ウミガメ荘のご近所さんなんだって。それでね、電話は悪い用件じゃないんだよ。あのおじいさんがぼくに自転車を貸してくれるって言うんだ。ツイン・テイルズに負けないような自転車。

「ほんとかよ」

あの四十万円のトライアスロンバイクに負けない自転車を、じいさんが持っているとは思えない。

——本当だよ。あのおじいさん、自転車マニアなんだって。レース用の自転車とか、たくさん持ってるんだってさ。

「へえ」

——だからさ、夏休みのあいだに桜浜でもう一回合宿をやらない？　おじいさんに自転車を借りて、もう一度あのコースで練習するんだよ。

「いいね」

——明日からウミガメ荘に一泊するのはどうかって話になってるんだけど。八月の三日から四日にかけてだよ。

「急だな。それにしても、あのじいさんと日程を合わせるくらい、その自転車を借りる話は進んでるのか」

——ちがうよ。岡本くんから電話が来たんだ。全中まであと少しだから水泳の練習は忙しいけど、明日からなら都合がいいからどうかって。

「姫から電話？」

なにか心に引っかかった。姫が日程についての相談をモー次郎に持ちかけるなんて珍しい。いままでだったら、

「あんなデブ、予定があっても無理やり連れていっちまえばいいのさ」

なんて言うところだろうに。

きちんとモー次郎に相談するくらい、姫はトライアスロンの練習に入れ込んでいるということだろうか。いや、しかし、一方的にいじめていたモー次郎に相談を持ちかけるなんて、なんだかおかしい。

姫になにか変わったところはなかったか、尋ねてみようとしたそのとき、コツコツとノックが響いた。母にちがいない。

「電話中だよ」

ドアに向かって叫ぶと、背を向けていた窓の網戸がカタカタと開く音がした。驚いて振り返ると、美月が立っていた。ノックはガラスサッシをたたいたものだったのだ。

「ごめん。連絡もなしで来ちゃって」

「美月……」

——美月？　藤谷さん来てるの？

携帯から聞こえてくるモー次郎の声に、返事をする余裕はなかった。逆光の中、美月が泣いていたからだ。

——あのさ、前から思ってたんだけれどさ、優太くんと藤谷さんってほんと仲がいいよね。ぼく思うんだけど、優太くんと藤谷さんのほうが相性いいんじゃないかな。つき合ってみるってのもいいと思うんだけれど。

「悪い、モー次郎。またあとで」

一方的に電話を切った。窓を開けて美月を迎える。

「どうしたの」

「部屋、入ってもいい？」

「ああ」

美月はのろのろと中に入ると、ベッドを背に腰を下ろして、体育座りをした。

「なにかあったのか」

ぼくの言葉に美月は首を振ってみせた。だが、目のふちにたまっていた涙が、ほろりと頬を伝った。

「もしかして、姫となにか……」

「別れた」

言い終わらないうちに、怒ったように美月が言う。

「いつ？」

「昨日」

「どうして」

美月は理由を言いたくないのか、黙って首を横に振った。

なぜ美月のデートを賭《か》けたトライアスロン大会を控えたいま、ふたりは別れたんだろう。

「大丈夫?」

美月は下唇を軽く噛んで頷いた。真っ黒な瞳は涙で溺れかけていた。

ふたりが別れた。それはつまり、考えようによっては、ぼくにとってチャンスが来たということになる。美月とつき合うチャンス。けれども、素直によろこぶことができなかった。

「姫に考えなおすように言ってやろうか。もう一度やりなおせるかどうか訊いてみるから」

美月はまた首を振った。

「わたし、別れたのはしょうがないって思ってるから」

「しょうがない? どういうこと?」

問いかけると、美月は答えを拒むようにうつむく。小さな嗚咽《おえつ》をくり返したあと、涙声でぐじゅぐじゅと言う。

「でもね、いまとっても苦しいの。ひとりでいるのがつらいの」

美月は両膝をぎゅっと抱えて泣き続けた。泣けば泣くほど彼女が小さくなっていくように思えた。そんなはずないとわかっていながらも、豆粒みたいに小さくなって、最後には消滅してしまう美月を想像した。そう彼女が願っているように感じた。

いままでずっと願ってきたことがある。美月とふたりきりになるたびに、いつも願っていた。美月の心の内側を覗けたらいいのに。もしそれができるなら、ぼくは美月が望むすべてのものを、世界中を駆け巡ってでも集めてきてみせる。そして、美月が嫌うすべてのものを世界の果てに捨ててきてやる。

「ねえ、美月」

やわらかに呼びかける。美月のことが好きで、支えてやりたいと思っている人間がすぐそばにいる。そのことを知らせたい。そう思った。それしか考えられなかった。

美月が顔を上げる。涙で頬に張りついた髪を、白い指で掻き分けてぼくを見た。

「本当はずっと前から美月のこと好きだった」

告白の言葉が口をついて出た。いままでずっと隠し続けてきて、一生知らせることなんてないと思っていた思いが、ぽろりと口から出た。

告白ってこんなに簡単だったんだ。真剣で、嘘のない気持ちは、口に出してもぜんぜん恥ずかしくなかった。

「ありがとう」

手のひらで涙を拭った美月が言う。それから、なぜかさびしそうな笑みを口元に浮かべた。その意味を問いかけるように見つめると、美月は桃色の唇を開いた。

「ありがとう。優太の気持ちは本当にうれしい。でも、いまは優太の気持ち受け取れない」

「いまは？」

「そう。いまは……。いま、わたし、好きって気持ちがよくわからないから」

美月は大きく息を吸ってから問いかけてきた。

「ねえ、優太。好きってどういうもんなのかわかる？」

ついさっき、美月に告白した瞬間は、好きの意味がわかったような気がしていた。でも、あらためて問われると途端にわからなくなった。

「いや……」

説明しようと言葉を探していると、美月が言う。

「わからないよね」

「うん……」

あいまいに頷くと、美月は声を振り絞るようにして語り出した。

「わたしね、暁人くんとは大人と同じように、男の人と女の人の関係だったんだ」

それは、つまり……。

セックスという言葉が頭をよぎった。けれど、その言葉の響きに、これっぽっちのいやらしさも感じなかった。なんだか、とてもさびしい言葉のように思えた。

美月と姫が透明な壁の向こう側に旅立ってしまったように感じた。その壁の向こうは、遠いのか近いのかさえもよくわからない大人の世界だ。そして、自分がどうしようもなく幼く思えた。幼いってなんだかひ弱でみじめだ。

「暁人くんとそういう関係になれば、わたしと暁人くんはなにもかもうまくいくと思ったの。ずっとずっとお互い好きでいられると思った。だけど、駄目だった」

「そう、なんだ」

ぼうっとした頭で相槌《あいづち》を打つ。美月の言葉がうまく脳みそまで届いてこない。

「わたし、わかんないの。いま本当にわかんない。人を好きになるってことも、抱き合うってことの意味も。ねえ、優太。変なこと訊いていい？」

「うん？」

「愛ってなんだと思う？」

なぜかふいに母の横顔が思い浮かんだ。

ぼくが中学に上がったあとのことだ。母は何人かの男の人と続けてつき合った。ぼくが気づいて知っている相手は四人いる。だけれど、どの男の人とも三ヶ月くらいしか続かなかった。

つき合っている相手がいるあいだ、母はとても楽しそうだった。化粧をきちんとする。声の張りがいい。動きも軽やかだ。本当は三十九歳だけど、三歳くらいマイナスしてやってもいいくらい若々しかった。

「わたしが男の人に望むのは、嘘をつかなくて、誠実で、家の外に女なんか作らなくて、頼りになって——」

条件はたくさんあって、母が男の人になにを求めているのか、どんな人を探しているのか、最初はよくわからなかった。でも、だんだんとわかるようになった。母は信じられる男の人を探していたのだ。つまり、浮気をしまくって、家を出ていった父と正反対の人を求めていた。

けれど、母の恋愛はいつも同じパターンで駄目になった。まず、朝まで帰ってこない日が続く。母はどんどんきれいになっていく。そして、ある日突然、食事も喉《のど》を通らないくらい落ち込んでいる。中学生のぼくでも母になにが起きたのかは理解できた。抱き合っても、相手の人の気持ちをつなぎとめられないことがあると知った。

ぼくは顔を上げて、やりきれなさそうな表情をしている美月を見た。わざと子供っぽい口調で告げる。

「愛ってなんだろうな。ちょっとわからないや」

裸になって抱き合えば、愛が生まれるってわけじゃないらしい。もしかしたら、抱き合えば抱き合うほど、愛ってわからなくなるものなのかもしれない。母のように。美月のように。

でも、それならば、抱き合っても愛が生まれないのなら、やさしくそっと触れるだけのほうが、愛ってやつを生むことがあるんじゃないだろうか。

美月の手の甲に、そっと手のひらを重ねた。ぼくはとっても冷静な心で、ひとつのことがわかった。

きっと何度抱き合っても愛じゃないものは愛じゃないし、指先で触れただけでも愛は愛なのだ。愛がいったいなんなのか、やっぱりよくわからないけれど、この考えはまちがっていないような気がした。

「ありがとう」

美月が上目遣いで言う。恥ずかしくて、とぼけてみせた。

「なにがさ」

「こういうやさしい温《ぬく》もりみたいなものが、欲しかったのかも」

涙に濡《ぬ》れた美月の瞳が乾いてから、ぼくらは夏の太陽が待つ外へ出た。駄菓子屋にアイスを買いに出かけた。

美月はぼくが玄関の鍵を閉めているあいだに走り出した。

「優太！　競走だよ。負けたらアイスおごりだからね」

「きったねえ」

慌てて追いかける。

こっちまでおいで、と美月は笑顔で走っていく。バスケ部で鍛えているだけあって、けっこう速い。ホットパンツから伸びた足が、太陽の光をはね返しながら前へ前へと伸びていく。彼女の白いスニーカーがアスファルトを蹴るたびに、細い路地にはパタパタという音が響いた。

ぼくの生まれて初めての告白は呆気《あっけ》なく終わってしまった。残念な結果だ。でも、前に感じていたもどかしさはもうない。心が空っぽになって、ふわふわとした心地がする。美月と両思いになれなかったけれど、いまはこれでいいのだ。いつか美月が本当に必要としてくれるときが来るまでこれでいい。

もしかしたら、ぼくはいつか後悔することになるかもしれない。あのとき、もっと強引に美月を抱き寄せていたら、もっと早く大人になれたのに、なんて。でも、そんな後悔も、きちんと受け止めよう。

「ほら優太。もっと速く」

美月が空に向かって叫びながら走っていく。わくわくしながら、生まれて初めて好きだと打ち明けた女の子を追いかけた。

9

いつも思う。どうして女の子は黙っていると、大人びて見えるんだろう。そして、大人びて見えたときの女の子は、なぜ悲しげに見えるんだろう。昼間見た美月の表情をぼんやり思い出しながらベランダに出た。

日が暮れて、空には星がまばらだ。美里山は真っ黒な影になっていた。その向こうに広がる空は、海王市の駅を中心とした繁華街の明かりのせいか、ぼうっとした明るさを宿している。

やけにさびしくなって部屋に戻った。ふと、ピアノを弾いてみようと思った。ピアノがぼくを待っていたように見えたのだ。

蓋を開けて、臙脂色の鍵盤カバーをめくる。椅子に座ると、低くて驚いた。もちろん、椅子が縮んだわけじゃない。ぼくの背が伸びたのだ。そして、椅子が低く感じられるほど、長いあいだピアノを弾いていなかったというわけだ。

椅子の高さを調節して、ふたたびピアノに向き合う。指慣らしでハノンを弾く。ハノンとはピアノの教本で、練習曲がたくさん入っていてレッスンの定番ともいえる。しかし、このハノンはおそろしく退屈なのだ。小学生のころは本当にいやでいやでしかたなかった。

一番から弾いてみる。

ドミファソラソファミ、レファソラシラソファ——。

音の強弱がばらばらにならないように、テンポがくずれないように気をつけつつ弾いてみるが、久々なので指がぜんぜん動かない。自分でも笑ってしまうくらい下手くそになっている。

でも、どの鍵盤にも指がスムーズに届く。背が高くなっただけでなく、いつのまにか指も伸びていたらしい。手が大きくなったおかげなのか、かつては嫌いでしかたなかったハノンに不思議とつらさを感じなかった。

残念なことに、ピアノの調律はかなり狂っていた。音のずれている鍵盤をたたくたびに、心にさびしさが染みついていく。せっかく母が買ってくれたピアノなのに、ぼくは途中で投げ出してしまった。無駄にしてしまった。

母がこのピアノを買ってくれたのは、ぼくが小学校に上がるのと同時だった。保育園に通っていたころは、母が仕事を終えるまでの時間を保育士さんと遊んで潰せたけれど、小学生になったぼくは鍵っ子になるしかなかった。母はそれをすまないと思ったのだろう。五十万円ほどするこのピアノを買ってくれた。ぼくの家はけっして裕福なわけじゃない。でも、ぼくがピアノを練習して、レッスンに通って、さびしさをまぎらわすことができればいいと、母は考えたのだろう。

結局、ぼくは小学校三年生から始めたサッカーが面白くなって、ピアノから離れていった。練習をしなくなって、レッスンはいやいや通っていた。そのうちサッカーで活躍するようになると、ますますピアノがいやになった。

「ピアノやめたいんだけど」

そう母に切り出すと、黙って了解してくれた。別に怒られたわけでもないのに、どうしてもあのときの母の顔が忘れられない。とても残念そうだった。

少しずつ指がなめらかに動くようになってきた。ピアノってこんなに楽しかっただろうか。心に描いたメロディーが音になってこの世界に飛び出していく。その感覚が快感だ。なんだったら、また習い始めてみるのもいいかもしれない。高校受験が終わって、心に余裕ができたらレッスンに行ってみよう。

ぼくはピアノもサッカーも自分から捨ててしまった。ほかの人に負けるのがいやで、投げ出していた。でも、それはまちがいだった。他人とくらべたりせず、もっと自分で楽しめばそれでいいのだ。下手くそな自分から目をそらさないで、努力を続けて、少しでも以前の自分より前進できればそれでいいのだ。

携帯が鳴った。美月からの電話かと慌ててディスプレイを見る。珍しいことに姫からだった。

「どうしたの。なんの用？」

——どうしたの、じゃねえよ。モー次郎から連絡が行っただろ。明日の話だよ。

「桜浜でもう一度合宿やるって話？」

——行けるよな？　明日。

さも当然というように姫が言う。勝手なやつだ。こういう勝手な話の持っていきかたで、美月をふったのだろうか。泣かせたのだろうか。

「一応、明日もあさっても空いてるけどさ。でもさ……」

姫の話に素直に従うのがいやで、ふてくされたように答える。すると、携帯からため息が聞こえてきた。

——おまえさ、なにをぐずぐず言ってるんだよ。そんなんじゃ美月に嫌われちまうぞ。

「は？」

——は？　じゃねえよ。今日、優太んちに美月が行ったんだろ？　モー次郎から聞いたよ。

「美月は来たよ。けど、おれが美月に嫌われるってなんだよ」

——美月から聞いてんだろ。おれたちが別れたって。つまりさ、美月にはいま彼氏がいないわけだ。これはおまえにとってすごいチャンスだろ。ずっと片思いだった美月に告白できるんだぜ。

「いきなりなに言い出すんだよ」

——隠さなくたっていいよ。おれだって、おまえと美月が話してるとこを、ぼうっと見てたわけじゃねえんだ。おまえが美月を好きだってことぐらいお見通しなんだよ。

「ば、ばか言うな」

強く言い返そうとしたけれど、出した声は小さくなってしまった。

——ひとつおまえにいいこと教えてやるよ。美月ははっきり言ってたよ。おれよりも、優太のほうが信頼できる人間だって。つまり、おまえらふたりは両思いってわけだ。

「そんなはずない」

美月はぼくの告白を断った。きっと美月の心の中には姫がいるのだ。好きという気持ちがわからないと泣いていたけれど、姫のことを大切に思っているのだ。

——おい、優太。とぼけなくてもいいぜ。まあ、もうおれは美月とはなんの関係もないから、どうぞ美月とつき合ってくれ。祝福するよ。

むかっときた。ひどい言いようだ。まるで美月をモノ扱いだ。モノをぼくに譲ろうという言い方だ。一度抱いてしまうと、女の子をこんなふうに扱えるというのだろうか。

「おい。明日何時集合だよ」

——十時。役場前のバス停集合だ。

「わかった」

「もちろんだよ」

――ちゃんと来いよ。

ぶっとばしてやるから。

最後の言葉は胸にしまって電話を切った。姫の態度はどうしても許せない。たとえ打倒ツイン・テイルズを掲げる仲間だとしても、いや、仲間だからこそ許せない。なんとしても姫に頭を下げさせたい。美月を泣かせたことを後悔させたい。ぼくの目の前で、

「悪かった」

と謝らせたい。そうでもしないと、美月にふられたぼくとしては、腹の虫がおさまらないじゃないか。

10

美里村の役場前から出ているバスに乗って桜浜を目指した。

いったいどのタイミングで、美月との一件を姫に突きつけてやろうか。ぼくは朝からそればかり考えていた。

条件としては、モー次郎がいなくなってからだ。モー次郎の前で、美月がふられた話を持ち出したくない。

黙ったままバスに揺られる。姫に浴びせる罵声《ばせい》がいくつも頭に浮かんでくる。

「美月を泣かしやがってこの薄情者！」

「抱いておきながら捨てやがって卑怯者《ひきょうもの》！」

無口になって、目つきが悪くなっているのはわかっていた。でも、ふられた美月のために、絶対になにかひと言文句を言ってやる。

桜浜に着き、ウミガメさんが経営する海の家で、例の自転車マニアのじいさんと落ち合った。ぼくらはそれぞれ自己紹介をした。じいさんも挨拶をしてくれた。じいさんは鶴舞《つるまい》という変わった苗字だった。

「どっかで聞いたことがある名前だな」

姫のつぶやきに、なぜかじいさんは慌てた様子を見せた。

「ど、どこにでもある名前だよ」

「そうかな」

首をひねる姫に取り合わず、じいさんは続けた。

「わしのことを、わざわざ鶴舞さんなんて呼ばなくていいからな。モー次郎くんみたいに、おじいさんって呼んでくれれば」

名前を出されたモー次郎が、満面の笑みで提案してくる。

「それじゃなんだか味気ないから、鶴じいっていうのはどうかなぁ」

どうかと思ったが、じいさんはその呼び名をとてもよろこんだ。なりゆき上、鶴じいと呼ぶことに決定してしまった。

鶴じいは約束通り、一台の自転車を持ってきてくれた。ツイン・テイルズの三人が乗っていたトライアスロンバイクに似ていた。タイヤも細いし、フレームも軽そうだ。だが、ハンドルの形がちがう。マウンテンバイクのハンドルと同じく横一直線の棒となっている。

「この自転車はフラットバーロードと言うんだよ。まっすぐのハンドルをフラットバーと言うんだが、そのフラットバーを使っているロードバイクだからフラットバーロードって言うんだ。このハンドルなら、今度の桜浜ジュニアトライアスロン大会の大会規定に違反しないはずだ」

なるほど。大会の規定に反しない範囲で、いちばん速い自転車を貸してくれるってわけか。

鶴じいはそのフラットバーロードをモー次郎に預けた。モー次郎はうれしそうにそのロードバイクにまたがった。

「ねえ、鶴じい。これでツイン・テイルズに勝てるかなあ」

「勝てるという保証はできないね。やはり、練習しなくちゃ。けれども、じゅうぶん戦えると思うよ」

「じゅうぶん戦える……」

モー次郎はその言葉に感動したらしく、目を輝かせながらつぶやいた。鶴じいがモー次郎の肩をたたく。

「よし、モー次郎くんはこのロードバイクに慣れる練習をしよう。このロードバイクは靴とペダルを固定するビンディングというペダルだから、脱着の練習しないとね。姫くんは潮の流れに慣れるように、先に海で泳いでてくれないか」

「え？」

と姫が驚いた顔をする。

「モー次郎くんの練習を見てやったあと、姫くんのスイムの練習を見てあげるから」

「いや、でも」

「いいからいいから。海での泳ぎ方を、わしが教えてやるから。それが終わったら優太くんの番だ。優太くんは体がほぐれるまで、軽く走っておいてちょうだいね」

鶴じいはモー次郎をうながして、駐車場に移動していった。姫は砂浜へと向かっていった。

いましかない。美月との一件について姫と話す絶好の機会だ。ぼくはゆっくりと姫のあとを追った。波打ち際で準備運動を始めた姫に声をかける。

「おい。昨日の電話はなんだよ」

振り返った姫が、不思議そうに訊き返してくる。

「なんだよってなんだよ」

「美月をおれに譲るみたいな言い方してたじゃないか」

「そのことか。けどさ、もう別れたんだから、なにをどんなふうに言ったっていいじゃねえか」

「なんで別れたんだよ」

「優太に関係ないだろ。ほっといてくれってえの」

姫がへらへらと笑う。

「なにがおかしいんだよ」

「いや……」

込み上げてくる笑いを、姫は必死にこらえているようだった。なぜ笑っているかわからない。でも、ばかにされているのはわかった。暴発しそうな怒りを静めるために目を閉じる。でも、怒りは静まりそうになかった。目を開いてめいっぱい怒鳴った。

「笑ってるんじゃねえよ！」

姫の肩口を勢いよく突き飛ばす。姫は一度はよろけたが、汚いものがついたみたいに肩口を手で払った。へらへらとした笑みは消えていない。

「じゃれつくなよ」

美月と抱き合う関係であったぶんだけ、自分のほうが大人だと言いたげな口ぶりだ。ぼくを子供扱いしている。

「見下してるんじゃねえよ！」

「してねえよ」

「してるだろ！」

「落ち着けって。それより昨日も言った通り、優太は美月とつき合うチャンスを逃しちゃ駄目だぜ。つき合うってのは好きだとか惚れただとかそんな気持ちより、タイミングが大切だからな。美月はいま支えを欲しがってる。そこにつけ込まないと駄目だ。ま、ちょっとしたずるさも必要だな」

「ふざけたことを言ってるんじゃねえよ。支えを欲しがってるのがわかってるなら、なんで別れたんだよ。どういうつもりなんだよ」

「おれのことなんて別にいいじゃん。もう終わっちまったんだからさ」

「そういう言い方はないだろ！　美月の気持ちを踏みにじっておいて」

もう一度姫を突き飛ばそうと右手を伸ばした。だが、ひらりとかわされる。その瞬間、姫は憐れみの表情を浮かべた。やっぱり、見下してる！

反射的にぼくの右拳が走った。姫のあご先をとらえる。ゴツという音がかすかに聞こえた。

「っつ」

痛みに一度目をつぶった姫が、目を見開いてぼくを睨んだ。お返しの右拳が飛んでくる。逃げられない。左頬に激痛が走った。石で殴られたみたいな痛みだ。意識が遠のいて砂浜に尻もちをつく。すると、姫がおし殺した声で言う。

「おれだってな、美月のことは好きなんだよ」

ぼくは下から睨みつけてやった。なにをわからないことを言ってるんだ。

「優太になにがわかるっていうんだよ。おまえは、絶対に、おれの悲しみまで届かないよ」

ばか言うな。悲しいなんていまさら言うな。それなら最初から別れなきゃいいじゃないか。ぼくは姫を睨み続けた。立ち上がって殴ってやろうかと拳を握る。

でも、握った拳から力を抜いた。立ち上がることもできなかった。なぜなら、姫は泣き出す一瞬前の瞳をしていたからだ。泣かないようにと、懸命にぼくを睨んでいたからだ。

背後から鶴じいの声がした。

「おいおい。なにしてるの」

鶴じいが砂浜の砂を蹴り上げながら走ってきた。いい歳《とし》をしたじいさんとは思えない見事なランニングフォームだ。

「ふたりとも、もめてるのかい」

「もめてませんよ」

姫は表情を緩めて肩をすくめた。

「ほんとかい」

「じゃれ合ってただけです」

ぼくは立ち上がりながら答えた。

「そうかい。それならいいけれどね。じゃあ、次は姫くんの泳ぎを見る番だから。この前に言った通り、姫くんはヘッドアップという技術を覚えなくちゃならないから大変だよ」

「よろしくお願いします」

姫がおとなしい返事をする。

「優太くんは、そのあいだ走っててもらっていいかな。軽いランニングでいいよ。熱中症になっちゃ困るからね」

鶴じいの言葉に頷き、県道方面へ足を向けた。そのとき、ふいに姫と視線が合った。どこか恥ずかしげな目をしていた。視線はぼくのほうからそらした。

ゆっくりとランニングをした。姫に殴られた左の頬《ほ》っぺたが痛い。走って体が揺れるたびに、じんじんと痛む。体が細いくせに、パンチ力のあるやつだ。

まだ胸のあたりがむかむかする。すっきりしない。姫にぶつけたい文句や質問が、まだまだいくつも残っていて、頭に浮かんでは消えていく。

「好きなのに別れたってどういうことだよ」

「美月を好きだというなら、なんで譲ってやるみたいな態度を取るんだ」

「勝手にふっておいて、いまさら悲しいなんて言うんじゃねえ」

ランニングを終えて戻ると、姫とモー次郎と鶴じいがそろってぼくを待っていた。姫と視線を合わさないようにうつむき加減で合流すると、鶴じいが両手を合わせて謝ってきた。

「すまん優太くん。急遽戻らなければならない用事ができてしまったんだよ」

返事をしようとすると、携帯の着信音が鳴った。びっくりした。着信音は鶴じいの携帯だったのだ。鶴じいがポケットから携帯を取り出す。新しい機種だ。ぼくなんて二世代も古いものを使っているのに。

「はい、もしもし。鶴舞ですが」

電話の内容はなんだか難しそうだった。聞いていてもわからなかった。

「まったくせっかちなやつらだ。さっきから何度も連絡してきよって」

電話が終わったあと、鶴じいは渋い顔で携帯をポケットにしまった。

「それより、優太くんの練習を見る時間がなくなってしまって、すまんな」

「別に、ぼくはいいですよ」

「いやいや。君たち三人の中でいちばん練習を見てやる必要があったのが優太くんだから、最後に時間をたっぷり取ろうと思ってたのだが……。なんとかしてもう一度時間を作れないかな」

ぼくがいちばん練習を見てもらう必要があるだって？

「どっか悪いんですか」

「率直に言えば、走り方がかなりひどいね。しかし、直そうと思えばいくらでもよくなる。わしとしてはぜひとも直してあげたい。だから、もう一度桜浜まで来てくれないかな」

困った。鶴じいは嫌いじゃないが、わざわざもう一度桜浜に来るなんて面倒だ。それに、いまは姫とのことで頭がいっぱいだ。横目で姫を見る。下手したらこのあと姫ともっともめて、トライアスロン大会への参加だってなくなるかもしれない。

「ねえ、見てもらいなよ」

わきからモー次郎が言う。

「でもさ」

「見てもらう価値が絶対にあるって。ぼくさ、鶴じいにちょっと教えてもらっただけで、だいぶ速くなったよ」

「それは自転車が代わったからだろ」

「そうじゃないよ」

モー次郎がじれったそうに足を踏み鳴らす。鶴じいがモー次郎をなだめてから言う。

「ともかく、優太くんはもっともっと速くなれるよ。走り方さえ変えれば、この前の加倉井君とだっていい勝負ができるようになる」

鶴じいは断言した。なんとなく心がくすぐられた。

「本当ですか」

「本当だとも。わしを信じなさい」

なにを根拠に言っているのかわからないが、鶴じいは自信満々だ。ぼくは腕組みをしてしばし考えた。あの日の屈辱を晴らしたいという気持ちはある。隣のモー次郎を見る。実用車が蹴り倒されたときのモー次郎の悲しげな表情を思い出した。姫への怒りが、すっと引く。モー次郎のために、いま全部投げ出すわけにはいかないと思った。

「わかりました。よろしくお願いします」

「そうか。よかったよかった。日程はあとから連絡するから。モー次郎くんに電話して、それを優太くんに伝えてもらえばいいかな」

「はい。でも……」

「ん？　なんだい」

「こんなふうにトライアスロンに詳しい鶴じいって何者なんですか」

モー次郎も疑問に思っていたのか、激しく頷く。

「わし？　ああ、そうか。言ってなかったね。わしはトライアスリートだよ。トライアスロンの選手」

「じいさんなのに？」

つい口走った。

「年齢は関係ないんだよ。この前コキを迎えたが、まだまだ大会に出るつもりだよ」

「コキってなんですか」

「コは古墳のコ、キは希望のキ。それで、古希。七十歳って意味さ」

モー次郎が驚きの声をあげた。

「鶴じいって七十なの！」

「そう」

「それなのに、トライアスロン大会に出てるの？」

「さらに言うならね、わしはアイアンマンなんじゃよ」

鶴じいは得意げにガッツポーズを作ってみせた。

アイアンマンの称号について、たしかウガジンが言っていた。スイムが約四キロ、バイクが約百八十キロ、ランが四十二・一九五キロというアイアンマンレースと呼ばれるトライアスロンがあり、それを完走したものに与えられる称号だ。

「嘘だあ」

モー次郎が豪快に笑い飛ばす。ぼくも笑いかけた。でも、あらためて鶴じいを見てみると、肌つやはいいし、腕やふくらはぎの筋肉がぱんぱんに張っている。七十歳とは思えないほど締まった体をしている。

「おれからひとつ訊いていいですか」

それまで黙っていた姫が口を開いた。

「なんだね」

「どうしておれたち三人の練習を手伝ってくれるんですか」

鶴じいは面食らったようだったが、白髪頭をぼりぼりと掻きながら言った。

「実はね、わしも大人げないんじゃが、ツイン・テイルズの三人が言っていた、貧乏人はトライアスロンをやるなという言葉に腹が立ってしまったんだよ。たしかにトライアスロンはお金のかかるスポーツだ。簡単にできないという不便なところがある。だが、けっしてお金を持っているほうが勝つわけじゃないことを、君たち三人にがんばってもらって証明してほしいのだよ」

「なるほどね」

姫が頷く。

「おっと、また電話だよ」

騒がしく鳴る携帯に、鶴じいは不機嫌そうに出た。話が途切れないらしく、ぼくらに手を振って忙しそうに帰っていった。

練習を切り上げて、ウミガメ荘に戻った。その帰り道でも、部屋に戻ってからも、そのあとの夕食のあいだも、ぼくは姫とは会話を交わさなかった。姫からも話しかけてこない。

さすがのモー次郎も気まずい空気を察したらしく、わざとらしい明るさで鶴じいが貸してくれたロードバイクがどれだけすごいか、ぼくらに説明したけれどみんな独り言になった。

夕食後、順番で風呂に入った。風呂場が小さいので、ひとりずつしか入れなかった。いちばん最初がぼく、次にモー次郎、最後に姫という順に決まった。つまり、ぼくが風呂から上がり、モー次郎が入れば、姫とふたりきりになる。

昼間にランニングしながら思い浮かべたたくさんの質問を、ぶつけてみるべきだろうか。どうして美月を好きなのに別れたのか、気になってしかたがない。けれど、これ以上問いただしたら、姫との関係は完全にこじれて、仲は二度と戻らないかもしれない。なにより、姫の悲しげな瞳が引っかかる。心の脆《もろ》さが感じられてしかたない。

考えが決まらないまま風呂から上がった。わざと板張りの廊下をどすどす音をたてて歩き、部屋に戻った。このあと、姫とけんか腰になることも覚悟した。

ところが、姫はいなかった。モー次郎がひとり畳に寝そべっているだけだ。モー次郎はテレビのバラエティ番組でばか笑いをしていた。

「姫は?」

「夕涼みみたい。岡本くんって夜の海が好きだよね。がははははは」

「へえ、海か……」

問いただすのに最適のシチュエーションにちがいない。神様が本当にいるかどうか知らないけれど、いるとするならば、神様が問いただすように差し向けてくれている気がした。

モー次郎が風呂へ向かうのを見届けてからウミガメ荘を出た。海へ向かう。真っ暗な砂浜にはライトを点《つ》けた車が海を向いて並んでいた。ライトの照らす先には、大学生らしき男女の影が何人か見える。波が押し寄せてくるたびに笑い声があがった。

姫はもっと静かなところにいるにちがいない。ぼくは砂浜を北に歩いた。暗くて視野が狭いためか、潮の香りに敏感になる。立ち止まって深呼吸をしたとき、夜空を眺める姫を見つけた。

「姫」

暗い声で語りかけた。姫は夜空を指差した。

「あれが夏の大三角なんだろ」

ぼくが美月に教えた夏の大三角を、姫は美月から教わったと言いたいらしい。姫の話を無視する。

「昼間の話の続きをしようよ。美月のことを好きなのに別れたって話だよ。理解できないんだ」

姫はぼくを一度見てから、暗い海に視線を移した。

「おれさ、美月とつき合って知ったことがあるんだ。恋愛が終わるのは嫌いになったときだけじゃないんだぜ。お互い好きでも駄目なときは駄目なんだ」

「大人ぶってはぐらかすなよ」

「おれが言ってること、わからないか？」

「わからねえよ」

「それなら優太。おまえ、どのくらい美月のこと好きだ？」

「話をすり換えるなよ」

「おれの頭の中じゃ筋の通った話だよ。おまえこそ、ごまかさないで答えろ。どれくらい美月のこと好きなんだ」

「そんなこと言えるか」

吐き捨てる。

「おれは言えるぞ。おれは心がきりきりと痛くなるくらい美月が好きだ。自分を投げ出して、おれのすべてを明け渡したいくらい好きだ」

姫は言いよどむことなく、すらすらとはっきりと言った。美月を思う気持ちなら、こっちだって負けるつもりはない。けれど、好きだって口にできればいいってもんじゃない。

ぼくは美月への思いを胸の奥に隠した。そして、姫を笑った。

「なんだよそれ。あほかよ」

「あほか……。そうだな。おれはあほなのかもな」

姫の唇がにっと両脇へ広がる。

「なに笑ってるんだよ」

「やっぱりおれはフツーじゃないんだな」

「フツーじゃない？」

「おれ、好きだっていう気持ちよりも、必要だって焦りのほうが上回っちまうんだ」

「必要？」

いったいなにを言い出すのだろう。首をひねる。困惑しているぼくを楽しむかのように姫は続けた。

「いや、必要って言葉じゃぜんぜん足らないな。おれは美月の全部が欲しかったんだ。心も体も過去も未来もなにもかも。美月とは一秒だって離れたくなかったし、会えない夜はずっと泣いてたよ。おれさ、ひとりでいると駄目なんだ。美月がそばにいてくれないと駄目なんだ。おかしいと思ったが、心がくしゃくしゃになっちまうんだ。おかしいだろ？」

おかしいと思ったが、頷くわけにもいかない。

「こわかったんだ」

ぽつりと姫が言った。夏の夜とは思えない冷たい風が、ぼくらのあいだを吹いた。

「こわいって?」

「美月が本当に好きになってくれてるか不安だったんだよ。いつか美月がおれから離れてっちゃうんじゃないかってこわかったんだ。だから、いっしょにいてもらって、好きだってずっと言ってもらってた。おれは美月にしがみついてた。でも、不安は消えなかった」

姫は震えていた。ひどく弱々しく見えた。でも、なぜここまで不安がるのかわからない。

「なんで不安なんだよ。好きだって言ってくれてたんだろ。信じられなかったのかよ」

「わかってたさ。勝手に不安になってたってことくらい」

急に姫の声が大きくなった。

「じゃあ、なんで好きなくせに別れた。おかしいじゃないか」

「美月を苦しめたくなかったんだ。おれは美月を解放したんだ。逃がしてやったんだ」

「よくわかんないよ」

「おれは美月の言葉が信じられなかった。そんなんじゃなくてもっとしっかりとした証拠が欲しかった。好きだって証拠が。だけど、その証拠が自分でもよくわかんねえ。ただ、美月を抱いたときすんごく安心したんだ。抱いてるあいだは不安なんてこれっぽっちも感じなかった。美月の存在が、おれがずっと抱えてたさびしさを全部吹き飛ばしてくれたんだ。でも、美月はだんだん体に触らしてくれなくなった。あいつはこわいって言うんだ」

姫は意見を求めるようにぼくを見た。なんて言ったらいいかわからなくて首を振る。

姫はじれったそうに続けた。

「世界中で唯一おれに安心をくれるのが美月だってのに、あいつはおれを拒んだ。安心が欲しくて抱きたかったのに、むかしのいやな思い出があるからっておれを拒んだ」

もしかして、と思った。

「むかしのいやな思い出ってなんだよ」

「知らねえよ。教えてくれねえんだ。どんなに訊いても話したくないって言うんだ。小学校のときのことなんて言ってるけど、作り話でごまかそうとしてるかもしれねえじゃねえか」

三年前のできごとが、まざまざとよみがえる。

太陽の沈みかかっている空を思い出す。空は半分が黒い闇に覆われていた。白いワンボックスカーが停まっていた。そして、服を脱がされかかっている美月が仰向けに押さえつけられていた。白いパンツにはオレンジ色の小さな花柄があった。悲しくて、いまわしくて、なかなか遠くならない記憶だ。

美月は、あの日のできごとなど、どうとも思ってないという態度を見せていた。思い出させちゃってごめん、とぼくが言っても、いいからいいから、と明るく手を振っていた。でも、やっぱりまだ引きずっていたのだ。心の傷になっていたのだ。美月の悲しみが、ずしりとした重さをともなって、ぼくの胸の底へ落ちてきた。

「おれはほんとに美月のことが好きだったよ。だけど、無理に美月を抱こうとしてる自分がこわくなった。美月を部屋に閉じ込めたいって思ったこともあった。閉じ込めて、縛りつけて、そばに置いておきたいって考えが止まらなくなるんだよ。おれはフツーじゃないんだ。あれ以上美月といっしょにいたら危なかった。だから別れたんだ。解放してやるしかなかったんだ」

昨日、美月の手の甲に、そっと手のひらを重ねたとき、彼女は言った。

「こういうやさしい温もりみたいなものが、欲しかったのかも」

美月は姫を嫌いなわけじゃない。体を求められるのがこわいのだ。それを姫はわかってやれなかった。不安だのなんだのと自分の言いたいことばかり口にして、美月の心の痛みをわかってやれなかった。

「姫は美月の気持ちを考えなかったのか。美月だって不安に決まってるじゃないか。絶対にさびしがってるよ」

「だからさ、美月のことは優太にまかせるって言ったじゃないか。おまえならきっと美月を大切にできると思って」

「ふざけるな！」

ぶちきれた。

「モノを譲るみたいに簡単に言うんじゃねえよ！」

姫に飛びかかった。馬乗りになって殴る。まとめて半ダースばかり拳を落とした。さらにもう一発殴ろうと大きく振りかぶったとき、いきなり後ろから突き飛ばされた。顔から砂浜に突っ込む。

「もうやめなよ！」

モー次郎だった。仁王立ちで泣いていた。頬っぺたを真っ赤にして、涙をぽろぽろと流す。

「なんだよおまえいきなり」

「いきなりじゃないよ。悪いと思ったけどずっと聞いてたんだ」

「じゃあ、話は早いだろ。悪いのは姫だって思うだろ？　不安とかこわいとか勝手なことを言って、美月と別れて、おれには大人ぶって譲るようなことを言って」

「でもちょっと待ってよ優太くん。しかたがないんだよ」

「しかたがないってなんだよ」

姫をかばうってのか。

「岡本くんだって大変なんだ。家にいるお父さんのこととかいろいろあって」

「モー次郎やめろ！　タカオのことは言うな！」

突然、姫が叫んだ。

お父さん？　タカオ？　頭の中がクエスチョンマークでいっぱいになる。タカオというのは姫の親父さんの名前だろうか。その親父さんが家にいて大変ということなのだろうか。いや、姫は以前ぼくに言っていた。

「うちも親父がいないんだよねえ」

ぼくと同じように片親だったはずだ。

モー次郎は泣きながら続けた。興奮しているのか、珍しく早口でまくし立てる。

「岡本くんのお父さんは家から出られないんだ。仕事もできないし、買い物にも行けないし、ごはんを作ったり掃除をしたりすることもできないんだ」

どきりとして、心が止まる。立ち上がった姫に問いかける。

「病気、なのか」

「そういうわけじゃねえよ」

「じゃあ、なんで」

「ただ家に閉じこもってるだけだよ」

「閉じこもってる？」

モー次郎が姫の顔色をうかがいながら答えた。

「ひきこもりってやつだと思う。もう十年以上閉じこもってるんだ。トイレ以外は部屋から出てこないんだって。それで、岡本くんはそのお父さんと、ふたりきりで暮らしてるんだ。お母さんだっていないんだよ」

言葉を失った。姫の家庭の事情がそんなに複雑だなんて知らなかった。そして、モー次郎が姫の家庭の事情について詳しいことに驚いた。

ひきこもりについてぼくも詳しいわけじゃない。テレビのニュースやドキュメンタリー番組で知っている程度だ。病気ではないと思う。ただ、他人とうまくコミュニケーションができないというか、苦手というか。

でも、父親がひきこもりなんて話は、ニュースでもドキュメンタリーでも聞いたことがない。ひきこもりは大人になりきれない子供がなるのだと思っていた。

モー次郎がめそめそ声で言う。

「岡本くんが不安になったりこわくなったりして、藤谷さんを抱きしめたくなるのはしょうがないんじゃないの。そういうお父さんといっしょに暮らしてるんだから」

ひきこもりの親父さんとふたりきりで暮らす。それは、どんなに孤独で、暗い生活だろう。ぼくが同じ立場だったら、やはりさびしさに耐えきれず、いや、どうやって生きていったらいいのかわからなくて、美月にしがみつくかもしれない。

姫がぼくに言い放った言葉の意味が、いまやっとわかった。生々しさや、きりきりとしたつらさをともなって耳によみがえってくる。

「おまえは、絶対に、おれの悲しみまで届かないよ」

姫は親父さんの問題があって、その不安で美月を求めてしまう。けれど、美月には拒まれ、どうしようもない孤独に突き落とされる。なんて根っ子の深い悲しみだ。

たしかに、ぼくは届かない。

ぼくの知らないところで、こんなにも多くの悲しいことが起きている。無力感に包まれて、自然とうなだれてしまった。

波が打ち寄せてきては、また戻っていく。その音がずっとくり返される。永遠に続くかのように思えるその波音が、ぼくの心を圧迫する。叫びたくなるような暗い単調さだ。

モー次郎が静かに切り出した。

「ぼくは藤谷さんを見てるのもつらかったよ。岡本くんのお父さんのことを知って、岡本くんを受け止めてあげたいけど、無理なんだって泣いてたんだから」

美月も苦しんだにちがいない。体を求められることがいちばんいやなのに、姫にとってはいちばんの慰めになる。姫を受け止めようとしても、小学校のときに受けた心の傷のせいで拒んでしまうのだろう。

いま美月はどうしているだろうか。真っ暗な海に視線を移した。

そのとき、ふと心に引っかかるものがあった。なにかがおかしい。

「おい、モー次郎。ちょっと待て」

「なに」

「美月を見てるのもつらかったっていま言ったよな。それってつまり姫の親父さんのことだけじゃなくて、姫と美月になにがあったかもみんな知ってたってことか」

「あ……」

とモー次郎が固まる。

「おまえは別れの原因を知ってたくせに、美月とつき合ったらいいんじゃない、なんておれをそそのかしてたのか」

「いや、あの、その……」

モー次郎はしどろもどろで姫を見た。なんだよ。ふたりとも裏で通じてたのかよ。

「グルってことじゃねえか」

「グルとか言わないでよ。それはなりゆきで……」

「うるせえ！」

ぼくは姫にふられた美月が本当に心配だった。そして、彼女を好きという気持ちだってすごく純粋なものだった。告白したことも後悔していない。

でも、その一方で姫とモー次郎は、ぼくと美月がくっつくように差し向けていて、こっそりと観察してたってわけだ。別れて傷ついている美月の慰め役を、ぼくにさせようと計画してたわけだ。

「おい優太。話を聞けよ」

姫が近づいてくる。

「近づくな」

砂浜の砂を姫に向けて蹴り上げた。

「話なんか聞きたくねえ。姫は卑怯者だ。美月を信頼できないのはおまえが弱いからじゃないか。それなのに解放したなんておかしいよ。おれにまかせるなんてのもおかしい。そんなのは全部自分に対する言い訳じゃないか。おまえだって自分のために言い訳を用意してるじゃねえか」

「おれだって悩んだんだ」

泣き出しそうな顔で姫が睨んでくる。

「悩んでそんな答えを出すかよ。おまえは卑怯者だよ。それで、おれはなんにも事情を知らないで美月に告白してふられたばか者だよ！」

姫の目に驚きが走った。ぼくがふられたことまでは知らなかったか。

ウミガメ荘へ向かった。これ以上、こいつらといっしょに過ごしたくなかった。いまなら最終のバスに間に合う。荷物を取って帰るのだ。

「いろいろと隠していたのは悪かったよ。でも、優太がなにも知らずに美月とつき合え

れば それでいいと思って」

すまなさそうに姫が言う。無視して歩いた。

「待ってよ」

モー次郎が追いかけてきた。

「まだなにか用か」

「言えるはずないじゃん」

「なにがさ」

「岡本くんのお父さんの話だよ。岡本くんはいままでずっと必死に隠してきたんだよ。言えるはずないじゃん」

わかってる。

そんなことはわかってる。

でも、ぼくは悔しいのだ。姫の家の事情も知らず、美月への思いで頭がいっぱいだった自分を、よしとできない。本当に幼いガキでしかないじゃないか。

「じゃあな」

ぼくはふたたび歩き出した。モー次郎の声が追いかけてくる。

「優太くん。鶴じいとの約束だけは忘れないでよね」

ばかじゃねえのか。トライアスロンなんてどうだっていい。くだらない。なにもかもくだらない。周りでなにが起きているのか気づけなかったぼく自身もくだらない。

「くそ！」

体を反らして空に叫んだ。ぼくの声は波の音にあっという間に掻き消された。

11

朝、ずっと切っていた携帯の電源を入れた。姫からのメールが何件も届いていた。謝りのメールかもしれないが、全部無視することにした。削除してやろうかとも思ったが、思いとどまった。

ベッドの中でごろごろしていると、母が階段の下で怒鳴った。

「優太！　お母さん仕事に行くからね！　夏休みだからっていつまでも寝てちゃ駄目よ」

「うん」

わざと小さく返事をする。聞こえなくたってかまわない。

バタンと玄関が閉まる音がした。やがて車のエンジン音が聞こえ、しばらくすると車は出ていった。

ひとりになった。家の中はしんとしていて、なんともいえない孤独感に包まれる。

ベッドで仰向けのまま目をつぶると、ひきこもりだという姫の親父さんを思い出した。

美月もモー次郎も親父さんのことを知っていたのに、ぼくだけが知らなかった。なにをしてやれるってわけじゃないけれど、打ち明けてくれなかったことがなぜか悔しい。

そんなにもぼくは頼りないだろうか。モー次郎よりも信用できないだろうか。疎外感が心に広がっていく。

姫は、ぼくがなにも知らないまま美月とつき合えればそれでいい、なんて言っていた。冷静になってみると、わからない話じゃない。姫にいろいろと事情を聞かされて、

「おれは別れるから、美月のそばにいてやってくれ」

なんて頼まれても、ぼくは動揺するだけで、告白することもなかっただろう。ふたりがグルになってやったことは、全部が全部まちがいじゃない気がする。それなりのやさしさがある。

でも、なんだかすっきりしない。

姫の美月に対する態度も納得がいかない。閉じ込めて、縛りつけて、そばに置いておきたいなんておかしい。危ない。別れて遠ざけたのは正しい判断なんだろう。そこに姫のやさしさがある気がする。

けれど、やっぱりすっきりしない。

姫とモー次郎はぼくに対してやさしさがあった。姫は美月に対してやさしさがあった。でも、ぼくは傷ついたし、美月も泣いていた。

きっと誰かの思惑が絡んだやさしさは、どっかで人を傷つけるのだ。仕組まれたやさしさは、人をさびしくさせるのだ。

コツコツとベランダ側のガラスサッシがノックされた。見ると、美月が立っていた。ぼくは無言で中に通してやった。

「優太も暁人くんのお父さんのこと聞いたんだってね」

美月は床に腰を下ろすと、申し訳なさそうに切り出してきた。

「まあね」

ぼくはベッドを背に床に座る。

「いままで黙っててごめんね。優太にみんな隠したまま、慰めてもらいに来たりしてごめんね」

「いいよ。知ってたってなにかしてやれたわけじゃないし」

すねたような言い方になってしまった。

「でも……」

「姫から電話が行ったのか」

「うん。昨日の夜、優太に悪いことしたって」

「そっか……」

黙ると、美月も黙った。

せっかく好きな女の子といっしょなのに、心が沈んで声が出ない。こういうどうにも悲しい時間を、姫と美月も過ごしていたのだろうか。

うつむいていた美月が顔を上げた。ぼそぼそと語り出した。

「暁人くんはね、お母さんもいないし、お父さんはひきこもったままだし、お父さんの世話をしてくれるおばあちゃんが隣の家に住んでるんだけど厄介者扱いされてるし、やさしくしてくれる人が誰もいないの。暁人くんは家の中でずっと存在を消し続けてるのよ。だから、暁人くんが不安になったり、さびしくなったりするのもしかたないってわかってたの。なんとかしてやりたいとも思った。それで……」

「それで？」

「大人の関係になった。でも、わたしやっぱりそういうのは好きじゃないというか、わたし、こわくて」

ぼくはゆっくりと頷いた。美月がなにをこわがっているのか、なぜこわいのか、理解していることを伝えたかった。

「わたし、暁人くんが望んだ通りにしてあげられなかった。駄目だった」

「美月が自分を責める必要ないよ」

「ううん」

美月は首を強く振った。

「わたしってずるいんだよ。暁人くんがわたしに触ろうとする時間を減らしたくて、水泳部に復帰しなくちゃ別れるって言ったり、トライアスロンの練習でいなくなってほしくて海王中のやつらの勝負を受けたりしたんだから。暁人くんから逃げようとしてたんだ。好きなんだけど、体を触られるのがいやで逃げたかったの」

無言で頷くと、美月は静かに泣き出した。

「逃げたがってるわたしを、暁人くんはちゃんと逃がしてくれた。そんな暁人くんにわたしはなにもしてやれなかった。なんにも」

美月は一時間ばかりずっと泣き続けた。ぼくは隣に座って慰めた。慰めるといっても、出てくる言葉は、

「しょうがないよ」

だけだった。

美月が帰ったあと、部屋の床にばたりと倒れた。無力感が体の隅々まで行き渡っていて、なにをする気にもならない。だるかった。ぼくら十四、十五の中学生が、人の家の事情に首を突っ込んで、いったいなにができるというのだろう。幼くて、無力なぼくらが、姫になにをしてやれるというのだろう。

寝返りを打つ。だらりと腕を伸ばすと指先に携帯が触れた。姫からのメールを見てみようと思った。

メールは八件届いていた。

〈悪かった〉

優太にいろいろと隠したままで悪かった。おれ、人に本心を打ち明けるのが得意じゃないんだ。本当にスマン。

〈タカオのこと〉

いまさらだけど親父の話を書くよ。おれが親父に初めて会ったのは五年生のときだよ。いまでも父親だなんて思えなくてタカオって呼んでる。で、そのタカオは超おぼっちゃまだったらしい。海王市にあったハム会社の社長の息子だったんだ。超おぼっちゃまだからなんでも親（つまりおれのじいさんばあさん）にやってもらってて、なんにもできない大人になっちまったそうだ。十歳までいっしょに暮らしてた母ちゃんからよく聞かされてたよ。

〈不幸の始まり〉

母ちゃんはタカオと大学で会ったらしい。タカオにはビックリしたって言ってた。靴《くつ》紐《ひも》が結べない、ストーブの石油タンクに灯油を入れられない、牛乳パックの開け方がわからない、ズボンのベルトも締められない。駄目人間だから友だちもいない。大学もぜんぜん行ってなかったみたい。そこで、母ちゃんはわたしがいなくちゃこの人は駄目になってしまう、と思ったらしいんだ。

タカオと母ちゃんが二十歳のときおれが生まれた。タカオは責任取るって大学をやめた。どうせ卒業できないからハム会社を継ごうとしたんだ。けど世の中そんな甘くなくてさ、食中毒事件でハム会社が倒産したのさ。ショックでじいさんも死んじまったらしい。こんなふうにして仕事も生活能力も友だちも学歴もないタカオが誕生するわけさ。

〈頭のよさ〉

タカオも頭が悪かったわけじゃない。通ってた東京の大学はすんげえ優秀なとこで、おれたちが一生勉強したって入れないとこだよ。でも、勉強ができるってことと生きていく能力は、いっしょじゃないみたいだな。

〈就職〉

タカオは就職先を探さなくちゃならなくなった。だけど、超おぼっちゃまでアルバイトもしたことなかったタカオは、就職してもすぐにクビになったそうだ。たくさんクビになったって。それで、タカオは人嫌いになってアパートにこもるようになったんだそうだ。母ちゃんは言ってた。タカオとおれと赤ん坊がふたりいるみたいだったって。そんな生活だから一年で離婚。おれと母ちゃんは東京でアパート暮らし。タカオは美里村の実家へ帰ったってわけだ。

〈小学校五年の転校〉

おれはタカオの存在なんてまったく考えないで十歳になった。タカオってのは母ちゃんの愚痴に登場する人物。それだけだった。けど、タカオと再会することになった。その理由がまたくだらねえ。母ちゃんが男を作って消えたのさ。捨てられたんだよ。おれはばあちゃんに引き取られて美里村に来たってわけ。しかしビックリしたな。親父がひきこもりになっててさ。

タカオはいま三十四歳さ。部屋にひきこもってて、いつ起きていつ寝てるのかもわからない。飯だけはちゃんと食べて太ってやがる。まるでブタさ。でもブタじゃないんだ。タカオはちゃんと人間なんだ。血のつながった人間なんだ。だから、そばにいてつらいんだよ。

メールには画像が一枚添付されていた。それを表示させてみる。

真っ暗な部屋が写っていた。四角い窓に白い光。いや、窓だと思ったのはテレビだ。暗い部屋の中でテレビがついている。闇を四角く切り取ったみたいに見える。灯《あか》りはそれだけで、あとは暗くてよく見えない。さらに目を凝らす。

床にうずくまっている人影があった。太った人間の背中だ。不吉な感じがする。ぼくはもしかしてと思いつつ次のメールを見た。

〈タカオの背中〉

メールに添付したのはタカオの背中の画像だよ。こっそり撮ったよ。ばれたらキレて暴れるからさ。タカオは黙るかキレるかのどっちかしかないんだ。

〈モー次郎のこと〉
タカオと毎日いるのはすげえつらかった。タカオはおれのことこわがってるみたいなんだけど、おれだってタカオがこわくて毎日ビクビクしてたよ。話が通じねえんだもん。タカオはぜんぜんしゃべらない。壁をたたいたり物を壊したりして、機嫌が悪いって伝えてくるんだ。こえーよ。マジで。だから、小学校じゃモー次郎をいじめちまったんだと思う。憂《う》さばらしだよ。モー次郎って反抗してくるんだ。それが面白くてさ。いらいらしてるときのいい標的だった。薄井がナイフを持ち出すまではな。

薄井？　ぼくは首をひねった。海王中に転校していった幻のクラスメイトの名前が、どうしてここで出てくるのだろう。

メールを読み返す。つまりこういうことだろうか。モー次郎をいじめて楽しんでいたのに、薄井がナイフを持ち出していじめが終わった。

よくわからない。

家を出た。自転車に乗って姫の家を目指した。メールの内容を直接電話して訊くのも気が引けるが、家でじっとしているのもいやだった。

十五分ほどでたどり着いた。家は古い木造の二階建てで、庭が荒れ果てていた。遊びに行ったことはない。モー次郎の家に行く途中に眺めたことがある程度だ。いままで気にもとめなかったけれど、そういえば二階の雨戸はいつも閉まっている。今日も夏の真っ昼間だというのに全部閉められていた。タカオさんはあの二階にいるのだろう。

姫はどうしているのだろうか。カーテンの閉めきられた一階にいるのだろうか。タカオさんの機嫌を損ねないように、息をひそめてじっとしているのだろうか。

太陽が空のいちばん高いところを目指して昇っていく。周りの住宅の瓦《かわら》が白く輝いている。空はさわやかな青だ。白い雲が大きく伸びをするように広がっていく。

世界がこんなにも健《すこ》やかなのに、目の前にある姫の家には真っ暗な闇がぎゅっと閉じ込められているように見える。その凝縮された闇の中で、生きにくい、生きにくい、とタカオさんがつぶやいているような気がする。

家を訪ねる勇気がなくて、来た道を戻った。いつのまにかペダルを踏み込むたびに、ぼくはつぶやいていた。

「生きにくい、生きにくい」

田んぼの真ん中で、急ブレーキをかけて止まった。タカオさんを包む闇が、ぼくの心の中にも染み込んできているように感じた。とらわれちゃいけない。共感しちゃいけない。そうわかっているのに、生きるってことそのものにくじける人の気持ちが、わからないでもないのだ。特に、人生には思い通りにならないことがあると、姫や美月たちを見て知ったいまは。

12

ウミガメ荘の縁側に座り、足をぶらつかせて海を見る。鶴じいとの約束なんてすっぽかしてしまうつもりだったけど、桜浜に来てしまった。家でひとりうじうじ悩んでいるのがいやだった。人恋しさもあった。

「わざわざ出てきてもらって悪いね」

鶴じいは約束の時間通りにやってきた。黄色いTシャツに黒のショートパンツ、そして、ランニング用の白いシューズという恰好だ。鶴じいは背負っていたリュックを下ろして言う。

「さっそく準備運動を始めよう」

「はい……」

もそもそと立ち上がり、準備運動を始める。まずはアキレス腱《けん》からだ。でも、いまひとつ気が乗らない。やる気が出ない。

「もっとしっかり」

鶴じいが腰に手を当てて言う。

「はあ」

「どうしたんだい。体調が悪いのかい」

「そんなことないですけど」

もごもご答える。

「なにかあったのかい？　ぜんぜん覇気《はき》がないじゃないか」

「そうですかね……」

鶴じいが大きくため息をつく。

「なあ、優太くん。もしも悩みでもあるのなら、わしに話してみないか。こっちも伊達に歳を食ってるわけじゃないんだから」

にこやかに笑う鶴じいの雰囲気は、校長先生と似ている。やわらかな物腰で、子供と同じ視点で語り合おうとしている。やさしいじいさんだと思う。

でも、いまはうっとうしい。話してみないか、なんて言われても、姫やタカオさんのことを話せるはずがない。

「元気ないね。大丈夫かい」

「鶴じいは元気ですね」

嫌味たっぷりで返したが、鶴じいには通じなかったようだ。にこにこ笑いながら言われた。

「もちろんだよ。じじいがアイアンマンレースに出るのはやめたほうがいい、なんて周りに言われるが、わしはまだまだ出るつもりだよ。八十歳になっても完走する自信があるね」

「すごいですね。ぼくはそういうがんばれる自信とかないですよ。若いくせにって怒られるかもしれないけど、無理なもんは無理って気がするし」

ぼやいてうつむくと、鶴じいが思わぬことを訊いてくる。

「これからわしと三種目やってみないか」

「三種目？」

「スイムとバイクとランの三種目だよ。トライアスロンさ。桜浜ジュニアトライアスロン大会のコースをいっしょに回ってみようよ。モー次郎くんはわしがこの前貸したフラットバーロードを取りに来ていなくて、ウミガメ荘に預けっぱなしになっているから、優太くんはあれに乗ればいい」

「でも……」

渋ると鶴じいが言う。

「一度三種目体験しておくのは、のちのちいい経験になると思うのだけどね」

「そうなんですか」

いい経験ってなんだろう。

「トライアスロンはね、完走すると自分が変われたような気がするんだよ。成長できたって感じられるスポーツなんだ」

「はあ……」

「まずはやってみよう。途中でリタイアしてもいいからね。大切なのはチャレンジだよ」

鶴じいに押しきられる形で、ついつい頷いた。

太陽が雲に覆われて、空の青が少し薄まった。陽射《ひざ》しが弱まったぶんだけ、過ごしやすく感じる。目の前に広がる桜浜の海を眺める。

「無理しなくていいからね。駄目だったら途中で引き返してくるんだよ」

鶴じいはスイムウェアに着替えた。黒の上下だ。じいさんのくせに、けっこうかっこいいじゃないか。ぼくの水泳パンツは、ウミガメ荘のお客さんが忘れていったものだ。他人《ひと》のパンツだから、股のあたりがちょっと気持ち悪い。

「じゃあ行こうか」

ゴーグルをかけながら鶴じいが海へと駆けていく。慌ててあとを追う。先に鶴じいが海の中へと飛び込んだ。ぼくも続いた。海水はぬるかった。

スイムが五百メートル、バイクが八キロ、ランは五キロ。先は長い。なるべく体力を温存したい。そう思うのだが、鶴じいはどんどん飛ばしていく。クロールのフォームは無駄のないきれいなものだ。とにかく速い。ほんとに七十歳なんだろうか。

焦ってぼくもスピードを上げる。なかなか前に進まない。潮の流れのせいだ。流されているのがわかる。折り返し地点の犬岩がどこにあるのかもわからない。海とプールでは勝手がぜんぜんちがう。姫が海王中のツイン・テイルズに負けたのも無理はない。

前を見て犬岩を確認しようとする。以前、鶴じいが姫に教えていたヘッドアップという技術を真似《まね》てみる。しかしながら、息継ぎのあいだに前を見るのは難しかった。なんとか前を向いても、波で視界が遮られてしまう。立ち上がって方向を確認したいけれど、海は深くて足などつかない。

「大丈夫かい」

余裕があるのか、鶴じいが泳ぎながら声をかけてくる。

「はい！」

強がって答えた。その瞬間、がぼがぼと水を飲んだ。しょっぱい。

「じゃあ、どんどん行くよ」

鶴じいはピッチを上げた。強がらなきゃよかった。

やがて、犬岩が見えてきた。鶴じいが先に回り、そのあとに続く。鶴じいはあまりバタ足を使わない。上半身でぐいぐいと泳いでいく。よく考えてみたら、このあと自転車をこいで、そのあとは走らなければならない。なるほど、足を使わないほうが得策ってことか。

潮の流れに翻弄《ほんろう》されながら、なんとか浅瀬まで戻ることができた。立ち上がると、ふらふらする。呼吸が苦しい。そして、やけに肌寒い。あんなに必死で泳いできたのに、体が冷えきってしまうなんて驚きだ。

先を行く鶴じいが、波をばちゃばちゃと蹴りながら走っていく。そのまま砂浜を駆けていき、ウミガメさんが経営する海の家へと向かっていった。バイクを預けてあるのだ。ぼくも必死であとを追いかける。泳いだあとすぐに走るなんて初めての経験だ。足はすっかり疲れきっていてもつれそうになるし、足の裏は砂浜にずぶずぶと埋もれて走りにくい。

「ほれ、がんばれ」

と先にトライアスロンバイクまでたどり着いた鶴じいが、声をかけてくる。

「はい」

ヘルメットをかぶった鶴じいが、バイクを押して走り出す。県道までは乗ってはいけないルールだ。

バスタオルで体を拭き、水泳パンツからランニングウェアに着替えた。やはり、水陸両用のウェアを着ている鶴じいのほうが早い。

モー次郎が借りる予定のフラットバーのロードバイクを押して、鶴じいの背中を追いかける。県道への上り坂を駆け登ってからロードバイクにまたがった。がむしゃらにペダルをこいで鶴じいに追いつく。

真っ赤なトライアスロンバイクを駆る鶴じいが、笑みを浮かべつつ振り返った。紫色のサングラスはフレームのないスキーのゴーグルといった感じだ。

「いまけっこういいペースで走っているんだが、優太くんはちゃんとついてきているね。すごいよ」

「そ、そうなんですか」

「もうちょっとスピード上げても大丈夫そうだね」

無理です、と答えようとしたが、口を開く前に鶴じいがスピードを上げた。まったく元気なじいさんだ。

それにしても、鶴じいのバイクをこぐフォームはかっこいい。前傾姿勢だけれど背中がまっすぐ伸びている。ペダルを踏む足の回転もスムーズだ。そして、太腿の筋肉の張りがすごい。パンパンだ。絶対に七十のじいさんのものではない。体の年齢は五十歳くらいじゃないだろうか。

県道は海岸線に沿って北へ北へと延びている。海を右手に見ながら、必死にペダルをこぐ。モー次郎が借りるこのフラットバーのロードバイクは、いままでぼくが乗ってきた自転車などとは比べ物にならないくらい速かった。ペダルをこぐ力が、みんな前へ進む力に直結している。踏めば踏むほど速くなる。

ただ、速く走れば走るほど、風が邪魔に思えてきた。海からの横風でハンドルがふらふらとしてしまう。前方から吹きつけてくる風が、ぼくを押し戻す。どうやらバイクパートのいちばんの敵は風であるらしい。

それならば、とぼくは鶴じいの真後ろにくっついた。鶴じいに風よけになってもらうのだ。車のレースでいうところのスリップストリーム。これはなかなかのナイス・アイデアだ。

ところが、鶴じいに注意された。

「こら。今回の桜浜ジュニアトライアスロンはドラフティング走行禁止だよ」

「ドラフティング？」

「いま優太くんがやっているように、スリップストリームを利用したり、前を行く人を風よけにしたりすることだよ」

「禁止なんですか」

「そうだよ。それから、走行中はずっとキープレフト。道の左端を走らなきゃ駄目だ。もし前を追い抜く場合は右側からだ。いいかい」

「了解です」

県道は次第に左へ左へと曲がっていく。海とはいったんさようならして、西に位置する美里山を目指すかっこうになる。

次第に道の傾斜が厳しくなってきた。つらくなって下を向いてしまう。アスファルトに映る自分の影も疲れて見える。

「ほら、猫背になっているよ。背中を伸ばして」

「はい」

「ペダリングはリズミカルに」

「はい」

「上半身に力が入りすぎ。このあとのランで疲れちまうぞ」

「おいっす」

大きなカーブを曲がった。驚いて目を見張った。見上げるような坂が立ちふさがっていたのだ。坂は一直線に百メートルくらい続いていて、傾斜が急で頂上が見えない。

「げっ」

悲鳴をもらすと、鶴じいが笑う。

「がんばれ。ここがバイクコース最大の難所だよ。高低差五十メートル。桜浜名物のひとつ馬不入坂《うまいらずざか》だよ」

聞いたことがある。江戸時代、あまりに急で馬が入ってこられない峠があり、馬不入峠と名付けられた。のちのち、馬不入峠に無理やり県道を通してこの馬不入坂ができた。

「無理かも」

「弱音を吐くな。モー次郎くんはここをあの重い実用車で登ったんだから」

「まったく、あのやろう……」

「なんだい」

「いいえ」

モー次郎が登りきったのなら、ぼくも登らないわけにはいかない。

鶴じいが立ちこぎで坂を登っていく。ダンシングというこぎ方だと教わる。見よう見まねでやってみるが、なかなかうまくいかない。

こんちくしょう、と心の中で叫びながらペダルを踏みつける。呼吸が苦しくなってくる。心臓がばくばく鳴っている。足の筋肉が張ってきて、限界だと悲鳴をあげる。

「ほれ、あと少し」

鶴じいの言葉に引っ張られるようにして、坂を登りきった。疲れて頭が真っ白になる。くたくただ。このままロードバイクごと横倒しになっちゃうんじゃないだろうか。気を失っちゃうんじゃないだろうか。

「優太くん。折り返し地点はまだ先だぞ」

「こんなコースを考えた人間を恨みますよ」

「やっぱりきついかね」

「こんなきついコースを考えつくなんて、海王の市長って人はよっぽどひどい人ですね」

折り返し地点でターンする。やっと下りとなった。ぼうっとした頭で猛スピードだ。獲物を狙って急降下する隼《はやぶさ》の気分になる。ペダルをこがなくてすむので楽は楽だ。けれども、スピードが出すぎてけっこうこわい。

下り坂が終わるころ、まだ勢いがあるうちにペダルをまたこぎ始める。鶴じいの指示だ。ずっと足を休めていると、乳酸ってやつが足にたまって足が動かなくなるのだという。

ふたたび桜浜の海岸線に戻ってくる。視界いっぱいに太平洋が広がった。さわやかな海の青が目に染みる。沖の光のきらめきが疲れを忘れさせてくれる。モー次郎もツイン・テイルズと勝負しているあいだ、桜浜の海を眺めて同じ気持ちになっただろうか。

八キロのバイクパートが終わる。ロードバイクをウミガメさんの海の家に預けて走り出す。いよいよ最後のランパートだ。これから五キロ走らなくてはならない。ちょっとばかり気が遠くなる。

「大丈夫かい」

待っていてくれた鶴じいが言う。いったい何度目の「大丈夫かい」だろう。

「ここからは優太くん担当のランパートだからね。気合を入れていこう」

「なんとか」

太陽が雲間から顔を出した。アスファルトが白く輝く。気温が急に上がった。もう汗だくでシャツもパンツもびしょびしょの状態だ。体が鉛《なまり》でできているかのように重い。地面に座って休みたいが一度休んでしまったら、きっともう立ち上がれない。歯を食いしばって走るしかなかった。

必死に走りながら、ひとつ気がついた。ツイン・テイルズの三人は、スイムの五百メートル、バイクの八キロ、ランの五キロを、きちんと完走したあと笑いながら帰っていった。あいつらはすごい。同い年なのにすごい体力をしている。

「優太くん、ファイト！」

鶴じいが励ましの声をかけてくれる。ぼくにはもう返事をする余力もない。無言で走り続けた。それが答えだと思ってほしかった。

折り返し地点の南郷町との町境まであと少しというときのことだ。まずいな、という予感がまずあった。そのあとすぐに左足のふくらはぎがつった。激痛が走った。

「ひええ！　い、いてえ！」

よちよちと何歩か進んだあと、アスファルトに尻もちをついた。痛みで空を仰ぐ。汗がいっきに二倍くらい出た。急いで戻ってきた鶴じいが足をマッサージしてくれた。

「足がつったか。もうここまでにしよう」

鶴じいは神妙な顔つきで言う。でも、ぼくは叫んだ。

「いやだ！」

「なんでだい」

問いかけに答えずに、うつむいてアスファルトを睨んだ。

姫や美月の抱えている悲しみや苦しみを知ってから、ずっと考えていることがある。幼くて、無力なぼくらは、どうにもできない問題にぶち当たったとき、いったいどうしたらいいのか。いったいどうすれば無力なぼくらから変われるのか。強く変われるとするならば、なにに対してどう強くなればいいのか。

はっきりとした答えはまだ見えてこない。けれど、ぼくたちの周りでなにが起きているのかは、少しずつ見えてきた。

なぜ姫が孤独感に苦しめられたり、美月を閉じ込めたいと思ったり、モー次郎をいじめたりしたのかといえば、やはりタカオさんの存在が重くのしかかってきていたからだ。そして、なぜ美月が姫を受け止められなかったと泣かなくちゃならなかったかといえば、子供を襲うようなばかな大人に心を傷つけられたからだ。

ぼくらはどっかで、弱くて歪《ゆが》んでしまった大人たちのその歪みを、押しつけられているのだ。そういう世界構造というかシステムのいちばん下にぼくらはいる。

世の中じゃぼくらと同い年のやつらが、ナイフで友だちを刺したり、バットで親を襲ったりする事件が起きている。大人たちはみんなぼくらに心の闇があって、病んでいるのだと口にする。

けど、そんなんじゃない。ぼくたちは病んでなんかいない。大人たちに押しつけられた歪みに耐えられないやつが出てきているだけだ。心の闇なんてない。ぼくたちはあと少し考える力が必要なだけだ。言ってることとやってることがちぐはぐじゃない憧《あこが》れたくなるような大人に、そばで導いてもらえればきっと変われる。

ただ、ぼくらもなにもしないでぼうっとしているだけじゃ駄目だ。生きにくい、生きにくい、なんて弱さに取り込まれないように、もっと強くならなくちゃいけない。だるいとか、面倒くさいとか、人の話を聞きたくないだとか、自分だけよけりゃそれでいいとか、自分のつらさや苦しさにばかり詳しくなったって、なんにも変わらない。タカオさんが閉じこもっているような闇に包まれて、同じように膝を抱えて座っていたら、歪みを押しつけられたぼくらは、本当に歪んで立ち上がれなくなる。

大切なのはイメージだ。もっと高くジャンプして、青い空に手を伸ばすようにして、歪んだ大人たちがつかめなかった生きるってことの楽しさを、ぼくらの世代が手にするのだ。

そのための強さを手に入れるには、足を踏み出さなくちゃいけない。それは大袈裟な話ではなくて、きっと身近な一歩であってもいい。たとえば、ぼくの場合、いまここで投げ出さずに走りきること。なにかをやり遂げることで身につく強さを、ぼくはいま手にすることがきっとできる。それがいつか大人の歪みをはね返す強さになる。友だちを救う力になる。

「鶴じい。残りは二・五キロくらいだよね」

「おお。そうじゃな」

「足をマッサージして治してよ」

「だがな……」

「あとちょっと休めば大丈夫だから」

強く言うと、鶴じいはしばしぼくの顔を見つめていたが、大きく頷いた。

ゆっくりと立ち上がってみた。屈伸をしてから足をぶらぶらさせてみる。大丈夫だ。鶴じいのマッサージはとても上手だった。

「大丈夫みたいです。行きましょう」

鶴じいに笑いかけて、ぼくから先に走り出した。ゆっくりだけれど、絶対にゴールしてみせる。

体が疲れきっていてふらふらする。視界もゆらゆら揺れている。聞こえてくるのは自分の乱れた呼吸と、のろのろとした足音と、遠い波の音だけだ。必死に走っていると、考えることもどんどん単純になっていく。心の中で何度もくり返す。

「自分に負けない、自分に負けない」

単純になっていく自分がなぜかとても好きだ。気のせいだろうか。自分の魂が美しくなっていくような感覚がある。海や空や山がきらきらと輝いて見える。ぼくを見守ってくれているようでいとおしい。

ゴール地点が見えてきた。あと百メートル、あと十メートル、あと一メートル。近づくにつれて、自分に負けない、という気持ちさえ体の中に溶けて消えていった。ぼくは空っぽになって、ゴールを走り抜けた。

鶴じいがうれしそうに肩をたたいてくる。

「お疲れ。急に止まらないで、もう少し歩いてね」

ぼくは桜浜の海を眺めながら惰性でとぼとぼ歩いた。しばらく歩いたあと、アスファルトに腰を下ろす。疲れて、すぐにでも眠ってしまいそうだった。

そばにやってきた鶴じいが訊いてくる。

「どうだった？　初めてのトライアスロンの感想は」

「疲れました」

鶴じいが笑う。

とにかく疲れた。でも、体がびりびりと震えるような達成感がある。心と体がいっせいに、充実してるぜ、と声をあげている。

「自信はついたかい」

「え？」

突然、思いもしなかったことを尋ねられて、首をかしげてしまった。

「優太くんは言っていたじゃないか。わしが八十歳になったってアイアンマンレースに出るって言ったら、すごいですねって。そういうがんばれる自信とかないですよって。だが、今日走り終えて自信ついたんじゃないの？」

ぼくは思いっきり頷いた。

「自信がつきました」

鶴じいが、ぼくらを導いてくれるかっこいい大人のひとりだと、いまやっと気づいた。気づいてうれしくなった。

以前、鶴じいが話していたことについて尋ねてみたくなった。

「姫とモー次郎とぼくの三人の中で、ぼくがいちばん練習を見る必要があるって言ってましたよね」

「言ったよ」

「走り方を直せば、加倉井といい勝負ができるようにもなるって言ってましたよね」

「言ったとも」

「あれってどういう意味なんですか」

鶴じいはにやりと笑った。

「優太くんは体のどこかを故障したことがあるだろう」

「わかるんですか」

「ランニングフォームが、体のどこかを変にかばうふうに見えたんだよ」

「実は、前に左膝を」

「やっぱりね。左足の足首が開いたまま着地しているように見えたからね。もう完治はしてるのかい」

「はい」

「じゃあ、これからは、きちんとしたランニングフォームで走るように心がけよう。フォームはわしがチェックしてあげるから。練習メニューも作らなくてはね」

「ありがとうございます」

お礼を言うと、鶴じいは本当にうれしそうに笑った。

「それにしても、膝はどうして悪くしてしまったんだい」

いやな記憶がよみがえってきて、ぼくは浮かべていた笑みを引っ込めてしまった。話すべきか迷ったが、鶴じいにならなら話してもいいように思えて、ゆっくりと話して聞かせた。中学に上がってから急にサッカーが下手になったこと、ボールタッチの感覚がズレてうまくいかなくなったこと、無理をしてドリブルやフェイントの練習をしていたら膝を痛めてしまったこと、そして、逃げるようにしてサッカー部をやめてしまったことまで、悲しかった気持ちも全部話した。

「それはクラムジーだね」

話し終えると、怪獣の名前のような言葉を鶴じいがつぶやいた。

「クラムジー？」

「サッカーが下手になるちょっと前に、急に身長が伸びなかったかい」

「伸びました。ものすごく」

「うん。クラムジーだ」

鶴じいは確信したらしい。説明してくれた。

「体が成長期を迎えて、筋肉や骨格が急激に成長すると、体のバランスが変わってくるんだよ。テコで言うところの支点や力点や作用点というやつが変わってしまうんだ。だから、いままでできたテクニックができなくなるし、新しいテクニックも習得できなくなる。この時期をクラムジーと呼ぶんだよ。英語で、不器用な、とか、ぎこちない、という意味さ」

初耳だった。

「わしもトライアスロンをやるようになってから、それなりにスポーツ科学に詳しくなったからね」

いくら練習してもボールコントロールがうまくならなかったり、やけにボールタッチに違和感を覚えたりした原因は、クラムジーのせいだったのか。

あのころ感じた言葉にできない奇妙で微妙な感覚のズレを、きちんと説明してくれた鶴じいがまぶしく見える。心から尊敬する。

「優太くんは短期間でものすごく身長が伸びたんだろ。それだけクラムジーの徴候は顕《けん》著《ちょ》に現れたと思うんだよ。それから、クラムジーだというのに無理して練習したのはまずかったな。優秀なコーチがいるサッカークラブでは、その時期は無茶な練習はさせないものなんだよ。膝などの関節に無理な負荷がかかれば、故障してしまうのは当たり前だからね」

「サッカー部のみんなに負けたくなかったし、みんな敵に見えてきちゃってて、練習をやめられなかったんですよ。なんかすんげえ不安だったんです」

「クラムジーという時期はホルモンのバランスも変わり始めるために、情緒不安定になったりもするらしいのだよ」

そうだったのか。なんだか、目からウロコという感じがした。

「また、サッカーがうまくなれますか」

「それは優太くんの努力次第だよ。もう優太くんも成長した自分の体に慣れたころだろうから、以前のようなボールを蹴ったときの違和感はなくなってると思うけれどね」

ぼくは自然と微笑み返していた。


ウミガメ荘でシャワーを浴びた。縁側で横になったら、いつのまにか眠ってしまっていた。気を失ったと言ったほうがいいかもしれない。

目を覚ますと、空は夕焼けで真っ赤だった。鶴じいの姿が見えない。探そうと思って立ち上がったら、体の関節という関節が痛い。海の底で何年も過ごした自転車みたいな気分だ。錆《さび》だらけで油切れの状態だ。動くのがしんどい。

鶴じいを探して宿の中をうろうろしていると、ウミガメさんが帰ってきた。海の家の仕事から戻ってきたところらしい。

「鶴じいを知りませんか」

尋ねると、ウミガメさんはおかしそうに笑った。

「鶴じいって鶴舞さんのこと?」

「そうです。ぼくの仲間がそう呼ぼうって言い出したら、鶴じいもそれがいいって」

「あら」

とウミガメさんがまた笑ったときに、鶴じいが玄関に姿を現した。

「どこ行ってたの、鶴じい」

「ちょっと忙しくてね」

鶴じいは手にしていた携帯を見せた。

「この前も忙しそうでしたよね。鶴じいってなんの仕事してるんですか」

「あれ、優太くん知らないの」

ウミガメさんが驚いたように言う。すぐさま鶴じいが割って入ってきた。

「まあまあウミガメさん。そんなことはどうでもいいじゃないですか」

鶴じいはウミガメさんの耳元に口を寄せて、ごにょごにょとないしょ話をする。ウミガメさんは一秒ばかり考え込んだ表情をしてから、

「そうね」

と笑った。なんだかあやしい。首をひねっていると、話をうやむやにしようとするかのように、鶴じいが一冊のノートを渡してきた。

「そうそう。優太くんのためにこれを作ってきたのだよ」

ノートを開くとランの練習メニューがこと細かに書いてあった。一日に走る距離やその時間帯、ジョギングの際に気をつけることや、腹筋やスクワットなどのサーキットトレーニングの方法と回数などなど、十ページほどにわたって書いてあった。

「これ鶴じいが作ったの」

「そうだよ」

「すごいですね」

「がんばってこなしてほしい」

「はい」

「それから、わしの希望として五日に一度は優太くんと会って、ランニングフォームの矯正をしたいんだけれどね。どうかね。いまはやっぱり受験勉強が忙しいかい。無理に時間を割《さ》いてもらうのは悪いからね」

「いえ、やらせてください」

やれることはなんでもやる。運動だって勉強だって時間のあるかぎり、機会があるかぎり、チャレンジしてやる。

「よし、がんばろう」

鶴じいがうれしそうに頷いた。それから、お互いの携帯の番号を交換してからバス停で別れた。

美里村役場行きのバスに乗った。バスは右に左にと揺れながら桜浜を離れていく。窓から見える海は群青色だ。沈みかけの太陽の光が、次第に濃いオレンジから静かな金色に薄まっていく。達成感に包まれながら、金色の光をじっと見つめた。

13

次の日の午後、モー次郎に連絡を入れた。ウミガメ荘にロードバイクを取りに行くようにといった伝言を、鶴じいから頼まれていたのだ。

モー次郎はぼくからの電話だとわかると、いきなり明るく言った。

――ボンジュール！　サバ！　久しぶり。元気してた？

この前けんか別れだったことを、もう忘れてしまったのだろうか。能天気なやつだ。

「元気だよ」

ついつい笑いながら答える。考えようによっては能天気っていいかもしれない。仲なおりしなくてはと気が重かったけれど、そんな心配も吹っ飛んでしまった。

桜浜で鶴じいと過ごしたことを伝える。本番のコースで三種目にチャレンジしたことや、トライアスロンの面白さも話して聞かせる。モー次郎はうらやましそうだった。

――じゃあ、今日ウミガメ荘に行ってみるよ。そのまま鶴じいのロードバイクに乗って帰ってこようかなあ。

「それ面白そうだな。本番まであと三週間だから、少しでもあのロードバイクに慣れておいたほうがいいしな。ところで、姫はどうしてる？」

——毎日ずっと泳いでるよ。昼間は海王のスイミングクラブに行ってて、夜は学校のプールだね。

「学校のプール？　夜に入れるのかよ」

——忍び込むんだよ。それで、あれやってるよ、あれ。

「あれ？」

——トライアスロン用の泳ぎ方のヒップアップ。

「尻を上げてどうするんだよ。ヘッドアップだろ」

——ああ、それそれ。そのヘッドアップをスイミングクラブで練習すると、コーチに怒られちゃうんだってさ。変な癖がついちゃうからって。だから、岡本くんは夜に学校のプールで練習してるんだ。

「何時くらいからだよ」

——夜の八時くらいかな。ぼくも行ってみようかな。鶴じいのロードバイクで夜の学校を走ってみるってのも楽しそうだしさ。

「わかった。じゃあ、夜の八時に集合しよう」

夜の校舎はしんと静まり返っていた。校庭を照らすライトが屋上にひとつあるだけで、あとは真っ暗だ。校舎の中のところどころで、緑色の避難誘導灯がぼんやりと光っている。

学校にまつわる怪談をいくつか思い出す。昔ここは兵隊の訓練所でいまでも二階の廊下の前を歩く軍人がいるとか、失明した小さな女の子が校庭の砂場でうずくまっているとか耳にする。

やばい。マジでこわくなってきた。

こわごわ歩き、やっとプールにたどり着く。プールをぐるりと囲む水色の金網フェンスに手をかけると、ゆるやかな水音が聞こえた。

真っ暗なプールの中で誰かが泳いでいる。姫にちがいない。けれども、もし姫じゃなかったらどうしよう。たとえば、人間ではないなにか。そいつにプールに引きずり込まれたりしたら――。

「おい、姫」

呼びかけたが返事がない。姫じゃなかったのだろうか。泳ぐ音が聞こえなくなった。あたりは静寂に包まれた。

突然、ザバンと音がしてプールから黒い影が上がった。水を滴らせながらこちらにやってくる。緊張して身を硬くした。

「なんだ、優太か」

ほっとした。やはり、姫だった。

「練習してるってモー次郎から聞いたからさ」

「びっくりしたぜ。プールに忍び込んでるのがばれたかと思った。警備員かと思って緊張しちまったよ。ちょっと待ってろよ」

姫は部室に行き、毛布を持ってきた。金網フェンスの上には鉄条網が横に三本張り巡らされている。その鉄条網の上に毛布をかけた。

「ほら。これで登れるだろ」

二メートルほどある金網フェンスをよじ登り、鉄条網を乗り越えた。うまくいった。そう思って、プールサイドに飛び降りた。しかし、最後の最後でドジった。右手の肘を鉄条網に引っかけてしまった。

「いてて」

プールサイドに着地してから、仰向けにひっくり返った。

「大丈夫か」

「大丈夫」

右手の肘から手首に向かって、浅くだけれども切り傷ができていた。五センチほどのまっすぐな傷だ。血がぷつぷつと肌に浮かんでくる。

「ちょっと待ってろ」

姫が部室に走っていく。痛みをこらえながら待っていると、消毒薬と薬を持って戻ってきた。消毒してもらい、そのあと薬を塗ってもらう。

「傷は浅いな。血もすぐに止まるだろ」

「悪いな」

実は、プールにやってくるまで、どんなふうに姫と会話したらいいのか迷っていた。けんか別れしたままなので、会えば必ずギクシャクすると思っていた。

でも、手当てをしてもらったことで、意外なほど自然に話をすることができた。いまぼくの心の中にあるのは、すまないことをしたという気持ちだ。姫はきっとタカオさんのことを隠しておきたかった。それを打ち明けさせてしまった。

「携帯のメール読んだよ」

手当てをしてくれている姫の手が一瞬止まった。

「そうか」

「大変なんだな」

「まあな」

「うちの親父なんて物心ついたときにはいなかったからさ。母ちゃんの話じゃ、ろくなやつじゃなかったらしいよ。母ちゃん以外にいろんなとこで女を作ってたらしくてさ。愛人って言うんだろ？　最後にはとうとう家を出てってそれっきり」

いままで出ていった親父の話を、誰にも打ち明けたことがなかった。姫だから話したいと思った。

「出てった親父と同じ血が自分に流れてると思うと、ぞっとすることがあるよ。自分もそんなだらしない大人になっちゃうんじゃないかって。ひとりの女の人を大切にできない男になるかもって」

悪い未来を想像して、どこか遠くの、誰もぼくを知らないところへ、逃げたくなったことは何度もあった。

「ぞっとするってのはわかるよ」

姫が静かに言う。

「おれの場合、ひきこもってるタカオみたくなったらって悩むんだ。無気力で無力な大人。メールにも書いたけどタカオは勉強ができたんだぜ。でも、できて当然のことができない。びっくりするぜ。ライターで火を点けらんないんだから」

「姫は大丈夫だよ。そんな大人にはならないよ。水泳なんて人並みはずれてるじゃないか」

「そう言ってくれるとありがたいよ。ま、優太も恋愛に関しちゃクソ真面目だから優太の親父さんみたいにはならないさ。いや、なれないね」

ぼくらは笑い合った。

「けどさ、タカオにはならないとしても、これからのおれってどうなっちまうのかな！」

姫が空に向かって叫ぶ。夜の学校にさびしい叫び声が響いた。ぼくは腕組みをして黙った。姫が暗い声で言う。

「よくテレビのニュースでやってるじゃんか。働かない息子を母親が殺したり、ずっと寝たきりの父親を子供が殺したりってやつ」

「ああ」

「アナウンサーがよく言ってるよな、将来を悲観しての犯行らしい、なんて」

「聞いたことあるよ」

「おれ、わからないでもないんだよ」

「姫……」

「ときどき、タカオには心がないんじゃないかって思うときがある。親父はじいっとしてるか、わけわからずに叫んでるか、そのどっちかなんだ。すっごく極端。まるで切り替えスイッチで切り替わってるみたいだよ。中間がない。ふつうに話したりなんかしないし、笑ったりもしない。だから、ときどき思っちまうんだ。親父にはスイッチがあるだけで、心なんてないんじゃないかって」

「そんなことないだろ」

強く否定する。心のない人間なんていない。

「わかってるさ」

姫は笑う。

「わかってる。けど、ときどき思ってしまうのさ。世話をしてくれてるばあちゃんは先に死んじまうだろうし、いまはじいさんが残してくれた金でなんとか暮らしてるけど、それもいつかなくなる。お先真っ暗だよ。焦るし、いらいらする。もしかしたら、また誰かに当たってしまうかもしれない。小学校のときみたいに」

「モー次郎のことか」

「悪いことしたからな」

モー次郎はひどく姫のことをおそれていた。悪魔なんて言葉まで持ち出していた。

「でも、いまはそれほど仲悪くないよな。モー次郎にタカオさんのことを話すくらいなんだからな」

「それには理由があるのさ」

「理由?」

「薄井を知ってるか。おれや薄井になにがあったか聞いたことがあるか」

姫の口調が重く静かなものに変わった。

「噂だけなら」

「どんな？」

ぼくはためらいながら答えた。

「小学校の卒業式の日に、姫がナイフで刺したって」

「半分は当たってるし、あと半分ははずれだな」

「どういうことさ」

「まあ待てよ。薄井だってじゅうぶんにやってくれたんだ。これ見ろよ」

姫は髪を掻き上げた。ついつい耳の赤いピアスに目が行く。けれども、姫が見せようとしているのは、もっとちがうところだった。

「見えたか」

ごくりと唾《つば》を飲んだ。右耳から五センチほど上のあたりに、真一文字に白い地肌が見えていた。バリカンで線を入れたかのように髪が生えていない。傷あとだ。

「薄井にやられたんだよ。あいつのナイフでさ。まだ髪が生えてきてないんだよ。頭の皮の細胞が死んじゃったのかもな」

姫は髪を下ろす。髪が長いのは、その傷を隠そうとしているからかもしれない。もしかしたら、ピアスも傷に人の視線が行かないようにつけたのかもしれない。

「どうして、そんなことに？」

おそるおそる尋ねると、姫は小学生のときのことを説明してくれた。

姫は直接手を下さなかったが、毎日毎日モー次郎をいじめていたそうだ。実際に殴ったり怒鳴りつけたりしていたのは、姫の取り巻きの権藤と薄井だった。

いじめは姫が美里南小に転校してきた小学校五年生のときに始まり、六年生になっても続いた。学校の先生にはばれず、クラスメイトはこわくて見てみないふりで、モー次郎はパシリに使われ、お金も巻き上げられていた。

「モー次郎をいじめると、むしゃくしゃしてた気持ちがすっとしたんだ。なんかすごい興奮もした。おれ、やばい人間なんじゃないかって思ったくらいにさ。いじめはだんだんひどくなって、六年の終わりころは、おれも権藤も薄井も手加減ができなくなってた。モー次郎には心がないように思えててさ」

「ひでえよ」

「ほんとに悪かったと思ってるよ……。あんなことになっちまうなんてさ」

「あんなことって？」

「卒業式のあとのことさ。薄井がナイフでモー次郎を脅したんだ。五十万円持ってこいって」

「五十万！」

「それまでちょこちょこ巻き上げてたけど、五十万なんて大金は初めてでさ。おれは薄井を止めようと思ったんだ。けど、いまさらいい子ぶれなかったし、薄井や権藤の操縦もいまいちきかなくなってたんだ。モー次郎は五十万なんて無理だって泣いた。そしたら、薄井がモー次郎の首にナイフを当てて、ほんのちょっとだけ傷つけたんだ。おれもさすがにやばいと思ったね。このままだと面倒なことに巻き込まれちまうって」

「薄井を止めて、薄井とけんかになったのか」

「すぐには止めなかった。おれもおかしくなってたけど、薄井はほんとやばくなってたんだ。あいつナイフを握りながら、気持ち悪いくらいウヒウヒ笑ってたんだよ。それに、あと一ミリか二ミリナイフを動かしたらモー次郎の首は切れちまうかもしれない。だから、急には止められなかった」

「権藤は？」

「にやにや笑って見てたよ。変な目つきだった。歯を食いしばってるくせに目は笑ってたよ。権藤も正気じゃなかった。ほんとやばかった。このままじゃ、おれたちは戻れないところまで行っちまうって思った」

姫は疲れたように深くうなだれた。薄井も権藤もばかでさ、とつぶやいてから続きを話し出した。

薄井が泣き喚くモー次郎の顔を拳骨《げんこつ》で殴った。鼻血が出た。血が苦手なモー次郎が興奮して薄井につっかかる。錯乱してナイフのことなど忘れていたらしい。下手したらモー次郎が刺される。そう思った姫はとっさに薄井の背中を蹴った。

「薄井のやつマジで怒ったね。ただでさえキレてたのにマジギレした。それで、これだ」

姫は自分の側頭部を指差す。さっき見た傷があるところだ。

「でも、それじゃ姫はやられっぱなしじゃないか。なにがどうなったら薄井がナイフでやられることになるんだよ」

「おれが脅した」

簡単に言う。

「おれが薄井を睨みつけてナイフを渡せって脅したんだ」

「睨んだくらいでナイフを渡すか？　ナイフを渡したら自分がやられるってわかるじゃないか」

「約束したんだよ。ナイフを渡してくれたらおれは刺さないって。傷のことだってなかったことにしてやるって。それで、睨みつけた。ほんとにただ睨みつけただけだよ」

姫はぼくを見つめたまま、かすかに唇の端を上げて笑った。不吉を通り越して、まがまがしい笑みだった。薄井を睨んだ姫を想像する。姫の瞳は冷たくて暗い。側頭部の傷からは血が流れ続けている。ぞくりとした。

「薄井のやつちゃんとナイフを渡してくれたぜ。血で真っ赤になったナイフを持ってるのがこわくなったんじゃないかな」

「そのナイフで薄井を刺したのか」

「まあな」

ぼくの足が勝手に一歩下がった。姫が追いかけるように言う。

「まあ、待て。おれはやってないぜ。自分じゃやってない」

「それじゃどうやって」

「権藤にナイフを渡したんだ。薄井を刺せって」

「そんな……。やるはずないじゃないか」

「やったよ。やれってちょっと睨んだだけなのにさ」

きっと、冷たくて暗い瞳で睨んだのだ。頭から流れ続ける血で顔を赤く染めながら、権藤に刺せと命令したのだ。おびえた権藤は、薄井にナイフを向けたにちがいない。命令を断ったら、どうなるかこわくなって刺したのだ。

そして、ふと考える。

最初にナイフを使ったのは薄井で、次は権藤だ。このことが親や学校や警察にばれたら困るのはこのふたりということになる。傷を負った姫は被害者でしかない。もしかしたら、姫は計算ずくで権藤にやらせたんじゃないだろうか。

「闇に葬られることなんて、たっくさんあるんだ」

以前、モー次郎は言っていた。その通りだと思った。

「おい、優太。そんなこわい顔でおれを見るなよ。権藤が薄井を刺したっていっても、ほんのちょっとだけだからな。わき腹をかすっただけなんだ。権藤も空振りしたって言ってたし。それよりさ、おれの頭の傷のほうが大変だったんだから。十二針も縫ったんだぜ」

姫が人懐っこそうな笑みを浮かべて抗議してくる。

「本当にかすっただけか？　だったら薄井が学校に来なくなることないじゃん。転校していくことないだろ」

「薄井はおれが復讐《ふくしゅう》するんじゃないかってびびったんだよ。あいつが勝手にこわがって学校に来なくなったのさ。被害妄想ってやつだよ」

「ほんとかよ」

「ほんとだって」

「まあ、それはその場にいたモー次郎に訊けばわかるだろうからな」

「それは無理だと思うな」

ふふん、と姫は鼻を鳴らす。

「だっておれが薄井からナイフを受け取ったときに、モー次郎は逃げ出したんだからさ。権藤が薄井を刺した決定的瞬間を見てないのさ。ただ、あとからモー次郎に訊いてみたら、血を流しながら逃げていく薄井を見たらしくて、おれが刺したと思ったみたいだな。

まあ、誰がやったかなんてどうでもいいから、絶対にしゃべるなよって口止めしといたんだけどさ」

「それ、ほんとの話か」

「もちろん。おれはナイフを使ってないのにモー次郎の勘ちがいのせいで、人を平気で刺す危ないやつにさせられたってわけ。モー次郎のやつ、おれは危ないって噂をけっこう流してるらしいな。デマなんだよ」

「モー次郎のやつ、いいかげんなことをおれに教えやがって……」

「そんなにあいつを怒るなよ。中学に入ってから、モー次郎はおれにとって便利な愚痴の相手だったんだ。薄井は学校に来なくなっちまうし、権藤はナイフを振り回したことがばれるのをこわがって寄りつかなくなった。呼びつけて言いたいことを言えるのってモー次郎だけだったんだよ」

それで、モー次郎は姫の家庭の事情も美月のことも知っていたというわけか。

「噂をすれば影ってやつだ」

姫が夜空を見上げる。よく耳をすましてみると、モー次郎の歌声が聞こえてきた。

『旅立ちの日に』だ。

「優太はどう思う」

「なにが」

「モー次郎の歌だよ。うまいって思わないか」

姫が素直にモー次郎の歌を認めているとは意外だった。

「うまいと思うよ」

「あれが才能ってやつなのかもな」

「才能か。そうかもな。モー次郎って声もいいんだけど音も正確なんだよ。音感がいいんだ」

「さすがピアノやってただけあるな」

モー次郎の歌声がすぐそばまでやってきた。昼間、鶴じいのところにロードバイクを取りに行ってきたはずだ。それに乗って学校までやってきたのだろう。

「姫」

「ん？」

「ひとつだけ訊いていいか」

「なに」

「美月のことだよ。好きなんだろ」

予想はしていたのだろう。姫は穏やかに頷いてつぶやく。

「もう美月とは別れたんだ。関係ないだろ」

「そうは思ってないんだろ。関係ないっていうならどうしてヘッドアップの練習なんかしてるんだよ。美月とツイン・テイルズのやつらがデートするのがいやなんだろ？」

「ばか。ちがうよ。おれはあいつらに負けたのが悔しいだけだよ」

「本当のこと言えよ。好きだって言ってたじゃないか。好きだけど逃がしてやったって」

「その話はこの前して終わっただろ」

「もう一回考えてみろよ」

「しつこいな……」

姫が遠ざけるようにぼくを見る。でも、ぼくは食い下がった。

「美月は姫のことが本当に好きだよ。美月にふられたおれが言うんだからまちがいないって。お互い好き同士なんだから別れることないだろ」

「お互い好きでもうまくいかないんだよ。おれは不安だったりさびしかったりすると美月を抱きたくなっちまう。美月は抱かれるのがこわいって言う。求めちゃうおれが悪いってのはわかってるさ。抱いてるあいだは安心していられるなんてのもおかしいってわかってる。でも、だからといってどうしたらいいかわかんねえんだよ」

「姫の心細さってのは本当に美月じゃなきゃ埋まらないのか？」

「は？」

「姫が不安になったりさびしくなったりしたとき、おれやモー次郎じゃまぎらわしてやれないのか。おれたちじゃ駄目なのか。呼んでくれればいつでも行くぞ」

夏の夜風が、さっとぼくらのあいだを吹いていった。

「なんだよ、それ。笑わせるなよ。冗談はやめてくれよ」

体をぐいとそらせて姫が笑う。

「本気だよ。携帯に連絡をくれれば、すぐに姫の家に行くよ。真夜中だってかまわねえよ」

「ばか言うな。おまえが来てなんになる」

「美月の代わりにはならないかもしれないけど、さびしいとか、苦しいとか、不安だとかの気持ちを、ちょっとは減らしてやれるかもしれないだろ。そのかわり、美月に無理に求めるのはやめろ。美月はちゃんと姫のことを好きなんだよ。その気持ちを信じて、もう少し大人になるまで待ってやれよ」

姫とじっと睨み合った。おまえになにができる、と冷たい視線を送ってくる。ぼくはそれを強くはね返した。心の中でつぶやく。ぼくは無力なんかじゃない。きっと姫になにかしてやれる。

ふっと姫が目の力を抜くのがわかった。かすかに笑う。根負けしたというふうだ。

「どうしたんだ、優太」

「なにがだよ」

「優太はどっか変わったよ。前みたいに言い訳を用意している優太じゃなくなった。逃げ出したそうにしている雰囲気がなくなってる。強くなったように見えるよ」

もしかして、褒められているのだろうか。照れて言葉に詰まる。

「なんでおれにそこまでしてくれるんだよ」

「別に。友だちだからだよ。それだけだよ」

気恥ずかしくて小声になる。姫は「友だち」という言葉に面食らったような表情をしたが、すぐにうれしそうに笑った。

突然、プールサイドの金網フェンスががしゃがしゃと鳴った。

「ボンソワール」

金網に笑顔のモー次郎が張りついていた。姫が舌打ちしながら尋ねる。

「なんだよ、そのボンソワールって」

「フランス語の夜の挨拶だよん」

「ろくに日本語もできないやつが、いい気になってフランス語なんて使うんじゃねえよ。しかも、あることないこと優太にべらべらとしゃべってやがったんだな」

モー次郎の目が驚きで丸くなった。ぼくが金網に近づいていくと、モー次郎は助けを求めるように笑いかけてきた。

「そ、そんなにいろいろとしゃべったわけじゃないよね」

「さあね」

「それにモー次郎のこと許したわけじゃないからな」

「な、なにを？」

「なにをじゃないよ。姫の親父さんのことや美月のことを知ってたくせに隠してただろ。ぜんぜんわからなかったよ。すっかり騙《だま》された。おまえ役者の才能あるかもしれねえな。いや、絶対にあるね」

モー次郎はきょとんとした顔つきをする。こちらの顔色をしばしうかがってから、得意げに笑い出した。

「へへへ。でしょ、でしょ。わからなかったでしょ。ぼくも前から思ってたんだ。すごい演技力あるんじゃないかって。二枚目はちょっと難しそうだから、個性派の役者でも目指そうかな、なんちゃって。でへへへ」

「ばかやろ！」

ぼくは思いっきり金網フェンスを蹴り上げた。驚いたモー次郎が、立ち上がった亀のようにばったりと後ろにひっくり返った。起き上がってきたモー次郎をもう一度怒鳴りつける。

「演技なんていらないんだよ！」

「ご、ごめん」

「なんでだかわかるか」

ぶんぶんとモー次郎は首を振る。ぼくは姫にも聞いてもらいたくて、一度振り返ってからモー次郎に言った。

「教えてやるよ。それはな、友だちだからだよ。だから、演技とか隠しごとなんていらねえんだ」

「ごめんね」

モー次郎がうつむいたまま謝った。

気づくと、姫が隣に来ていた。やさしくモー次郎に語りかける。

「上がってこいよ」

「うん」

モー次郎がプールサイドにやってくる。盗まれちゃいけないと思ったのか、フラットバーロードを肩に担いできた。姫が下ろすのを手伝ってやる。めずらしく親切な姫の態度に、モー次郎は困惑気味だ。出し抜けに姫が言う。

「せっかく優太が友だち宣言したんだから、みんなで泳がないか。夜のプールは楽しいぜ」

なかなか面白い提案だ。夜のプールの中ってどんなふうに見えるのだろう。わくわくする。しかし、モー次郎が渋った。

「ぼくはやめとくよ。昼間のプールだってこわいのに」

「大丈夫だって。おれが泳ぎを教えてやるからよ」

「岡本くんが？」

「そうだよ。このおれが直々《じきじき》に教えてやるってんだから光栄に思えよ」

「だけど……」

モー次郎は疑いの目で姫を見る。以前、溺れさせられたことを思えば無理もない。

「なんだよ。モー次郎はおれのことを信じられないってのか。友だちが親切に泳ぎを教えてやるってのによ。それともなにか？　友だちじゃねえってのか」

「いや、友だちなのはうれしいんだけど」

「じゃあ、友だちの言うことを聞けよ」

なんだか友だちの押し売りみたいだ。

「ほら。早く服を脱げよ」

「ぼく水泳パンツ持ってきてないよ」

「なら裸で泳ごうぜ」

「や、やだよ。裸なんて」

「いいじゃねえか。友だち同士だろ」

姫はじれったそうに言うと、自ら水泳パンツを脱いだ。丸裸だ。

「おれが脱いだんだからおまえも早く脱げ」

「いや、ちょ、ちょっと」

いやがるモー次郎の服を、姫が無理やり脱がす。モー次郎はTシャツを脱がされ、ズボンを脱がされ、パンツいっちょうになった。そのパンツを姫が引っ張る。

「これも脱げ」

「やっぱり恥ずかしいよ」

「ほら脱げって」

モー次郎のケツが半分見えた。あまりにも見苦しい光景だし、姫が強引過ぎるので、ストップをかけようと思った。ところが、ぼくは出かかった声をのみ込んだ。モー次郎は笑っていた。姫にパンツをずり下ろされて顔をしかめているのだが、楽しいのを隠しきれないというふうに笑っているのだ。

姫がはしゃいだ声をあげる。

「友だち同士なんだから恥ずかしがることなんてないんだよ」

なんだかふたりとも楽しそうだ。ふたりのあいだには、ふたりだけにしかわからない友情のような信頼のようなものがあるように思えてきた。姫はモー次郎を便利な愚痴の相手と言っていたが、本当はもっと大切な相手だとわかっているのかもしれない。

ぼくは飛び込み台に腰かけて、じゃれ合うふたりを笑いながら眺めた。結局、モー次郎はパンツのままプールに入り、水中でパンツを脱いだ。

それから三十分ほど姫による水泳のレッスンが行われた。息継ぎやバタ足の方法を手取り足取り教えてやる。もともと水に顔をつけるのさえいやがるモー次郎が、姫の指導によって水に浮くようになり、やがてクロールらしきものができるようになった。遠くから見たら溺れているようにしか見えないようなクロールだ。それでも、モー次郎はなんとか二十五メートルを泳ぎきった。

「泳げた……」

モー次郎がプールの壁に両手をついてつぶやいた。泳げたなんて言えたもんじゃないけれど、いままでのモー次郎にくらべれば奇蹟的《きせきてき》な進歩だ。

「すげえじゃん、モー次郎」

ぼくは思わず拍手を送った。姫がそばまでやってきて得意げに言う。

「おれが泳ぎを教えればこんなもんだよ。三十分もあればじゅうぶん。もともとデブは水に浮きやすいんだから泳ぎは得意なはずなんだよ」

ぜえぜえと息を整えるモー次郎の肩を、姫がたたく。

「な、おれの言葉を信じてよかったろ。持つべきものは友。友だちは信用しよう」

まるでなにかのスローガンみたいに言う。だが、モー次郎はじとっと姫を見た。

「なんだよ。まだおれを信用できないのかよ」

「だって……」

「なにが不満なんだよ」

「不満ってわけじゃないけど」

モー次郎が不服そうに口をとがらせる。

「言いたいことがあったら言えよ」

「うーん」

とモー次郎が黙る。

「まったくブー次郎はよくわかんねえな!」

姫がいらついて大声を出した。すると、モー次郎がおずおずと言う。

「じゃあさ、ぼくらが友だちだって言うんなら約束をしようよ」

「約束ってなんだよ」

「友だちなら平等に言いたいことを言っていいはずでしょ。ああしてほしいとかこうしてほしいとかって要求もあるでしょ。それから、友だちだからこそ、やめてもらいたいことってあるよね。そういうのをお互い言って守るように約束しようよ。ぼくは岡本くんと優太くんに、岡本くんは優太くんとぼくに、優太くんはぼくと岡本くんに、ひとつずつ守ってほしい約束を決めるんだ」

ぼくは飛び込み台の上に立って、ふたりに告げた。

「オーケー。その話乗った」

「別におれもかまわねえよ」

姫がなんのこだわりもないというふうに言う。ぼくはパンツを脱ぎ捨て、プールに飛び込む。

ぼくらは三人で輪になった。三人とも裸だ。裸の約束だ。

「じゃあ、言い出しっぺのモー次郎から言えよ」

うながすと、モー次郎は目を輝かした。日頃ぼくや姫に言いたいことがたまっているのかもしれない。

「ぼ、ぼくから言っていいんだね。最初に言っていいんだね」

「いいから早く言えよ」

姫がモー次郎に水をかける。

「先ずは優太くんに」

とモー次郎はぼくを見る。いったいなにを約束させられるのかどきどきする。あまり無理な約束だったら拒んでやろうと身構えた。ところが、モー次郎は言った。

「優太くんはぼくとの将棋の対戦成績をきちんと覚えていること」

「は？」

拍子抜けして言葉を失っていると、モー次郎は続けて言う。

「岡本くんはね、もう絶対ぼくのことをブー次郎と呼ばないでほしい」

姫は唖然としてから、ばか笑いした。

「そんなことでいいのかよ。なんだよ、なんだよ。なにが約束だよ」

「笑わないでよ。ぼくにとってはふたつともすんごい重要なことなんだからね。優太くんはいつまで経っても対戦成績を覚えてくれないし、岡本くんにブー次郎って呼ばれるとほんと傷つくんだから」

頬っぺたを膨らまして怒るモー次郎に、姫が笑いながら飛びかかる。ヘッドロックだ。ぼくもしらけて笑ってしまいそうになった。しかし、この約束の制度を使って、姫とモー次郎に言っておきたいことがあるぼくは、真面目な口調でふたりに言った。

「次はおれが言う」

じゃれ合っていた姫とモー次郎がぼくを見る。ぼくが深刻な顔をしてみせると、ふたりは離れてぼくの言葉を待った。

大きく息を吸う。それから、強くひと息で言った。

「モー次郎はつまんねえ演技で隠しごとなんかするな。姫は美月が大人になるまで触れないで見守ってやれ」

友だちだから、本気で守ってほしい約束だった。モー次郎は叱られたみたいに頷いた。

姫は茶化さずに、わかった、と目で伝えてくる。よかった。

「姫は？」

「おれ？　おれか……」

姫は夜空を見上げて考え込む。

「うーん、いまは思いつかねえな。あとにするよ」

笑いながら言う。すると、モー次郎が猛抗議をした。

「そんなこと言ってぼくの約束を守らないつもりじゃないよね」

「ばか。絶対に守るよ。あの夏の大三角に誓うぜ」

姫はまっすぐに空を指差した。ぽかんと口を開けて空を眺めるモー次郎に、琴座のベガ、鷲座のアルタイル、白鳥座のデネブを教えてやる。

「おまえらも絶対に守れよ」

姫の言葉に、ぼくもモー次郎も頷く。夏の大三角の誓いを胸に、ぼくらは夏の夜空をしばし見つめた。

14

毎年毎年、夏が暑くなっている気がする。毎日、熱帯夜が続いているとテレビのニュースで言っている。気温はお盆を過ぎても上がり続けた。

このままだといつか最高気温は四十度を超えちゃうんじゃないか、なんて心配しているうちに二学期の始業式の二日前を迎えていた。つまり、第一回桜浜ジュニアトライアスロン大会の開催日だ。

この三週間、鶴じいが作ってくれた練習メニューに沿って走り込んできた。鶴じいの練習メニューはすばらしかった。

暑い中、だらだらと走っていても速くはならない。だから、ジョギングは一日五キロ。それに腹筋やスクワットなどのサーキットトレーニングがメニューとして加わる。全部こなしても一時間ちょっとで終わる。

一週間のうち月水金は厳しいメニューで、火木土はゆるやかなメニュー、日曜日は完全な休みとなっていた。日曜日は体をゆっくり休めることができた。そして、五日に一度は鶴じいと桜浜で会ってランニングフォームのチェックをした。変に膝をかばって走るぼくのフォームを徹底的に矯正したのだ。体が正しいフォームを覚えるまで、本当に大変だった。

それから、走るうえで気をつけるように言われたのは、重心移動を正しくすることと、体の軸をきちんと意識することだ。背筋をきちんと伸ばして胸を張り、へその下あたりを重心として意識し、背中を丸めないように注意しながら両手を振る。言われた通りにやってみると、腰の回転にキレが出てきて、足がスムーズに前へ出るようになった。鶴じいのアドバイスはすばらしい。コーチとして尊敬してしまう。

姫やモー次郎といっしょに桜浜に行くこともあった。姫は潮の流れを体で覚えたり、砂浜を走って着水するまでのスタートを練習したりした。モー次郎はコースのアップダウンやカーブの場所を覚えて、あの馬不入坂に何度もトライした。

姫もモー次郎も鶴じいが作った練習メニューを毎日こなした。そうしたなかで、モー次郎の進歩がいちばんだったと思う。進化と言ってもいいくらいだ。シャーという気持ちのいいロードバイクの車輪の音をさせながらモー次郎が通り過ぎるとき、これはもしかするかもと思った。もしかすると、ぼくらはツイン・テイルズに勝てるかもしれない。

夜は夜で姫の家に行った。夕方のうちに姫の家に行くと、姫のおばあちゃんが夕食を作ってきてくれる。それを姫と食べてから、いっしょに夏休みの宿題をこなしたり、受験勉強をしたりした。疲れたら風呂に入ってそのまま眠った。まるで勉強の合宿みたいだった。

初めて遊びに行ったとき、夕食のカレーライスを持ってきたおばあちゃんはひどく驚いていた。何度も何度もぼくの顔を見て、信じられないというふうな目をして帰っていった。

「学校のやつが家に来たの初めてだからな。ばあちゃんもびっくりしたんだろ」

姫が笑いながら教えてくれた。

「もう少しで腰が抜けそうって感じだったな」

ぼくがそう言い返すと、姫は声をあげて笑った。しかし、すぐに唇に人差し指を当てて黙った。ふたりして二階への階段を見上げる。

二階にはタカオさんがいる。階段から上は電灯が点けられておらず、ひっそりとしている。物音ひとつしない。でも、変な圧迫感がある。タカオさんは部屋の中にいるはずなのに、じっと監視されているような気味悪さを感じる。

「怒ってないかな」

「タカオが?」

「そう」

「怒ってるかもな。家によその人を入れたんだからな。でも、優太がいるから怒るに怒れないんじゃないかな。優太のことをこわがっててさ」

ぼくは暗い階段の上がり口に目をやった。いつかタカオさんが明るい表情で部屋を出られる日が来るのだろうか。

「おれも正直言ってこわいよ」

姫はカレーライスを食べながら言う。

「どうしてさ」

「優太を家に呼んだことで、タカオがこれからどれくらい怒るかわからないからさ。早い話、明日がこわい」

「じゃあ、明日も来るよ」

「いいよ」

「いや、いいって。来られるだけ来るから。都合が悪い日だって夜中になってもいいなら必ず来るよ」

「おまえ、こわくないのかよ」

じっと姫が見つめてくる。タカオさんを刺激しないようにテレビもつけていない。音楽も流していない。この家はキッチンの蛍光灯の音が聞こえてくるくらい静かだ。

「こわいさ。でも」

「でも？」

「姫もいっしょにいるじゃん」

姫は一瞬うれしそうな表情を浮かべた。けれども、恥ずかしいのか、急にカレーを食べ始めた。ぼくだってクサいセリフで恥ずかしい。急いでカレーを食べた。早食い競争みたくなった。

ほぼ毎日ぼくは姫の家に通った。タカオさんは沈黙したままで、ときどき本当にちゃんと生きているのかどうか心配になった。でも、姫が言うには、階段の踊り場まで運んでいる食事がなくなっているので問題はないらしい。

いっしょに夜を過ごした三週間、ときどきぼくは姫の横顔を盗み見た。以前よりも少しばかり表情がやわらかくなっているような気がする。尋ねてみたい質問があるけれど、いつもあとちょっとのところでのみ込んでしまう。いつか訊くことができるだろうか。

「ぼくはまだ姫の悲しみに届かないかい？」

15

スタートは午前九時。その前に開会式が行われたのだが、ぼくら三人は参加することができなかった。モー次郎が遅刻してきて、バスに乗り遅れてしまったからだ。会場に着くと、ウガジンが一目散に駆け寄ってきた。

「おまえら遅いじゃないか。心配したぞ」

星村先生もやってくる。ふたりとも会場の外で待っていてくれたようだ。

ウガジンはトライアスロンにはぜんぜんアドバイスをくれなかったけれど、姫の水泳の指導は熱心に行っていた。その結果、一週間前に東京で行われた全中で、姫は二百メートル自由形決勝で二位にまで食い込んだ。タイムは一分五十五秒一五。トップは一分五十五秒一四。つまり、〇・一秒にも満たない差での二位だった。勝負には負けたが、姫を水泳選手として欲しいと言ってくれる私立高校も現れたらしい。いまや姫はウガジンにとって自慢の生徒といった感じだ。間に合うかどうか、はらはらしながら待っていたのだろう。

急いでウォームアップのランニングをして戻ってくると、ウガジンが語りかけてきた。

「優太の走りも変わったよな」

「そうですか」

「フォームがすごくよくなった。速くなっただけじゃなくて、疲れなくなったんじゃないか」

「そう言われればそうですね」

鶴じいの特訓のおかげで、体が以前とは別人のように感じられる。筋肉が変わったというより、細胞が全部入れかわったような気分だ。

空は快晴だ。風はやや強い。潮の香りが開会式の会場である海水浴場の駐車場に漂ってくる。今日の個人レース部門の参加者は八十六名だという。ぼくらが参加するリレー部門には十五チームが集まった。思いのほか大盛況らしい。スタート地点はぼくらと同じ中学生でいっぱいになった。

「おい優太。見てみろよ」

姫が県道の方向を指差して言う。その先には、地元のケーブルテレビの白いワンボックスカーが停まっていた。生中継するらしい。そのほかにも、東京から来たテレビ局の車が何台も並んでいる。

「桜浜市誕生のいい宣伝になるんだろうな」

皮肉たっぷりに姫が言う。

「優勝したらおれたちヒーローだな」

「美里中のやつらもたくさん来てるぜ」

ウォームアップで走っているあいだ、美里中の生徒をあちこちで見かけた。クラスの桃井や伊達、サッカー部の猫田にも出くわした。

また、今日は桜浜ジュニアトライアスロンの第一回記念大会ということで、スペシャルゲストが呼ばれていた。テレビのスポーツ番組によく出ているアイドルの金田美奈《かねだみな》だ。スポーツが得意ということを売りにしている二十歳の女の子で、ホノルルマラソンにも毎年出ている。彼女がいるせいで美里中の男子がたくさん来ているのだろう。猫田などぼくの顔を見るなりこう言ってきやがった。

「おい、美奈チャンはどこだ？　もしかして、出場者の優太たちはもう美奈チャンに会ったのか」

「会ってないよ。でも、そのうちどっかで会うんじゃないかな。というより、いっしょに走っちゃおうかな」

金田美奈は今日は中学生にまじって三種目こなすのだという。

「くっそー。おれの美奈チャンと走るなんて」

猫田はとても悔しそうだった。なにが「おれの美奈チャン」だ。

スタート二十分前のアナウンスが流れたとき、鶴じいがやってきた。しかし、いつもと様子がちがう。サングラスは真っ黒で表情はわからないし、ランニング用のキャップも目深《まぶか》にかぶっていた。

「どうだね。今日のみんなのコンディションは」

鶴じいらしくないひそひそ声だ。姫が元気に挨拶する。

「おはようございます鶴じい！　応援に来てくれたんですね」

「そ、そんなに大声で言わなくても、ちゃんと聞こえておるから」

慌てた様子で鶴じいが周りを見る。挙動不審だ。姫は気合が入っているのか、そんな様子もおかまいなしで続けた。

「おれ今日は絶好調ですよ。鶴じいの練習メニューのおかげで海でのスイムは完璧ですよ。優太もみんながびっくりするほど速くなったし、モー次郎も……あれ？」

全員の視線がモー次郎に注がれる。モー次郎はがっくりと肩を落とし、首が落ちてしまうんじゃないかというくらいうなだれていた。今朝、遅刻してきたことを怒るには怒ったけれど、今日は大会当日だからということで、しょげかえるほど叱ったりはしなかったはずだ。

「モー次郎くん。どうかしたのかい」

鶴じいが語りかけたが返事をしない。

「緊張してるの？」

とふたたび鶴じいが尋ねる。すると、突然モー次郎は泣き出した。

「おい、なにいきなり泣いてるんだよ」

姫がモー次郎の肩を小突いた。

「あの、ぼく。あの、ぼく。あのう、ぼくぅ……」

モー次郎はもごもごと同じ言葉をくり返す。

「どうしたんだよ」

ぼくも心配になって尋ねると、モー次郎は消え入りそうな声で答えた。

「昨日は自転車の車検だったでしょ」

「ああ」

トライアスロン大会で自転車の事故が起きないように、前日に自転車の安全点検が行われた。モー次郎は鶴じいに借りたロードバイクに乗って、車検に行っていたはずだった。

「だけど、鶴じいのロードバイクを持っていけなかったんだよ」

「なんでだよ」

思わず言葉がきつくなる。

「ぼくね、鶴じいのロードバイクが盗まれないように、バイクにチェーンをかけてたの。チェーンでタイヤやフレームを家の柱にくりつけて、南京錠で鍵をかけたんだ。でも、でもね」

言葉を切ったモー次郎が、両手で顔を覆って泣き始めた。なんとなく、この話のオチが見えてきた。

「それで？」

鶴じいがうながす。

「鍵をなくしちゃったんだ」

「やっぱり」

つい声になって出た。モー次郎はわんわんと泣いた。開会式の会場で大注目だ。姫がモー次郎のケツを蹴り飛ばす。

「このばか。おまえはすぐ物をなくすんだから」

「ごめん。ちゃんと鍵を持ってたつもりだったんだけど」

「じゃあ、車検はどうなったんだよ。鶴じいに借りたロードバイクは持ってこれなかったんだろ」

「うん。だから、ぼくの自転車を」

「あの牛乳屋の黒い自転車か。あの重くて遅そうなやつか。あんなんで勝てるはずねえだろ。ばかじゃねえのか！」

「まあまあ」

鶴じいが割って入る。

「ぼくだっていつもの自転車じゃ勝てないってことくらいわかってるよ。だから、ちがう自転車を持ってきたんだ」

泣きながら歩くモー次郎を先頭に、トランジションエリアに移動した。百台あまりの自転車がバイクラックにかけられて並んでいる。

フラットバーのロードバイクは少ない。圧倒的に多いのがマウンテンバイクだ。あとは、ママチャリがある。ママチャリでの参加は冗談のつもりなんだろう。そんななかで、モー次郎の自転車はひと際目を引いた。モー次郎が持ってきたのは、やはり実用車だった。

「ただの配達用の自転車じゃねえか」

姫がモー次郎の後頭部をたたく。

実用車の色はグレーで統一されていた。スチール製の大きな荷台がハンドルの前にもサドルの後ろにもついている。チェーンカバーには白のペンキで大きく〈クレムリ〉と書いてあった。下手くそな字だ。きっと、モー次郎が自分で書いたのだろう。

「クレムリってなんだよ」

すっかり呆れきった姫が訊く。

「フランス語で牛乳屋さんって意味なんだ」

「またフランス語かよ。いいかげんにしろよ。なんだよこの自転車は。これなら、学校の誰かに頼んでマウンテンバイクでも借りればよかったじゃねえか」

「でも、ぼくはこのシャンゼリゼ号がいちばん速いんだ」

「なにがシャンゼリゼ号だ」

「ほんとにシャンゼリゼ号は速いんだよ。いま牛乳配達に使ってる自転車よりも速く走れるんだ。けど、シャンゼリゼ号は大きくて足が地面に着かないから、配達に向かなくて乗ってないだけなんだ」

「ごちゃごちゃ言ってるんじゃねえよ、今日はツイン・テイルズの三人に負けるわけにはいかない日なんだぞ。それなのにこんな自転車乗ってきやがって」

「いや、ちょっと待ちなさい」

鶴じいが姫の肩をたたく。ふと気づく。実用車を見る鶴じいの目は、好奇心でいっぱいだった。

「これはね、MBKというフランスの自転車メーカーが作ったものだよ」

さすが自転車マニアの鶴じいだ。たしかにチェーンカバーには〈MBK〉と横書きされている。モー次郎が涙を拭きながら言う。

「フランスに留学してる信一郎兄ちゃんが送ってくれたんだ。フランスの郵便屋さんが使ってる自転車で、街中の石畳でもばりばり走るんだぜって」

「ＭＢＫはいまヤマハ発動機の子会社だが、いまだに手作りで自転車を作っているメーカーなんだよ。ツール・ド・フランスに参戦するロードバイクも作っているんだよ。それから、このモー次郎くんのシャンゼリゼ号はハンドルの幅が狭いから操縦しづらかったり、ギア比が重いからペダルを踏むのは大変だったりするかもしれないが、フレーム設計はマウンテンバイクとほとんど変わらないし、膝が伸びきるようなペダリングもできるように設計もされているからけっこう走ると思うよ」

「鶴じいー」

モー次郎が涙も鼻水もぐちゃぐちゃのまま鶴じいに抱きつく。弁護してもらったのがうれしかったらしい。

「はいはい、よしよし」

鶴じいは苦笑いでモー次郎をあやした。

「わしが思うに勝算はゼロってわけじゃない。三人がそれぞれの力を出せば、きっとツイン・テイルズともいい勝負になる。だから、内輪もめしないでがんばってみなさい」

「はい」

ぼくらはそろって返事をした。

「じゃあ、わしはそろそろ行かなくちゃならないから」

「どこ行くの？　ぼくたちを応援してくれないの」

モー次郎が心細そうに言う。

「すまんね。わしは今日ちょっと忙しいんだよ。でも君たちのことはちゃんと応援してるからね。がんばっておくれよ」

鶴じいはさわやかな笑顔で立ち去ろうとする。そこへ、いままでやや遠巻きに見ていたウガジンがやってきて、鶴じいに声をかけた。

「あの、どこかでお会いしたことはありませんでしたか」

「いや、そんなことないですよ。どこにでもいるようなただのじいさんですよ」

まるで水戸黄門《みとこうもん》みたいなセリフだ。

「そうですか。でも、どっかで……」

ウガジンはしきりに首をひねる。鶴じいは逃げるように歩き出した。しかし、ふと立ち止まって振り返る。

「そうそう。君たちに最後に言っておきたいことがあったんだ」

「なんですか」

ぼくらの声がそろう。

「トライアスロンの楽しさは、この地球を体で感じることだよ。姫くんは海の大きさを、モー次郎くんは空の広さを、優太くんは大地の強さを感じながらがんばってみなさい。いいかい。たくさん感じるんだよ。そして、地球と遊ぶんだ」

断トツ。断然のトップ。誰もついてこられない。

こうしたレース展開を予想しなかったわけじゃないが、スイムパートで姫についていける選手は誰もいなかった。

ゴールであるフィニッシュゲートの隣には、大型ビジョンが設置されていて、ケーブルテレビ局が生中継の映像を映している。ビジョンには一位で戻ってきた姫が大写しだ。姫は海から上がると、モー次郎の待つトランジションエリアへと走っていく。二位の選手は犬岩を回ったばかりだ。姫は二百メートルの差をつけて帰ってきたことになる。おそろしい速さだ。

実況中継をしている女性リポーターの声が、会場のスピーカーからわんわんと響いてくる。

——断トツです！　断トツ！　一位は美里中学校の岡本暁人くん！

ぼくは準備運動をしていたけれど、居ても立ってもいられなくなって、姫からモー次郎へのバトンタッチを見にトランジションエリアへと移動した。

まもなく、姫が歓声に包まれてやってきた。屈伸しながら待っていたモー次郎に走り寄る。

「おい、モー次郎。おまえのためにたっぷりリードを作っておいてやったからよ」

姫はタイム計測器であるアンクルバンドを足からはずし、モー次郎に渡した。今度はモー次郎がバンドを足に巻く。これでタッチ成立だ。

「楽しんで走ってこい！」

と姫が叫ぶと、モー次郎は笑顔で叫び返した。

「わかった！」

モー次郎がシャンゼリゼ号を押してトランジションエリア内を走り出す。県道への坂道を登り、コースに出たところでまたがった。すると、歩道いっぱいにあふれる観客から笑いが起こった。配達用の自転車がトップでやってきたからだ。

――リレー部門のトップである美里中学は二番手の山田幸次郎くんです。おうちは牛乳販売店。牛乳配達の自転車で参加です！

紹介のアナウンスでさらに大きい笑いが起きる。モー次郎を茶化す野次がたくさん飛んだ。

「走れ！　牛乳屋！」

「今日はどこへ配達に行くんだい」

「おれんちまだ牛乳きてないよー」

よく見ると、最後の野次は猫田だった。どさくさにまぎれてひどいことを言う。

少しの間をおいて、二位の選手がやってきた。ツイン・テイルズの森尾だ。

――二位はジュニアトライアスロン界のドリームチーム、ツイン・テイルズの森尾晃一くん。双子のお兄さんのほうですね。これからバイクパートで走る弟の晃二くんにバトンタッチです。

森尾晃一が海水をしたたらせながらぼくと姫の前を行く。姫が勝ち誇った目でじっと森尾晃一を見つめた。森尾晃一はぼくらに気づいたようだったが、すぐに視線を落とした。

「優太。モー次郎のやつ心配だから中継の画像を見に行こうぜ」

「わかった」

大型ビジョンの前には人だかりができていた。トップで走るシャンゼリゼ号の姿を見上げている。

画面の中のモー次郎はぐんぐんとスピードを上げ、海岸沿いの県道を飛ばしていく。シャンゼリゼ号はたしかに速かった。画面に〈一キロ地点通過〉とテロップが出た。

「速いな、牛乳屋」

観客が口々に驚きの声をあげている。ぼくは誇らしくてしかたなかった。しかし、だんだん心臓の鼓動が速くなってきた。バイクパートが終われば次はぼくの番だ。モー次郎がトップで戻ってきて、ぼくがトップをキープできれば本当に優勝できる。

ところが、そう簡単にレースはぼくらのものにならなかった。

ツイン・テイルズ二番手の森尾晃二が、すごいスピードでモー次郎を追い上げた。晃二が乗っているのはフラットバーロードだった。気づけば、モー次郎の姿を追っていた中継車のカメラでも、晃二の姿をとらえるようになってきた。

女性リポーターがエキサイトした声をあげる。

――一位の山田くんと二位の森尾晃二くんの差が、三十秒となりました！　いよいよレースが面白くなってきました！

「モー次郎負けるな！　ぶっ飛ばせ！」

姫が画面に向かって拳を突き上げる。

モー次郎と晃二の距離は次第に縮まっていく。ふたりはがむしゃらにペダルをこぎ続ける。道は大きく左へ曲がるカーブに差しかかり、それからバイクコース最大の難所である馬不入坂へ入った。自転車の性能からすれば坂では晃二のほうが有利だ。

駄目かもしれない。そうあきらめかけたとき、びっくりするようなシーンが大型ビジョンに映し出された。

モー次郎が少しずつ晃二を引き離していた。ダンシングの姿勢もバッチリだ。まっすぐ力強く登っていく。鶴じいとの特訓の成果が出ているのだ。

それに引きかえ、晃二の上半身は起きてしまっていた。体も左右に大きく振れていて、走るラインもジグザグだ。

リードを保ったままモー次郎が坂を登りきる。観客から大歓声が湧き起こる。モー次郎は折り返し地点を回って、下りへ入った。下りの姿勢もきれいだ。体重があるためか下り坂でどんどんスピードが増していく。リポーターによれば時速四十キロは出ているらしい。

「おいおいあんなに飛ばして大丈夫かよ。スピードの出すぎたジェットコースターみたいじゃねえか」

姫はトップを守りきったモー次郎に大よろこびだ。

ぼくはトランジションエリアに移動した。あとはモー次郎のゴールを待つばかりだ。ランのスタート地点に行くと、ツイン・テイルズの加倉井健がいた。

「よお」

明るく声をかけると、加倉井は苦々しそうに睨みつけてきた。焦っているようにも見える。常勝無敗のツイン・テイルズが、こんなところで負けるわけにはいかないのだろう。

柔軟体操をして体をほぐしていると、観客がわっと沸いた。悲鳴のようなものがたくさんまじっていた。驚いて大型ビジョンを見上げる。アスファルトに倒れているモー次郎と晃二の姿が映されていた。モー次郎は仰向けで大の字になっている。晃二はうつ伏せの状態から起き上がろうとしている。いったいなにが起こったのだろう。ふたりの自転車は重なって倒れている。

大型ビジョンにスロー映像が再生された。ゴール手前百メートルの地点だ。いつのまにか、晃二のロードバイクがモー次郎に迫っていた。晃二はモー次郎のシャンゼリゼ号の真後ろを走っている。背中に張りつくかのようだ。モー次郎を風よけに使っている。あれは今回のレースでは反則とされているドラフティングだ。

晃二がモー次郎を右から抜きにかかった。そのとき気配を感じたのか焦ったのか、モー次郎が振り返った。シャンゼリゼ号が右に大きく揺れる。一瞬後、ふたりは接触してスロー映像が終わった。

起き上がった晃二がモー次郎を怒鳴りつける。その声が、会場のスピーカーから響いてくる。

――おい、デブ！　抜かれそうになったからってブロックしやがったな！

――ちがうよ。晃二くんがすぐ後ろに来ていたなんて気づかなかったんだ。

――嘘つくな。ばか野郎。

晃二が倒れたロードバイクを点検する。モー次郎もシャンゼリゼ号を起こした。

――デブ！　チェーンが切れてるじゃねえかよ！

モー次郎を怒鳴りつけてから晃二が走り出す。チェーンが切れているために、ロードバイクを押して走っている。ゴールまであと約五十メートルだ。ビジョンから実際のコースに目を移すと、こちらに走ってくる晃二が見えた。

「晃二速く！」

隣の加倉井が叫んだ。

——すぐ後ろにいるなんて、森尾くんのほうがずるいだろ！　ドラフティングは今回反則なんだからね。ねえ、待ってよ。人の話をちゃんと聞きなよ。置いてかないでよ。こっちの自転車だってパンクしてるってのに！

大型ビジョンにモー次郎の泣き顔がアップになった。ぼくは地団駄を踏みながらモー次郎に向かって叫んだ。

「モー次郎！　自転車押して走れ！　ゴールを目指せ！」

懸命に怒鳴ったが、モー次郎まで声は届いていないようだ。姫が血相を変えてモー次郎目指して走っていく。しかし、たどり着く前にコースの両脇を埋める観客から、モー次郎を応援する声が沸き起こった。

「牛乳屋！　牛乳屋！　牛乳屋！」

大合唱だ。みんな〈第一回桜浜ジュニアトライアスロン大会〉と書かれた桜色の旗を手にしている。それが、いっせいに振られる。美里中のやつらもいっしょになってばたばたと旗を振っている。伊達や桃井までモー次郎に声援を送っているのが見えた。

「がんばれ！　牛乳屋！」

モー次郎がシャンゼリゼ号を押して走り出す。しかし、それでは晃二に追いつけないと思ったらしい。いきなり、シャンゼリゼ号を背中に担いだ。

——牛乳屋！　牛乳屋！　牛乳屋！

牛乳屋コールがスピーカーからも大音量であふれ出す。モー次郎は大声援に後押しされて、猛ダッシュした。トランジションエリアに入る寸前で、ついにモー次郎は晃二を抜いた。歓声がはじけた。

モー次郎がトップで帰ってきた。

「ごめん、優太くん」

「謝るなよ。おまえ最高だよ。あとはまかせておけ」

アンクルバンドを受け取って足に装着する。

「あ、優太くん」

「なんだよ」

「空、広かったよ。地球と遊べた気がしたよ！」

手でハイタッチを交わしてからぼくは走り出した。ほんの数秒遅れて加倉井も森尾とバトンタッチする。すぐに横に並んできた。

「おまえら、やるじゃねえか」

加倉井が話しかけてくる。

「まあね」

「すげえ練習してきたんだな」

「まあね」

「でも、勝つのはうちらツイン・テイルズだからな。リレーなんてちょろいぜ。一種目ですむんだからな。負ける要素が見つからねえよ」

返事をしなかった。加倉井には悪いが、ぼくの意識は別のところにあった。走り始めてすぐ、沿道に美月を見つけたのだ。

美月は心配そうにぼくを見ていた。まるで祈りを捧《ささ》げるかのように両手を握り合わせていた。昨日の夜、姫の家で聞かされた話を思い出す。姫と美月はもう一度つき合うことになったそうだ。

本当の、いちばんの、正直な気持ちは、やっぱりぼくは美月が好きだ。姫に嫉妬だってする。でも、告白することは二度とないと思う。ただの直感だけれどとても確かなことに感じる。美月のことは姫がちゃんと守っていく。ぼくはきちんと美月に告白できた勇気と、告白したときの純粋な気持ちを胸に、振り返らずに進みたいのだ。

南郷町との境を目指してひた走った。加倉井とぴったり並んで南を目指す。〈南郷町まで二キロ〉の道路標識が見えた。以前はこの地点に来るまでにバテバテになっていたが、いまのぼくにはまだ余裕がある。

加倉井が何度もぼくの顔を覗き込んでくる。差がつかなくていらいらしているようだ。焦っているのが伝わってきて、にやついてしまいそうになる。

突如、加倉井がペースを上げた。動揺させてペースを崩そうというのだろう。見え透いた手だ。加倉井を無視して、鶴じいが教えてくれたランニングフォームに忠実に走った。体重移動と体の軸に注意する。まだ勝負のときじゃない。冷静に走り続ける。

やがて、加倉井はぼくが作戦に乗らないことを悟ったのか、下がってきてぼくの隣に並んだ。

「ちっ」

と小さな舌打ちが聞こえた。

町境にまでたどり着く。折り返し地点を回った。ふたたび北に向かってゴールを目指す。残りの距離は二・五キロだ。いつラストスパートをかければいいだろうか。加倉井にはどれくらい力が残っているだろうか。これからのレース展開は加倉井と意地の張り合いになる。奥歯をぎゅっと嚙みしめて覚悟を決める。そして、心の中で鶴じいにお礼を言う。加倉井と競っても負けないようになれたのは、鶴じいのおかげだ。ありがとう。

ゴールまで残り一キロの看板が見えた。ぼくは左にいる加倉井を見た。加倉井はぼくを見ていた。

いまが勝負どきだ。ぼくは、ぐんと足を前に踏み出した。しかし、加倉井もまったく同じタイミングでスピードを上げた。

両手を強く振って海風を切る。アスファルトを強く蹴って前へ前へと進む。肺がひゅうひゅうと鳴って、血管の中で血がごうごうと流れ、体中の筋肉がみしみしと音をたてる。

いったいどっちが音《ね》をあげるのか。ぼくか、それとも、加倉井のほうか。

加倉井が一歩先に出た。やはり一日《いちじつ》の長《ちょう》ってやつだ。加倉井はずっとトライアスロンをやってきた。スイムとバイクのあとにランができるほどのスタミナを持っているやつなのだ。きっとトライアスロンの三種目で勝負すれば、圧倒的に加倉井のほうが強いだろう。

でも、今日はリレー部門で、勝負はランのみだ。絶対に王子の帰還を阻《はば》んでやる。ぼくは無理やりスピードを上げた。

横一線でぴったりと並ぶ。加倉井の体温を感じる。きっと加倉井もぼくの体温を感じている。加倉井の息の乱れが聞こえてくる。とてもつらそうだ。でも、加倉井もぼくがつらいときっと気づいている。

やがて、フィニッシュゲートが近づいてきた。その周りでは桜色の旗がたくさん揺れていた。たくさんの笑顔が待ちかまえていた。美里中のやつらの顔が見える。なにか叫んでいる。いったいなんて言ってるんだろう。伊達がいた。桃井がいた。猫田もいる。

ウガジンや星村先生まで拳を振り上げて叫んでいる。

最後のストレートに入ったとき、みんながなんて叫んでいるかやっと聞き取れた。

「美里中！　美里中！　美里中！」

あと半年後になくなるぼくの中学校の名前だ。ぼくは強くあの学校を愛していたわけじゃないし、悪い思い出だってけっこうある。けれど、いま、みんなはぼくを美里中の代表として応援してくれている。期待している。心が熱くなった。

残りあと百メートルだ。ラストスパートをかける。手足がばらばらになりそうなのに耐えながら、肺が破裂しそうなのをこらえながら、魂が剝《む》き出しになってくるような感覚で走る。加倉井とはまったく差がない。一ミリでも遅ければ負ける。一ミリでも速ければ勝てる。

「優太！」

ぼくをそう呼んでくれるたったひとりの女の子の声が聞こえた。きっとその声のおかげだと思うのだ。ゴールの瞬間に、白いゴールテープがぼくの胸にあったのは。

閉会式は大騒ぎだった。ツイン・テイルズに勝ったことで、ぼくらは大注目されたのだ。モー次郎が実用車を担いで走った場面は、今大会のいちばんのハイライトだったらしく、大型ビジョンに何度も映し出された。

ぼくら三人は表彰台に上がり、賞状とトロフィーをもらうことになった。賞状授与のために役員席から立ち上がった人物と、ぼくらは目が合った。胸には花をかたどった紅白のリボンをつけている。役員席のテーブルに置かれたネームプレートには、こう書かれていた。

〈海王市市長　鶴舞徳之助《とくのすけ》〉

鶴じいはぼくらの前まで来ると、老眼鏡の奥でウィンクしてみせた。ナイショということなんだろう。大会の主催者である海王市の市長が、美里中チームの特訓をしていたのがばれたら大変なことになる。

ぼくは笑い出してしまいそうでうつむいた。しかし、モー次郎が口走る。

「鶴じい！」

あいかわらず空気の読めないやつだ。ぼくと姫は慌ててモー次郎の口を押さえた。小声で、なぜいまは鶴じいと話ができないか教えてやる。モー次郎は驚いた顔のまま頷いた。

鶴じいから賞状とトロフィーを受け取る。すると、モー次郎がくすくすと笑い出した。両手で口を押さえて、必死に笑いを嚙み殺している。そんなモー次郎をぼくは肘で小突いた。

「やめろよ。笑うなよ」

モー次郎が笑いをこらえながらささやく。

「でも、鶴じいが海王の市長だなんて」

「ばか」

とモー次郎にツッコミを入れたものの、ぼくもおかしくてしかたがない。真面目な顔を作ろうとしているのに、口元や目元に笑いが浮かんだり消えたりして苦しくなる。

「だ、駄目だ。我慢できない。ウヒヒヒヒ」

モー次郎があやしい笑い声をもらした。

「笑うなって」

姫がモー次郎の頭をたたく。けれども、姫も笑いをこらえきれなかったようだ。

「ウヒヒヒヒ」

ぼくもつられた。

「ウヒヒヒヒ」

優勝したよろこびも手伝って、笑わずにいられない。笑いってどうして伝染するんだろう。

「ウヒヒヒヒヒヒ」

あやしく笑うぼくらの姿はケーブルテレビによって県内に生中継された。花束を渡そうとしていたアイドルの金田美奈が、あとずさりしていた。
それでも、ぼくらは笑い続けた。ぼくは苦しくて胸を押さえて空を見上げて笑った。
いまのぼくらの輝きや誇らしさを、太陽に見せつけてやりたいくらいの気分だった。

16

二学期が始まったら、ぼくらはヒーローになっていた。クラスの中で日陰の存在だったはずなのに、

「テレビ見たよ」

なんて誰もが声をかけてくる。桜浜ジュニアトライアスロン大会の様子は、東京から来ていたテレビ局のニュース番組でも取り上げられた。そこでぼくらの活躍が大々的に放映されたのだ。

猫田など急に馴れ馴れしくなった。休み時間になると猫田がわざわざぼくのクラスまでやってきて、猫撫《ねこな》で声で話しかけてくる。

「やあ、優太くん。優勝おめでとう。なんかうちの父ちゃん母ちゃんもテレビ見てたらしくてさ、久しぶりに優太くん家に連れてきなさいよ、なんて言い出しちゃって。どうだい優太くん。今度暇あるかな」

なにが優太くんだ。前は呼び捨てだったのに。

窓枠に腰かけた姫が、同情的な目でこちらを見ている。姫の周りには女の子がいっぱ

いだ。助けてくれ、とわざとらしい目配せをしてくる。ぼくも同情的な視線を返し、にやりと笑ってやる。

しかしながら、ぼくよりも、姫よりも、周りからの扱いが変わったのはモー次郎だった。牛乳屋コールを受けながらシャンゼリゼ号を担ぐモー次郎の姿は、いちばん多くテレビで放映されたのだ。

いまやモー次郎の人気は絶大だ。廊下を歩くだけで、牛乳屋コールが起きる。しかもいつのまにか「牛乳屋」の言葉に合わせて、右、左、右と床を踏み鳴らすのが流行り始めた。おかげでモー次郎がいまどこにいるのかすぐわかる。牛乳屋コールと上履きが床を踏み鳴らす音が聞こえたら、そこに必ずモー次郎はいる。

「牛乳屋！　牛乳屋！　牛乳屋！」

唐突に隣のB組から牛乳屋コールが聞こえてきた。教室の壁を隔てても聞こえてくる大合唱だ。大行進でもしているかのような靴音がする。最近ではモー次郎がつまらないギャグを言っただけでも牛乳屋コールが起きるらしい。

世の中わからないものだ。いままで避けられていた人間が、いきなり大人気になったりする。モー次郎をかわいいなんて言い出す女の子も現れたらしい。そして、モー次郎のいるB組は、文化祭でモー次郎の歌を披露することになったのだそうだ。どうやら美月が提案したらしい。モー次郎はすごくよろこんでいる。この世の春が来たって感じだ。

モー次郎の歌をみんなが聞いてどんな反応をするのか、ぼくも楽しみでしかたがない。

また、水泳部には新入部員が殺到した。ぼくらの後輩になりたいという下級生たちが、わんさかやってきたのだ。中には来年行われる第二回のトライアスロン大会に出たいと息巻いているやつまでいる。大量の新入部員にウガジンも大よろこびで、最近はぼくら三人にやけにやさしい。関係も良好だ。トライアスロン大会の優勝は、ぼくらにいろんなハッピーをもたらしてくれている。

美里中で過ごすのもあと半年。こんないまになって中学生活が楽しくてしかたがない。毎日、目にするものが輝いて見えるし、誰とでも友だちになれるような明るい気分で過ごせている。

ただ不可解なことがひとつあった。トライアスロン大会で優勝したあと、姫の家に無言電話がかかってくるようになったのだ。ぼくはあいもかわらず姫の家に通っているのだが、昼夜を問わずに無言電話がかかってくる。ぼくがいるあいだに二十件もかかってきたことがあった。

「おまえふざけんなよ!」

姫が受話器に向かって怒鳴ったこともあった。しかし、いやがらせの電話はやまなかった。ぼくも電話に出たことがある。

「誰なんですか」

と語りかけたが、答えはまったく返ってこない。なぜかわからないけれど、無言電話をかけてくる人間の部屋が真っ暗な気がした。そして、その部屋に広がる闇は、タカオさんの部屋の闇と同質のものに感じるのだ。

騒がしさに包まれているあいだに、九月はあっという間に終わった。地元の新聞の取材を受けたり、『トライアスロンマガジン』の取材を受けたり、びっくりするほど忙しかった。ちやほやされて、いい気分のまま勉強も運動も積極的にやった。

ウガジンに水泳部の部室を片付けてくるように言われて、久しぶりにプールサイドで姫とモー次郎と集合した。水の抜かれたプールには、薄っぺらい水たまりが広がり、何枚かの枯葉が落ちている。

「いまならモー次郎でもプールの底まで潜れるんじゃないのか」

姫は茶化すように言って、プールの底に下りた。プールの内側は水色一色に塗られている。太陽の照り返しのせいか姫も水色を帯びていた。

「よし潜っちゃうぞ」

モー次郎がこちらを向いて、プールの入水階段を下りかけた。ところが、モー次郎はぼくを見て、いや、ぼくの背後を見て、

「え!」

と驚きの声をあげた。

「なに？」

びくりとして振り返った。

見知らぬ男の子が立っていた。同い年くらいで髪は背中に届くほど長い。手足がひょろひょろとしていて幽霊を思わせた。そして、右手には銀色の金属バットが握られている。とっさにそいつの目を見た。やばい。焦点が合っていない。

「誰だよ」

こわくなってあとずさるとモー次郎が叫んだ。

「薄井くん！」

こいつが薄井なのか。小学校のときにモー次郎をいじめていて、卒業式のあとにナイフで刺されたやつ。

薄井は足早にこちらに向かってきた。金属バットを重そうに引きずってくる。プールサイドのコンクリートの上で、金属バットはカラカラと鳴った。

ぶん、とひと振りされる。ぼくは必死によけた。あと五センチというところで空振りとなった。しかし、尻もちをついてしまった。

もう駄目だ。ぐっと身を固める。だが、薄井の標的はぼくではなかった。プールから上がろうとしていた姫に一直線に向かっていく。薄井が大きくバックスイングする。バットが太陽の光で鈍く輝く。

「姫、危ない！」

叫んだが、間に合わなかった。薄井がバットを振る。プールの縁に両手をついて無防備になっている姫の頭へバットが走る。ぼくは目を背けた。

コーン、と金属バット特有の乾いた音が鳴った。まぶたを開ける。プールサイドでうずくまっていたのは姫ではなくてモー次郎だった。

「モー次郎！」

姫がモー次郎の頭を覗き込む。モー次郎は頭の左側を両手で押さえてもだえていた。手のあいだからは真っ赤な血が流れている。ぼくはやっと理解する。モー次郎は姫をかばって殴られたのだ。

「薄井、てめえ」

叫んだ姫が薄井に跳びかかる。薄井はもう一度バックスイングに入った。だが、姫はバットが振られるより速く鳩尾《みずおち》に前蹴りを食らわせた。薄井が「く」の字になってプールサイド端の金網フェンスまで吹っ飛んでいく。拳を握った姫がさらに追う。地面に腰を落とした薄井の顔に膝蹴りで飛び込んでいった。直撃だ。さらに上から五、六発殴った。

「もうやめろ」

慌てて姫を羽交《はが》い締めにする。

「止めるな！　こいつモー次郎を。おれをかばったモー次郎を！」

振り返った姫の形相は、たじろいでしまうくらい凶暴だった。けれど、これ以上やったら薄井は死んでしまう。

「やめろよ。それより、モー次郎を病院に連れていくほうが先だよ」

姫を薄井から無理やり剝《は》がして立たせる。ぐったりした薄井の手からバットを奪い、金網フェンスの向こう側に投げ捨てた。

「おい、モー次郎。モー次郎！」

大声で呼びかける姫の目からは涙がぽたぽたと流れて、足元のコンクリートに黒い染みを作っている。その隣にはモー次郎の真っ赤な血だまりができていた。

救急車にはモー次郎と姫、それから、駆けつけたウガジンが乗っていった。ぼくは薄井が警察に連れていかれるのを見届けたあと、星村先生と病院へ向かった。

モー次郎は最初に美里村の個人病院に行ったのだそうだ。しかし、精密検査が必要なので、海王市の大きな病院に搬送されたのだという。

海王市の病院にたどり着き、病室へ向かった。待合室のベンチに姫がいた。深くうなだれていた。

「姫……」

姫は泣いていた。

「くっそー、薄井の野郎、よくもモー次郎を。畜生!」

立ち上がった姫は右の拳で何度も壁を殴った。なぜか、こんなときが来るんじゃないかといういやな予感はあった。

「薄井はどうした」

姫が怒りのこもった声で訊いてくる。

「警察だよ」

「もっと殴ってやればよかった。モー次郎の傷と同じくらいに、いや、もっとひどい目にあわせてやればよかった」

「モー次郎は大丈夫なのか」

「骨には異常がないって。薄井がひ弱でバットを強く振れなかったからだろ。噂じゃ薄井のやつ不登校になってて家にずっといたらしいからな」

「でも、なんで薄井がいきなり」

「いや、いきなりじゃなかった」

姫が下唇を噛む。

「どういうことだよ」

「最近ずっと無言電話があっただろ」

「ああ」

「昨日の夜、優太が帰ったあとにもかかってきたんだ。おれ、いらいらしてたんだけど、正直に受話器に向かって話したんだ。うちにはタカオっていうひきこもりの父親がいるから、電話のベルは迷惑になるって。いいかげんにしてほしいって。そしたら、かけてきてたのは薄井だったんだ。あいつ叫びやがった。いいかげんにしたほうがいいのは岡本のほうだろうって。トライアスロンでテレビなんか出て調子こいてるんじゃねえぞって。ナイフで刺された恨みは忘れてないぞって」

「まだ恨んでたのか……」

「復讐に行くって言われたよ。けど、おれまさか本当だとは思わなくてさ、やれるもんならやってみろって」

ウガジンと星村先生がそろって戻ってきた。ふたりの表情が暗い。ウガジンはぼくの肩をやさしくたたいて言う。

「優太も来てくれたんだな。ありがとう。でも、今日は帰るぞ」

「え、モー次郎は……」

「安心しろ。いまはベッドの上でパンを食べてるよ。腹が減ったみたいでな」

「よかった」

ほっと胸を撫で下ろす。金属バットで殴られたのにもうパンを食べているなんて、モー次郎も丈夫なやつだ。

「じゃあ、会っていきましょうよ」

と姫が涙を拭く。

「だけどな、面会はできないんだ」

「どうしてですか。大丈夫なんですよね」

「うーん、そうなんだが……」

ウガジンは助けを求めるように星村先生を見た。

「あのね、山田くんはね、このあとまだ検査が残ってるのよ。やっぱり頭だから詳しく調べないといけないってことなの。あとから悪いところが見つかったら大変でしょ」

一応、星村先生の言っていることは正しい。けれども、なにかがおかしい。ウガジンも星村先生も言葉にキレがない。隠し事があるかのように聞こえる。

「退院はすぐだそうだ。今日のところは帰ろう。ほら、優太も岡本もおれの車に乗ってけ」

ウガジンがぼくの背中を押した。

「退院は本当にすぐなんですよね」

姫が食い下がった。

「本当だよ。おれも星村先生もお医者さんからそう説明されたんだから。すぐに会えるようになるさ」

ぼくは姫と視線を合わせた。今日のところは帰ろう。瞳で伝え合った。

次の日、さっそく姫とお見舞いに行った。モー次郎が好きそうなパンやお菓子をたんまりと持って出かけた。しかし、会えたのはモー次郎のお母さんにだけだった。モー次郎にそっくりな丸い体をしたお母さんだ。

「ごめんね。せっかく来てくれたのに。幸次郎がね、今日はちょっと体調が悪いから誰とも会いたくないって言ってるのよ」

「そうですか」

しかたない。そう思って姫を見る。姫はお見舞いの品をモー次郎のお母さんに渡した。

「これ、幸次郎くんに渡しておいてください」

「ありがとう」

「また明日来ます」

潔《いさぎよ》く言って姫が深々と頭を下げる。ぼくも倣《なら》った。なぜか、お母さんは困惑した顔をしていた。すまなさそうにぼくらを見ていた。

次の日も、そのまた次の日も病院に通った。けれど、モー次郎に会うことができなかった。そして、入院してから五日目、モー次郎は退院していた。見舞いに行ったらすでにいなかったのだ。退院したことは看護師さんに教えてもらった。

「いったいどういうことなんだよ。退院するなら言ってくれればいいじゃん。おれや優太がどれだけ心配してるのか、デブのやつ本当にわかってんのかな」

いらいらと姫が言う。

「突然、退院が決まったんじゃないのかな」

「でも、それにしたってなにかひと言欲しいだろ」

「退院できたんだから、まあいいじゃんか」

姫をなだめつつ、モー次郎の家に向かった。土産はビデオテープだ。最近、桜浜ジュニアトライアスロンを題材とした短いドキュメンタリー番組が放送された。牛乳屋コールを受けて、ゴールへ走るモー次郎が映っている。いままでいちばんかっこよく映ってるんじゃないだろうか。

「モー次郎このビデオ見たら大よろこびするぜ。あいつ最近ナル入ってたからな」

「ナル？」

「ナルシストってことだよ。モー次郎のやつ周りから騒がれて、自分大好きって感じになってたじゃん」

「ああ、そのナル。ナルほど」

「つまんねー。モー次郎みたくなってきてるよ」

「マジ？　やばいかも」

笑い合っているうちに山田牛乳販売店にたどり着いた。ところが、店のシャッターが閉まっていた。シャッターには張り紙があった。

〈都合によりしばらく休ませていただきます。ご迷惑をおかけして申し訳ございません〉

これはいったいどういうことなのだろう。ぼくらは玄関に回った。ドアチャイムを押してみるが誰も出てこない。

「こんにちはー」

ぼくらは交互に何度も呼びかけた。

「いないのかな」

姫は携帯を取り出し、電話をかけてみる。姫は首を振った。誰も出ないらしい。

「おっかしいな」

携帯を切った姫が、二階にあるモー次郎の部屋を見上げる。窓にはカーテンが閉まっている。なんとなく、ぼくは姫の家を思い出した。タカオさんがいる雨戸の閉められた部屋だ。

それから一週間が経った。二学期の中間テスト期間に突入した。でも、モー次郎は学校に出てこなかった。星村先生にモー次郎のことを尋ねても、おうちのことは言えないのよ、とはぐらかされた。モー次郎のことが気になって、テストどころじゃなかった。

勉強が手につかない。テストの結果はさんざんだった。たまたま答案を見つけた母に、めちゃくちゃ叱られた。

ぼくは正直に相談した。モー次郎が学校に来ないのだ。モー次郎の家にも誰もいないのだ。すると、母は思いがけないことを言った。

「あれ？　山田さんちって今日から営業してるって聞いたわよ」

もう夜の八時を回っていたけれど、姫を呼び出してモー次郎の家へ向かった。

山田牛乳販売店のシャッターは開いていた。店内には小さな蛍光灯がひとつ点いている。ほとんど真っ暗という状態だ。

「すみません」

店内に飛び込んだ。

「はーい」

奥の暗がりから、モー次郎の声が返ってきた。

なんだよ、と姫と笑顔を見合わせながら、モー次郎を待った。しかし、現れたのは、モー次郎ではなかった。

「もしかして、幸次郎の友だちかな」

すらりと背の高い男の人だった。白いシャツに黒いジーンズという恰好で、仕事用のエプロンをつけている。どこかで見た覚えがある気がするが誰だかわからない。ためらっていると、男の人から挨拶してくれた。

「こんばんは。幸次郎の兄です」

「信一郎さん？」

尋ねてみると、こくりと頷く。

「おれのこと知ってたんだね」

信一郎さんが笑う。笑顔はモー次郎とそっくりだ。

「フランスに留学している兄貴がいるって、モー次郎からいつも聞かされてましたよ」

「モー次郎？」

「あ、モー次郎っていうのは山田くんのあだ名です」

「いいね。モー次郎。あいつにぴったりだ。おれもこれからそう呼ぼうかな」

フランスで暮らしているからだろうか。信一郎さんの物腰は穏やかで、優雅な雰囲気がある。

「あの、お兄さん。モー次郎は？　なんで退院したのに学校に来ないんですか」

姫が居ても立ってもいられないというふうに質問した。信一郎さんは静かに頷いたあと、ぼくらを店の奥の事務所へ案内してくれた。勧められた椅子に座る。信一郎さんは一度黙ってから言いにくそうに切り出した。

「幸次郎の頭の傷はもう治ったんだよ。でも、ちょっと後遺症がね」

「後遺症？」

胸が苦しくなるような言葉だ。

「頭の左側を殴られただろ。それで、左耳が聞こえなくなってしまったんだよ」

「聞こえないってぜんぜん聞こえないんですか」

「治る見込みはないと医者に言われたよ」

隣に座る姫が頭をぐっと下げた。両方の拳は強く握られている。肩まで震わせている。

「モー次郎に会わせてください」

勢いよく姫が顔を上げた。

「いいよ。でも、その前にもうひとつ」

信一郎さんは深いため息をついてから、苦しげに言った。

「実は、幸次郎はもともと右の耳が聞こえないんだよ。幼稚園生のときにひどい風邪をひいて、熱が出て聞こえなくなったんだ。耳鼻科の先生には手術すれば治るかもしれないと言われたんだが、幸次郎が手術をいやがってね。血を流すことを異常にこわがるんだよ」

薄井に左耳をやられた。右耳はもともと聞こえない。ということは、いまモー次郎は両耳が聞こえないってことだ。音がまったく聞こえていないってことになる。

「そんな……」

姫がつぶやく。

「ぜんぜん気づきませんでした。もともと右耳が聞こえないなんて」

ぼくがそう言うと、信一郎さんは意外そうに返してくる。

「呼んでも気づかないことがなかったかい？　特に聞こえない右耳側から呼ばれると、まったく気づかないからね。それから、片方しか聞こえないから、音がどこから飛んできているのかわからないみたいなんだ。音の遠近感がないんだろうね。だから、救急車が近づいてきても、どっちから走ってきてるかわからないらしくて、キョロキョロ探したりするんだよね」

将棋部の部室で、窓から空を眺めていたモー次郎の姿を思い出す。呼びかけたのは右耳側からだった。桜浜で後ろからオープンカーにクラクションを鳴らされても、実用車にまたがるモー次郎はよけようとしなかった。急ブレーキをかけて実用車を止めるだけだった。あれはどこから車が来ているのか感知できなかったのか。

「あと、幸次郎のやつ、つまらない聞きまちがいが多いだろ」

「はい」

「ちゃんと単語が聞き取れていないから、似たような言葉を口にするんだろうね。音がいちばん近い言葉をさ。それがほんとめちゃくちゃでさ。つまんないだじゃれになっちまうんだよな」

信一郎さんは笑った。とてもさびしそうな笑い方だった。

「家族全員で幸次郎に手術を勧めてたんだけどなあ。片方しか聞こえないと危ないからさ。そうこうしてるうちに、とうとうトライアスロン大会で事故ってしまったってわけだ。後ろから自転車が来てるのに気づかなかったんだってね」

きっと右から抜きにかかっていた森尾晃二のロードバイクの音が、モー次郎は聞こえなかったのだ。

信一郎さんに連れられて、モー次郎の部屋に行った。ぼくは耳の聞こえないモー次郎に、どんなふうに接したらいいかわからなくて、呆然とした状態で部屋に入った。

部屋はきれいに整頓《せいとん》されていた。きちんとたたまれた洗濯物が、カーペットの上に置かれている。カーテンは閉められていて、窓際のベッドにモー次郎は座っていた。

「モー次郎」

姫が呼びかける。モー次郎はぴくりとも動かない。耳が聞こえないのだから反応しないのは当たり前だ。でも、それとはまた様子がちがって見える。ぼくらが視界に入っていないかのようなのだ。

信一郎さんがモー次郎の肩をたたき、

「友だちが来てくれたぞ」

と教える。モー次郎の表情は変わらない。蠟人形《ろうにんぎょう》みたいに固まったままだ。まるで魂が抜けてしまっているかのようだ。信一郎さんは小さく首を振った。

「幸次郎のやつ、まだ聞こえなくなったショックから立ちなおれてないんだ。こうやって一日中ぼうっとしてるんだよ。心を閉ざしてしまってるのかもしれない。わざわざ見舞いに来てもらったのにごめんね」

頭が真っ白になった。悲しみというより、心そのものが止まってしまった。ぼくはなにを言ったらいいのか、これからなにを考えるべきなのか、泣いたらいいのか、怒ったらいいのかもわからなくて、静かにまばたきをくり返した。そして、また心が動き出すのがこわくて、そっと息を吐いた。

「モー次郎、ごめん」

突然、姫が泣き崩れた。カーペットに頭をこすりつけて謝る。何度も何度も謝った。すると、モー次郎の目に光が戻ってきたように見えた。

「こんにちは」

モー次郎がかすかに聞こえるような声でつぶやいた。でも、視線はシーツに向けられたままだ。姫が涙目で言う。

「ごめんな、モー次郎。こんなことに。おれ、まさか」

「今日はちょっと体調悪いから、また今度ね」

姫が話し終わらないうちに、モー次郎が言った。聞こえていないのだから拒んだわけじゃない。でも、タイミングは姫の言葉を拒むものだった。虚《うつ》ろな状態だったぼくの心が動き出す。悲しくて、やりきれなくて、叫び出しそうになる。けれども、どんなに叫んだって、ぼくの声はモー次郎に届かないのだ。慰めの言葉を百も千も並べたって、モー次郎の心には届かないのだ。

信一郎さんが、部屋を出ようと目で合図を送ってきた。ぼくと姫は黙って部屋を出た。ドアを閉めるとモー次郎に聞こえるはずもないのに、信一郎さんは小声で話した。

「ずっとあんな感じなんだ。うちの両親もパニックになっちゃってる。だから、おれがフランスから帰ってきたのさ」

「手術はしないんですか。右耳は手術をすれば治るんですよね」

姫が唐突に訊く。

「治るかもしれないって話だよ。可能性は五分五分だそうだ。でも、幸次郎はこわがって手術を受けたがらないんだ」

「まったく聞こえないよりいいじゃないですか。おれ、説得してきます」

部屋に入ろうとする姫を、信一郎さんは止めた。

「もうちょっと待ってくれないか。幸次郎が自分で手術を受けるって決心できるまで。いまはまだ心が不安定な状態なんだよ。いきなり泣き出すこともあるし、家族を怒鳴ったりもする。心が落ち着くまで待とうって、うちの家族の意見は一致してるんだよ」

「いつまで？　いつまで待てばいいんですか」

信一郎さんは首を振った。本当にわからないのだろう。

「できるなら、幸次郎に手紙を書いてやってくれないか。おれのパソコンにメールを送ってくれたっていい。だけど、がんばれとか、手術を受けろとかは、あんまり書かないでほしいな。プレッシャーを与えたくないんだ。心の負担になるものは避けたほうがいいらしい。なるべく君たちの学校の生活とかを楽しく書いてほしい。幸次郎が学校に戻りたくなるようにさ」

「書きます」

声を震わせながら姫が答える。ぼくも頷く。

「ありがとう」

信一郎さんはパソコンのメールアドレスを、ぼくらに教えてくれた。

帰り道、姫は泣きどおしだった。ぼくも泣いた。真っ暗な田んぼの畦道を、とぼとぼと歩きながらふたりで泣いた。リッリッリッとコオロギが鳴いている。いつのまにか秋は深まっている。きっとモー次郎はこうした虫の音による秋の変化にも、気づくことができないのだろう。

急に姫が立ち止まった。田んぼの上の真っ暗な闇を睨んでいる。ぞっとするほどこわい瞳をしていた。

「おれ、薄井のこと許せねえよ。絶対にぶち殺してやる。復讐だよ」

「やめろよ」

「なんでだよ」

「やめろって！」

感情的になって怒鳴ってしまった。姫が睨んでくる。獣《けもの》の瞳をしている。こわい。でも、ひるんじゃいけない。

「薄井の復讐に対してまた復讐かよ。そんなことしたってモー次郎の耳は治らないんだぞ」

「だけど、許せねえだろ。モー次郎の左耳を聞こえなくしたんだ。それだけの責任は取ってもらう」

「それは姫の役目じゃないだろ。復讐なんてやめろよ」

「薄井を見逃すってのか。優太は薄井が憎くねえのか」

「憎いよ。でも、もともとこんな憎み合うことの原因は、小学校のときに姫がモー次郎をいじめてたからじゃないか。たしかに姫はタカオさんのことでむしゃくしゃしていじめたかもしれないよ。けど、そのいらいらを弱い立場のモー次郎にぶつけてたから、こんなことになったんだよ。そういう悪い心の連鎖はどっかで切らなくちゃ駄目なんだよ！」

姫は苦しげに黙った。いっとき鳴きやんでいたコオロギがまた鳴き出す。ぼくらは無言で歩き始め、ひと言も交わさないまま姫の家にたどり着いた。

別れの言葉を言うべきなのに口が開かない。なにも言わずに別れようかとも思った。しかし、姫がぽつりと言う。

「わかったよ」

「姫……」

「悪かったよ。復讐なんてもう考えないよ」

「そのほうが絶対にいいよ。それより、モー次郎にメールを書こう。あいつが早く学校に出てきたくなるような楽しいメールを書くんだ。それがいまおれたちがやるべきことだよ」

ぼくの言葉に、姫は強く頷く。

「もしかしたら、手術が意外と簡単に終わって、文化祭の大食い競争に出られるかもしれないじゃないか。そうしたら、牛乳屋コールが復活するかもしれないぜ」

冗談っぽく言うと、姫はやっと口元を緩めた。

17

十月はモー次郎のいない体育大会が行われた。

十一月の文化祭で牛乳屋コールが復活することはなかった。

十二月の終業式も、一月の始業式も、モー次郎は現れなかった。そのまま高校の入試期間に突入した。

二月は自分の入試で精一杯だった。

ずっとモー次郎にメールを送り続けているが、返事はまったくない。訪ねていっても門前払いだ。

モー次郎は出席日数が足りているので卒業はできるのだそうだ。でも、どこか高校を受験したという話は聞いていない。姫は海王市にある私立高校の推薦入試に受かった。水泳部の特待生だ。お金がかからなくてよかった、とよろこんでいた。

梅が咲いた。通学路の途中、白い花を咲かせる梅の木をたくさん見た。冷たい風の中に、かすかな梅の香りを嗅《か》いだ。二月のカレンダーをめくって破る。三月になった。中学生活最後の月だ。卒業式は三月十日に行われる。

モー次郎は学校に来ないまま卒業してしまうのかもしれない。あきらめの気持ちが胸の底のほうに溜《た》まっていく。

家に帰って、まずはテレビをつけた。鍵っ子の習慣だ。寒いので部屋の中でも息が白い。こたつと温風ヒーターのスイッチを入れ、パソコンの電源も入れる。母と共同で使っているノートパソコンだ。メールアドレスは母と別にしてある。

かじかんだ手でマウスを操り、メールをチェックする。新着メッセージが一件あった。

「あれ?」

思わず声がもれた。送信者は山田となっている。どきりと心臓が高鳴った。モー次郎からかもしれない。急いでメールを表示させた。

がっくりと肩を落とす。モー次郎からではなく、信一郎さんからだった。


〈フランスに帰ります〉

優太くんと岡本くん、お久しぶり。ひとまずぼくはフランスへ戻ることになりました。それなので、君たちにお礼を言っておかなくちゃと思ってメールを書きました。それと、近況を伝えておきたかったので。

幸次郎はまだ心を開いてくれません。学校には行きたいようなのですが、こわくて行けないようなのです。どうやら、耳が聞こえないことでばかにされると思っているようです。

ときどきは、学校での楽しかったことを話してくれます。優太くんと岡本くんの名前はいつも出てきます。トライアスロン大会は本当に楽しかったようですね。ぼくは大人気だったんだから、と自慢げに話しています。幸次郎にいい思い出をくれたふたりに感謝します。それでは、また。

追伸
ぼくとしては、幸次郎にせめて卒業式に出てもらいたかったのですが駄目なようですね。仲のよいふたりといっしょに卒業できればよかったのですけど残念です。

音のない世界でじっとうずくまるモー次郎の気持ちとは、いったいどんなものなのだろう。この世界にあるあらゆる音が聞こえないのだ。

耳をすましてみた。

風がサッシをカタカタと揺らしている。三軒先の家で犬が遠吠《とおぼ》えしている。郵便配達のバイクがブレーキをかけた。そばの広場で遊ぶ小学生の声が届いてくる。遠くかすかに学校のチャイムが聞こえた。こうしたものが、モー次郎にはみんな聞こえない。

電話がかかってきていることにも気づかないだろうし、テレビに映るタレントは口をパクパクと動かしているようにしか見えないだろう。ゲームだって音がなければ味気ない。そしてなにより、歌を聞くことができない。歌うことが大好きで歌のうまかったモー次郎から歌が奪われた。モー次郎の悲しみを思うと、目のふちにあっという間に涙がたまった。

いたたまれなくなって姫に電話をかけた。この悲しみを誰かと共有しないと、心が駄目になってしまうと思った。姫はたったツー・コールで出た。

――おお、優太か。どこにいるんだよ。

「家だよ」

――早いな。おれはさっき帰ってきたばっかりだよ。

姫の声は心なしか浮かれているように聞こえた。

「モー次郎の兄ちゃんからのメール読んだか」

――ああ、読んだよ。信一郎さん帰っちゃうんだな。

やはり姫の声は明るい。姫はあのメールを読んで落ち込まなかったのだろうか。ぼくがこんなにも落ち込んでいるというのに、面白くない。

「いまモー次郎ってどんなことを考えて毎日過ごしているのかな。あいつ、歌のない世界にいるんだぜ」

――ああ、そうだな。

「なあ、あいつ、自分の歌ならば聞こえるのかな」

――どうかなあ。

うわの空だ。いったいどうしたというのだろう。

「姫。なんかいいことあったのか」

――え？　なんで。

「なんとなく声でさ」

――うーん。

姫はもったいぶるかのように黙った。それがまた神経を逆なでする。

「なんだよ。教えろよ」

――いや、それがさ……。

「言えないことなのか」

――言えないってわけじゃないんだけどさ。

いっこうにしゃべらない。携帯の向こうでにやにやしている姫が見える気がした。

「なんかムカつく」

――ムカつかれても困るんだよな。でも、ちょっと携帯で言いづらいな。なあ、優太。時間あるか？

沈みゆく太陽を見ながら、姫が集合場所に指定した学校のプールへ向かった。春が近づいているといっても夕方になるとかなり寒い。ダウンジャケットを着て、マフラーを巻いて、自転車を飛ばした。

ぼくが学校に着いてから十分後、姫が歩いてやってきた。

「おせえよ」

「わざわざ来てもらって悪いな。ちょっと電話で言いづらくてさ」

「なんだよ。もったいつけるなよ」

「うーん、だからさー」

腕を組んだ姫はしきりに首をひねる。唇は微笑みを隠そうとしていた。

「言えよ」

じれて怒鳴ると、姫は大真面目な顔になった。

「タカオと話をした」

「ほ、本当か」

「ああ。今日家に帰ったら、タカオがしゃべりかけてきた」

「なにがきっかけだったんだよ」

「実はさ、タカオに夕食を持っていくときに、襖越《ふすまご》しに話しかけるようにしてたんだよ。もちろん、返事なんてなかったさ。だから、おれは毎日勝手にモー次郎の話をして、タカオに聞かせてたんだ。おれの友だちに家に閉じこもって学校に来られないやつがいるってさ。そうしたら、今日、タカオが襖の向こうでしゃべったんだ。返事をくれたんだ」

「なんて？」

「がんばれ。その友だちをひとりにするな、だって」

「それから？」

「いや、これだけ」

「それだけ？」

「そう。これだけ。でも、おれはうれしかったよ。タカオはおれにがんばれって言ってくれたんだぜ。モー次郎のことを心配してくれたんだぜ。これってタカオにもきちんと心があったってことだろ。父親らしい心がさ」

姫はぐっと胸を反らして空を見た。その横顔がとても大人びて見える。いままでずっと感じていた翳《かげ》りも消えていた。

「ありがとうな、優太」

ぽんと肩をたたかれた。

「なんでさ」

「いや、以前のおれだったら、タカオに話しかけようなんて絶対に思いつかなかったよ。でも、おまえがおれんちに来ていっしょにいてくれたり、薄井への復讐をやめるように怒ってくれたり、美月にやさしくするように忠告してくれたりって、いい方向に引っ張ってくれたからだよ。だから、ありがとう」

「いやあ」

照れて頭を掻いた。

「なあ、優太。モー次郎のことなんだけど、おれにひとつアイデアがあるんだよ」

ふいに姫が言う。

「なんのアイデアだよ」

「あいつを卒業式に呼ぶ計画のアイデアさ。おれたちはいっしょに卒業するんだよ」

「いままでさんざんメールしたり家に行ったりしても駄目だったのに、学校に来るはずないじゃないか」

「大丈夫。モー次郎の兄貴のメールを読んで思ったんだけど、モー次郎は耳が聞こえないのをばかにされるのがいやなんだろ。こわいんだろ」

「そうみたいだけど」

「つまり、ばかにされなきゃいいんだろ」

姫がなにを考えているのかさっぱりわからない。首をかしげると、姫は自信たっぷりに言う。

「卒業式だからこそモー次郎がばかにされない計画なのさ。それに、モー次郎が卒業式に来てくれさえすれば、あいつを前向きに変える自信があるんだ」

そんな一石二鳥な計画などあるだろうか。ぼくは半信半疑で、姫の説明を聞いた。

三月十日を迎えた。美里中学校が迎える最後の卒業式だ。

窓の外は真っ白に輝いている。珍しく明け方に雪が降ってけっこう積もったが、登校時間を迎えるころには快晴となった。元気のいい太陽が、雪の大地を照りつける。

体育館の壇上では、校長先生が卒業証書の授与を続けている。校長先生の後ろには、立派な金屏風《きんびょうぶ》が置かれていて、頭上には〈美里中学校卒業式〉と書かれたパネルが下がっている。

まもなく姫の名前が呼ばれる番だ。だが、姫の姿が見えない。朝のホームルームのときは教室にいたのに、体育館に入場するときになっていなくなった。モー次郎の家に行ったのだろうか。迎えに行ったのだろうか。本当なら姫が座っているはずのパイプ椅子は、空いたままだ。

担任の星村先生が顔を真っ青《まさお》にしながら、クラスのみんなの名前を読み上げている。

そして、ついに姫の番になった。

「岡本暁人」

マイクを通した星村先生の声が体育館に響く。姫は現れない。百人ちょっとの卒業生と、二百人ちょっとの在校生がざわついた。

「岡本暁人」

もう一度星村先生が呼ぶ。校長先生が星村先生を睨んで壇上で咳払いをする。いったいどうしたのかね、という意味を込めての咳払いだ。今日は美里中学校最後の卒業式なので、来賓《らいひん》の数も例年より多い。美里村村長やPTA会長たちが、ざわつく生徒たちを前にして渋い顔を並べている。

「静粛《せいしゅく》に」

司会進行のウガジンがマイクで注意をうながす。体育館の中にまた落ち着きと静けさが戻ってきた。星村先生は姫を飛ばして、次の生徒の名前を呼んだ。

姫はやっぱりモー次郎を連れてこられなかったのだ。

前もって姫から聞いた計画はこうだった。

卒業式は、卒業証書授与のあとに校長の式辞があって、次に来賓の祝辞となる。そのあとは、在校生からの送辞、卒業生からの答辞、校歌斉唱、閉式の辞と続いていく。しかし、校歌斉唱の前にモー次郎をみんなの前に連れていく。モー次郎に式歌を歌わせるためにだ。きっとみんなモー次郎の歌声を聞けば、その歌を称えてくれるだろう。歌を褒めてもらったモー次郎は、ばかにされるなんて不安をぬぐうことができるだろう。ピアノの伴奏はぼくだ。

「無理だよ」

計画を打ち明けられてすぐに反論した。しかし、姫は落ち着き払って答えた。

「やってみなくちゃわかんねえだろ」

「モー次郎が来るはずないじゃん」

「説得してみせるさ」

「じゃあ、学校は？　先生たちが許してくれるはずないよ」

「ウガジンに相談するさ。トライアスロン大会で優勝してやったんだから、ひとつぐらいこっちの言うことを聞いてもらわなくちゃな。きちんと根回しするよ」

「でも卒業式だよ。先生の目は光ってるし、偉い人はたくさん来るし、モー次郎が歌ってくれるとは限らないんだぞ。そんな計画ありえないよ」

「大丈夫だよ。優太は体育館で座ってスタンバイしててくれればそれでいいから。大船に乗った気でいろよ」

安心させようというのか、姫がぼくの両肩をぽんぽんとたたいた。

「長谷川優太」

星村先生に名前を呼ばれる。壇上に進み、校長先生から卒業証書をいただいた。

「おめでとう」

微笑む校長先生に一礼して、壇上を下りる。その途中、体育館を見渡してみた。みんなすました顔して座っている。厳《おごそ》かでいいのかもしれないけれど、なにかもの足りない。

これからはみんなばらばらになって、自分の進路を歩んでいく。もう会えないやつも出てくるかもしれない。それなのに、おとなしく静かに別れるなんて。

卒業証書授与が終わった。校長先生が式辞を述べ、来賓の祝辞が続き、送辞と答辞が終わった。

姫の計画では、ここでモー次郎の入場となる。だがそんな気配はまるでない。姫も帰ってきていない。モー次郎は説得に応じなかったのだろうか。ウガジンがぼくを見ている。聞いている段取りと話がちがうぞ、と訴えてきていた。わからない、と小さく首を振って応えた。

「校歌斉唱。全校生徒、起立!」

壇上に備えられたピアノで、音楽教師が校歌の前奏を始める。歌いなれた校歌をぼそぼそと歌った。

結局、姫もモー次郎もいない卒業式になってしまうのだろうか。半年近く家から出なかったモー次郎が、歌うために学校に来るなんて無理だったのだろうか。

「モー次郎……」

校歌にまぎれてつぶやいてみた。

閉式の辞を述べるために、教頭先生が壇上に登っていく。しかし、そのときだ。

「すいません!」

体育館の冷たい空気を、男子生徒の声が震わせた。振り返ると、姫が体育館後方の入口に立っていた。式の参加者の視線が姫に集中する。

「ちょっと時間をください」

そう訴える姫の後ろからモー次郎が現れた。半年ぶりに見るモー次郎だ。ちょっと太ったのか、元からだったか、学生服がきつそうに見える。

モー次郎の登場で体育館の中は騒然となった。みんな思い思いにおしゃべりを始めた。狭い村だ。モー次郎の耳が聞こえなくなって、学校に来られなくなったことはみんな知っている。ＰＴＡ席からもおしゃべりの声があがる。

「静粛に！　席について！」

ウガジンがマイクで怒鳴ったが騒ぎは収まらない。それどころか、体育館の中には異様な昂《たかぶ》りが生まれていた。いったいこれからなにが起こるのか、期待で騒がずにいられないのだろう。また、いまごろ学校に出てきたモー次郎に、文句を浴びせるやつもいた。

モー次郎は無表情のままゆっくりと体育館の中を見回した。いまのモー次郎にこの騒がしさは聞こえていない。でも、好奇のまなざしで見られていることは、ひしひしと感じているはずだ。

姫がモー次郎の背中をそっと押してうながす。モー次郎は座席の真ん中にできた通路を、ゆっくりと歩き出した。そして、壇の下までたどり着くと振り返った。そのあいだに、ウガジンのところへ駆けつけていた姫がマイクを握る。

「先生方にお願いがあります。少しだけお時間をいただけませんか。モー次郎に一曲歌わせてください。うちの中学には式歌がありませんよね。だから、そのかわりに一曲お願いします」

「えー」

といやがる声が生徒からたくさんあがった。なんでモー次郎の歌なんか聞かなくちゃならないんだよ、といった声が飛び交った。

モー次郎がおどおどと足踏みを始めた。とても心細そうだ。ぼくは立ち上がって叫ばずにはいられなかった。

「一曲だけでいいんです。お願いします！」

視線がレーザービームみたいに飛んでくる。でも、そんなのは気にしない。大切なのはこちらを見ているモー次郎の瞳だけだ。助けを求めている友だちの瞳だけだ。

校長先生が席から立ち上がって拍手をした。歌わせないと、この場が収まらないと判断したのかもしれない。

「ありがとうございます」

姫は深々と頭を下げ、ぼくを手招きする。これですべて段取り通りだ。ぼくは壇上のピアノに向かった。

すばやくピアノの椅子を調節する。ピアノのわきまでモー次郎に来てもらった。そっと握手の手を差し伸べると、モー次郎がおずおずと握ってきた。こわがるなよ、と強く心を込めて握る。モー次郎は大仏様のように穏やかに笑った。

歌い出しの音を、ちょっとばかり出してもらう。高低の調節を人差し指で上を指したり、下を指したりして教えて、音合わせが終わる。

モー次郎は壇の真ん中に進んでいった。姫は壇上から飛び降りて、モー次郎と向かい合う。姫に指揮をしてもらうのだ。

静かになったら始めようと思ったが、ざわめきがなかなかやまない。

「おいおい。いったいどうなってるんだよ」

同じ卒業生の中から野次が飛ぶ。

「うるさいわよ！」

叱りつけたのは美月だった。

しん、とした。姫が指揮棒を振った。ぼくは伴奏を弾き始める。曲は『旅立ちの日に』だ。

ちらりと、壇の下を見渡す。耳が聞こえないのに本当に歌えるのかよ、という疑いの目が何百個と並んでいる。先生たちも、生徒たちも、みんな同じように疑っている。

大丈夫。ぼくには自信があった。モー次郎の音は正確なのだ。

姫が歌い出しの合図を送り、モー次郎がすっと歌い出した。羽ばたく鳥を思わせるのびやかな歌声が体育館に響いた。見る見るうちに、みんなの目が変わっていく。最初は驚きの目になり、それからうっとりとしていく。

ぼくはピアノを弾きながら泣いてしまった。モー次郎が歌いに来るために、どれだけ勇気を振り絞ったか考えたからだ。音を奪われたモー次郎が、高らかに希望を歌ってみせるからだ。

見ると、周りも泣いていた。そして、驚いた。卒業生も在校生も椅子から立ち上がり、歌を口ずさみ始めていた。みんな小学校の卒業式で歌ったことがあるので歌えるのだ。コーラスも分かれて歌っていた。

いつのまにかモー次郎はにこにこしながら歌っていた。みんながいっしょに歌ってくれるので、うれしくなったのだろう。いい笑顔をしている。でも、モー次郎がいい笑顔をすればするほどこっちは泣けてくる。姫は泣きながら指揮棒を振っていた。歌う美月も泣いていた。

今日という日を一生忘れない。

つらくなったら、必ずモー次郎の歌声を思い出そう。音のない世界から、こんなにも美しい歌を届けてくれたモー次郎の勇気をぼくも見習おう。

歌が終わると、モー次郎が困った顔でぼくを見た。ぼくはそばまで駆け寄った。モー次郎と肩を組み、美里中全部の生徒に向かって、ひと際大きい声で音頭を取った。

「牛乳屋！　牛乳屋！　牛乳屋！」

ほかの生徒たちもすぐについてきた。牛乳屋コールが巻き起こる。三百人あまりいる美里中生による大合唱だ。それに合わせて体育館の床板を踏み鳴らす。体育館の床が抜けるんじゃないかというほどの地響きだ。

耳の聞こえないモー次郎にも、その震動でみんながなにを叫んでいるかわかったんじゃないかな。ぼくと姫を交互に見て、照れくさそうに笑っていたから。

18

満開の桜並木の下を、自転車を押しながら歩いた。旧美里村役場前の桜並木だ。役場はいまでは桜浜市役所の出張所となっている。

四月から通い始めた高校で、ぼくはふたたびサッカーを始めた。高校の練習はさすがにきつい。先輩たちもこわい感じの人が多い。不安になることもある。

でも、ボールに触れる楽しさで、すべてのいやなことは吹き飛ぶ。ボールは小学生のときみたいに、またぼくの言うことを聞いてくれている。もっともっとうまくなる自信がある。

「よう。待たせたな」

待ち合わせていた姫がやっと来た。着ている制服は私立高校の紺のブレザーだ。ぼくの真っ黒な学生服よりおしゃれに見える。

「ちょっと花見していこうぜ」

自転車を止めて歩き出す。ふたりで桜を見上げながら歩いた。

「げっ」

水たまりに片足を突っ込んだ姫が悲鳴をあげた。昼過ぎまで降っていた雨でできた水溜まりだ。桜を散らしてしまうんじゃないかと心配したが、降ったのはやわらかな春の雨だった。

「ズボンの裾《すそ》まで濡れちまったよ」

「上ばっかり見てるからだよ」

「でもな、ちょっと上を見たくなる理由があるんだよ」

「桜以外になにがあるんだよ」

姫は答えずに桜並木を抜けていく。変なやつだ。

桜並木を抜けると、いつもの見慣れた田園風景が広がっている。空は青を背景に、白い雲と灰色の雲が半々だ。

「見ろ」

そう言って姫が空を指差す。その先には大きな虹《にじ》がかかっていた。空に伸びゆく大きな虹だった。

「すげえなあ」

「これが上を見たくなる理由さ」

「なるほど」

姫が虹を眺めたまま訊いてくる。

「そういえば、モー次郎からメール来たか」

「来たよ。あいつ、楽しそうだな」

モー次郎はどこの高校にも進学できなかった。来年また受験することになる。中浪ってやつだ。そして、モー次郎は耳の手術を受ける覚悟を決めた。卒業式の日、モー次郎の歌を聞いて多くの人が涙を流した。その様子を見て、これからも人に歌を聞かせる生き方をしたくなったらしい。そのためにいままで拒んできた手術を受けることにした。手術は六月だそうだ。それまではフランスに遊びに行っている。信一郎さんのところだ。

「サバとかボンソワールとか言ってるんだろうな」

「なんだっけ、それ」

姫が尋ねてくる。

「いや、実は忘れた」

「駄目じゃん」

「悪かったな」

顔を見合わせて笑う。

「そういえばさ、姫はどうして卒業式の日にモー次郎に歌わそうなんてアイデアを思いついたんだ？」

「ああ、あれね。あれは優太の言葉からだよ」

「なんか言ったっけ」

「電話してるときだよ」

　思い出せない。

「優太は最初に、モー次郎は歌のない世界にいるんだぜって言ったんだ。それから、あいつ、自分の歌ならば聞こえるのかなって」

「言ったか？」

「言ったよ。それで、自分の歌って言葉からおれは考えたんだ。モー次郎は自分の心の中にある歌ならば聞こえるんじゃないかって。ということは、それを歌うことができるんじゃないかって」

「へえ……」

「へえ、じゃねえよ。自分が言ったことを忘れるんじゃねえよ」

　姫に肩を小突かれた。やり返そうとすると、姫が制するように言う。

「それより、どうしておれがモー次郎を学校まで引っ張り出せたか知りたくないか」

「説得したんだろ」

「それはずっと無駄に終わってただろ」

「わかんないよ」

ふてくされてみせると、姫は空に向かって人差し指を向け、三角を描いてみせた。ぴんときた。

「もしかして夏の大三角の誓いか」

「その通り。モー次郎に卒業式で歌うことを約束させたのさ。学校に来るのはこわかっただろうけれど、あいつはおれたちとの誓いをきちんと守ったんだよ。まあ、おれもまさか夏の大三角の誓いに、そこまでの効力があるとは思わなかったけどな」

「なるほど……」

感心してつぶやくと、姫が不敵な笑みを浮かべてぼくを見る。

「なに笑ってるんだよ」

「おまえ忘れてないか」

「なにを」

「おれの優太への約束はまだ残ってるんだからな」

「なんにするんだよ。早く言えよ」

まだ約束が残っているなんて、なんだか気持ちがすっきりしない。

「いや、まだもう少し約束はとっておこうかな」

「いま言えよ」

せっつくと、姫は笑いながら駆け出した。

「おい、言えって」

「もったいないだろ！　せめてモー次郎が帰ってきてからにしようぜ！」

桜並木の下、姫が逃げていく。ぼくはすぐに追いかけた。風に吹かれた桜の花びらが、ぼくと並ぶようにしてしばし飛び、やがて追い越していった。ふと、モー次郎の歌声が聞こえたような気がして足を止める。周りを見たがモー次郎はいない。当たり前と言えば、当たり前だ。フランスにいるのだから。

フランスがどちらの方角にあるのかわからない。けれども、だいたいの見当をつけて、その空に向かってぼくはつぶやいた。

手術が終わったらまた三人で集まろう。そしてみんなで夜空を見上げよう。これから何年経っても、どれだけ離れた土地に住もうとも、ぼくらは輝く大三角だ。どんなにいびつな三角になっても、いつまでも続く友だちだよ。

解　説

川上健一

関口尚の小説は、登場人物のひたむきさが胸を打つ。デビュー作『プリズムの夏』や『君に舞い降りる白（『あなたの石』を改題）』など、とりわけ、青春物語の男女のひたむきさを描く世界は出色である。

本書『空をつかむまで』は、中学生男女四人の成長物語だ。

主人公の「ぼく」こと優太《ゆうた》は母と二人で暮らしている。父は浮気を繰り返した果てに家を出ていってしまった。小学生の時に地域の選抜選手に選ばれるほどのサッカー選手だったのだが、中学生になって突然へたくそになった。どうしてへたくそになったのか分からず、もがき苦しんでがむしゃらに練習する。しかし以前のような輝きは戻らない。それどころか一途な猛練習が裏目に出て膝《ひざ》を壊し、走ることさえできなくなってしまう。そしてサッカーをやめてしまう。大きな傷を心に持ってしまった優太は将棋部に入って悶々《もんもん》とした日々をすごしているのだが、二年生になると顧問の魂胆《こんたん》で無理矢理水泳部にも入れられてしまう。

物語は、優太が三年生になって初めての水泳部の練習の日から始まる。

水泳部の正式な部員は「姫」と呼ばれている天才スイマーの同級生が一人だけだ。「姫」はかっこいい男だが、暗闇《くらやみ》に鋭く光るナイフのような危険な匂《にお》いも持ち合わせている。優太と同じ将棋部員でカナヅチのモー次郎も無理矢理水泳部に入れさせられた。モー次郎は小学生の時に「姫」から陰湿ないじめを受けていたのだが、それでもなぜか「姫」から遠ざかりはしない。三人になった水泳部は何とか部としての体裁を保っている。

が、物語は練習開始初日に、「姫」のやる気のなさが顧問の逆鱗《げきりん》に触れて、廃部という事態になってしまう。

さあ始まるぞと身構え、物語とがっぷり四つに組もうと立ち上がったとたん、いきなりけたぐりをくらって転がされた気分になってしまうのだが、これからどうなるのだろうといぶかる暇も与えられずに、テンポのいいストーリーに引きずり込まれてしまう。

優太、「姫」、モー次郎。個性の違う三人は、中学生にしてそれぞれに重い枷《かせ》を背負って生きている。大人でも重すぎるほどの枷である。そこに美月《みづき》という優太の幼なじみで同級生の美少女が登場してくる。優太が密《ひそ》かに想《おも》いを寄せているのだが、美月は「姫」とつき合っている。二人は一筋縄ではいかない歪《ゆが》んだ愛で結ばれている。

この複雑に入り組んだ関係の四人を、作者はトライアスロン競技というすばらしいスポーツに導いて、それぞれの枷と正面から向き合わせる。そこから物語は一気に加速して息をもつかせない。

四人は、私の中学時代の頃《ころ》には考えられない悩みを持っている。それでも複雑になった現代を生きる中学生たちには単なる絵空事ではなく、このような悩みを共有している中学生たちも多いのではあるまいか、と考えさせられる。

優太、「姫」、モー次郎、美月の四人は、それぞれの重い枷を、しなやかな感性とひたむきな思いの中に同居させて青春といういまを生きていく。

人間という生き物は、前向きであればどんな状況にあっても美しいものと希望を見つけられるものだと私は思う。青春という多感な時期に落ち込んだりもがいたりしている時ほど、美しいものと希望をより多く見つけることができるはずだ。見つけられないのは前向きになれる術《すべ》を知らないからなのだ。

例えばジャンプしてみる。

例えばスキップしてみる。

例えば口笛を吹いてみる。

例えば空を見てみる。

例えば自分にラブレターを書いてみる。

そしてこの物語のようにトライアスロンに挑戦してみる、あるいは本書を読んで挑戦した気分になる。たったそれだけで十分なのだ。

優太はトライアスロン・リレーで、ランのパートを受け持つことになる。水泳は「姫」が、自転車はモー次郎である。膝を痛めてから走ったことはなかったが、「姫」やモー次郎、美月との毎日の中で、心の奥底にとじこめていた重い枷を引っ張り出され、正面から向き合うことになる。そして意を決して走る。不思議な老人の教えで走ることのなんたるかを知り、枷と対決する。すると目の前にあった霧が少しずつ晴れていき、ぼんやりと希望が見え始める。

『はっきりとした答えはまだ見えてこない。けれど、ぼくたちの周りでなにが起きているのかは、少しずつ見えてきた。……ぼくらはどっかで、弱くて歪んでしまった大人たちのその歪みを、押しつけられているのだ。……言ってることとやってることがちぐはぐじゃない憧《あこが》れたくなるような大人に、そばで導いてもらえればきっと変われる。……大切なのはイメージだ。もっと高くジャンプして、青い空に手を伸ばすようにして、歪んだ大人たちがつかめなかった生きるってことの楽しさを、ぼくらの世代が手にするのだ。……いまここで投げ出さずに走りきること。……それがいつか大人の歪みをはね返す強さになる。友だちを救う力になる』（本文より）

優太のこの思いは、きっと読む者の心に深く刻みつけられるに違いない。

この物語は万々歳のハッピーエンドで終わってはいない。それでも読後にすがすがしい爽快感《そうかいかん》が残るのは、優太や「姫」やモー次郎、美月が、まぎれもない輝かしい青春を体験していると思えるからだ。きっとそれぞれが、優太と同じ思いにいきあたっただろうと確信できるからである。

この輝く体験を持って大人になった彼らは、言ってることとやってることがちぐはぐじゃない憧れたくなる大人、になっていることが確信できるからなのである。

本書は、私たちが大人になって忘れてしまったものを気づかせてくれる。歪んでしまったり硬直したりしている大人が、青春時代に確かに持っていたしなやかさとひたむきさである。問題や悩みに、しなやかさとひたむきさで向かい合えば、きっと希望が見えてくるものなのだ。

希望をつかむということは、空をつかむようなものなのかもしれない。簡単なことではないが、辛《つら》く苦しいというイメージはわかない。空をつかむぞと思えば何だか楽しくなってくる。

空をつかむまで。とってもいいタイトルである。

日本音楽著作権協会（出）許諾第〇九〇五八一二—七〇三号

この作品は二〇〇六年四月、書き下ろし作品として集英社より刊行されました。

集英社文庫

空《そら》をつかむまで

2009年6月30日　第1刷　　定価はカバーに表示してあります。
2017年10月11日　第3刷

著　者　関口《せきぐち》　尚《ひさし》

発行者　村田登志江

発行所　株式会社　集英社
東京都千代田区一ツ橋2-5-10　〒101-8050
電話　【編集部】03-3230-6095
【読者係】03-3230-6080
【販売部】03-3230-6393(書店専用)

印　刷　凸版印刷株式会社

製　本　加藤製本株式会社

フォーマットデザイン　アリヤマデザインストア　　マークデザイン　居山浩二

ISBN978-4-08-746445-0 C0193